L'INCONNUE DE SAIGON

DU MÊME AUTEUR
CHEZ LE MÊME ÉDITEUR

Le Paravent de soie rouge
Le Paravent déchiré
En passant par la Lorraine

Paul Couturiau

L'INCONNUE DE SAIGON

Roman

Production Jeannine Balland
Collection Sud Lointain

PRESSES DE LA CITÉ

ISBN 2-258-06374-4

Il y a toujours quelqu'un qui laisse traîner
Une peau de banane sur la scène d'une tragédie.

Le monde serait-il dans le même gâchis où il est,
Si nous étions fidèles à l'amour au lieu d'être fidèles
à des patries ?

Graham Greene,
Notre agent à La Havane

Prologue

« J'étais venu à Saigon pour trouver une femme que je ne connaissais pas ; une femme dont j'ignorais jusqu'à l'identité.

Quelques semaines à peine s'étaient écoulées depuis mon arrivée et je m'apprêtais déjà à repartir pour un nouveau monde. Pour une vie nouvelle.

Derrière moi, je laissais deux cadavres. Deux hommes que je ne connaissais pas six mois plus tôt et que j'en étais venu à considérer comme mes amis.

La dernière fois que j'avais vu le premier, son corps reposait sur une table métallique dans l'atmosphère fraîche d'une morgue. Un corps gonflé comme une outre. Son ventre avait triplé de volume, distendu à en craquer par un mélange de sang et d'eau. Il avait séjourné près de quinze jours dans les flots putrides d'un arroyo.

Les orbites vides de ses yeux dévorés par les poissons sont longtemps venues troubler mes nuits. Pourtant, j'étais tout à fait étranger à son meurtre.

La dernière fois que j'ai vu le second, il se vidait de son sang au milieu d'une rizière. Dans ses yeux, je lisais l'incompréhension. L'incrédulité. Il devait se demander comment un homme aussi tranquille que moi avait fini par percer son jeu à jour. Il était tellement convaincu de détenir toutes les cartes majeures...

Celui-ci ne viendrait pas hanter mes rêves. Pourtant, c'était bien par ma faute s'il agonisait sous un soleil de plomb. C'était bien moi qui lui avais tiré une balle dans la cuisse. Je n'avais eu d'autre intention que de l'immobiliser, mais le projectile avait perforé l'artère fémorale. Nous avions été aussi surpris l'un que l'autre par la violence avec laquelle le sang s'était mis à gicler. J'étais resté un long moment à le contempler, intrigué de ne pas éprouver l'ombre d'un remords. A vrai dire, je regrettais de n'avoir pas eu l'occasion d'accomplir ce geste plus tôt.

Combien de souffrances aurais-je pu éviter ?

"Tu vois, avait-il dit en pressant le poing contre son aine dans l'espoir d'endiguer l'hémorragie, c'est moi qui avais raison. Il a bien fallu que tu prennes parti, en définitive. Que tu choisisses ton camp. Même en Suisse, la neutralité n'est qu'un mot vide de sens."

J'avais secoué la tête avant de lui répondre.

"Tu te trompes, je n'ai pas pris parti. Pas au sens où tu l'entends, en tout cas."

Il avait beau sentir la mort s'insinuer en lui à travers l'orifice pratiqué par la balle de 7,65, il ne se résignait pas à perdre son dernier combat.

"Il a bien fallu que tu te salisses les mains ! Tu n'as pas pu y couper."

J'avais hésité. J'aurais pu m'en tenir là. Tourner les talons et m'éloigner en ignorant sa remarque. Le laisser mourir avec cette ultime satisfaction. Mais non ! Je me refusais à lui faire le moindre cadeau. Pas après tout ce que j'avais découvert sur son compte.

J'ai tourné les talons. Seulement, en regagnant la voiture, je lui ai lancé :

"Je suis sûr de n'avoir jamais eu les mains aussi propres de toute ma vie !"

Ce fut lui, pourtant, qui eut le dernier mot, mais celui-ci ne fut qu'un râle suivi d'un choc étouffé. Il avait dû perdre conscience et glisser dans l'eau de la rizière. Je n'en saurai jamais rien. Je ne me suis pas retourné.

En remontant dans la voiture, j'ai songé que s'il avait un peu de chance, les policiers le trouveraient avant qu'il ne fût tout à fait exsangue.

En même temps, j'avais tout lieu de penser que leur intervention ne changerait pas grand-chose pour lui. J'avais appris à connaître le commissaire Van Luc au cours de ces derniers mois. C'était un être subtil et raffiné, mais il avait une conception froide de la justice. Impitoyable. Il préférerait sûrement attendre que sa proie ait rendu son dernier soupir avant de la ramener en ville. Il ne voudrait pas que les autorités françaises sauvent la mise à un homme qu'il considérait comme un chacal. Il ne voudrait sûrement pas entendre parler d'un procès régulier.

Quoi qu'il en soit, ce n'était plus mon problème. J'avais fait ce qui me paraissait juste. En pressant la détente du Browning – une arme que m'avait, en quelque sorte, léguée le premier mort –, j'aurais pu viser le cœur, le front, l'estomac. Alors, j'aurais pris parti. En me contentant de chercher à l'immobiliser, j'avais laissé au destin le soin d'écrire la fin de l'histoire.

Somme toute, le choix du destin importait peu. Pour moi, un homme venait bel et bien de mourir au milieu d'une rizière, sous le regard indifférent d'un buffle d'eau.

J'étais venu à Saigon pour trouver une femme que je ne connaissais pas et je repartais en laissant derrière moi deux cadavres.

Le premier, je regrettais de n'avoir pas pris le temps de mieux le connaître. Le second, j'aurais tôt fait d'oublier que je l'avais seulement rencontré.

Que pouvaient bien représenter deux morts au milieu d'une guerre où les cadavres se comptaient par milliers ? Aux yeux de l'Histoire, rien. Pour moi, ils signifiaient la perte de l'innocence.

Il me restait, fort heureusement, une vie pour tenter de la retrouver. Une vie nouvelle dans un nouveau monde. »

Maurice Chatrian reposa sa plume. Il relut ses trois derniers feuillets et poussa un soupir, mélange de tension et de soulagement. Il leva les yeux et, par la fenêtre du bureau, contempla l'aube qui se levait sur Saint Mary's Square, symbole du quartier chinois de San Francisco. Des Orientaux y pratiquaient le tai-chi-chuan en attendant de vaquer à leurs activités quotidiennes. Les rues commençaient à se remplir et connaîtraient bientôt cette animation qui le replongeait dans un monde où il avait laissé une partie de son âme.

Raymond Sorel, l'un des deux cadavres, avait eu raison lorsqu'il lui avait affirmé que l'Orient finirait par l'envoûter en dépit de ses réticences.

« L'Asie prendra possession de vous, Maurice, que vous l'acceptiez ou non. Bientôt, vous ne serez plus capable de vous passer de ces odeurs qui, aujourd'hui, vous chavirent l'odorat. Et cela se produira beaucoup plus tôt que vous ne pourriez l'imaginer, allez ! L'Asie s'insinuera au cœur de chacune de vos fibres et ne vous lâchera plus. Si vous venez à vous en éloigner, elle vous ramènera insensiblement vers elle. Vous êtes incrédule ? Pourtant, le jour est proche où vous n'aurez plus qu'une obsession : revenir ! Vous serez semblable à ces fumeurs d'opium des romans de Claude Farrère qui jurent de ne plus toucher la moindre pipe et ne peuvent résister aux appels de la petite fumée. Oh, il n'en va pas ainsi pour tout Occidental qui se frotte à l'Orient. Que non ! Mais, croyez-moi, je sais reconnaître ceux qui ont le virus et vous appartenez à cette catégorie d'individus. Cette terre et son âme faisaient partie de vous bien avant que vous ne posiez le pied à Saigon. »

Pareille certitude avait, alors, fait sourire Maurice Chatrian. Pourtant, lorsqu'il lui avait fallu quitter l'Indochine, il avait eu un pincement au cœur. Et lors de son installation à San Francisco, il avait éprouvé le besoin de s'entourer de cette atmosphère typiquement asiatique à laquelle il avait eu tant de peine à s'acclimater.

Seulement, même si Chinatown avait des parfums d'Asie, ce n'était pas l'Asie. Ici, tout était paisible ; là-bas, la guerre d'Indochine continuait à déchirer un pays dont l'histoire était déjà marquée, bien avant l'arrivée des Français, par mille ans de domination étrangère[1].

Sur le divan, près de la porte du bureau, une jeune femme dormait, enveloppée dans un châle en soie. Il se leva et alla s'asseoir sur le tapis, à ses pieds. Le visage de la belle Annamite conservait une expression grave, même dans le sommeil. Il la regarda longuement. Il venait de confier son histoire au papier en une manière d'exorcisme. Bientôt, son livre se trouverait dans les rayons des librairies. Il serait convié à en débattre dans des universités et devant des auditoires divers. Plus il en parlerait, plus son histoire lui deviendrait étrangère et plus il aurait de chances de retrouver cette innocence perdue sur laquelle se concluait ce qu'il avait tenu à présenter sous l'étiquette fallacieuse de « roman ».

Mais elle… ? Trouverait-elle jamais le moyen d'exorciser ses fantômes en ce pays si éloigné de ses racines ? Elle paraissait si délicate…

La jeune femme ouvrit les yeux. Quand elle le vit assis au pied du divan, si proche, son visage se détendit aussitôt. Elle avança une main, mais c'était tout son corps qui se tendait vers lui. Il la prit dans ses bras et l'entendit murmurer, de façon presque imperceptible :

— Je t'aime.

C'étaient les premiers mots qu'elle prononçait, tous les matins sans exception. Il la considéra longuement

1. Le Vietnam a subi la domination chinoise pendant plus de mille ans.

après leur étreinte. Son regard était sans voile. Son sourire, limpide et serein. Il réalisa qu'il avait tort de s'inquiéter pour elle. Contrairement à lui, elle avait déjà tourné la page. Contrairement à lui, elle n'avait jamais perdu son innocence. Elle était déjà entièrement tournée vers l'avenir. Un avenir qu'elle désirait bâtir avec son soutien.

Il en eut la confirmation quand elle l'attira et lui glissa à l'oreille :

— Je crois que vous allez devenir papa, monsieur Chatrian.

Il demeura sans voix. Les mots auraient été incapables d'exprimer son bonheur. Elle venait de lui montrer le chemin vers l'innocence retrouvée.

PREMIÈRE PARTIE

Cholon

1

— Nous arrivons.

Chatrian avait dû réussir à dormir quatre ou cinq heures. Enfin, il s'était enfoncé dans un demi-sommeil pas trop désagréable, compte tenu de la situation. La publicité de l'Union aéromaritime de transport ne mentait pas : les sièges Pullman étaient vraiment confortables.

Il ne souffrait d'aucune courbature. Pourtant, il n'ouvrit pas les yeux tout de suite. Il voulait s'accorder quelques instants pour savourer égoïstement la nouvelle de leur arrivée et tout ce qu'elle impliquait.

Il avait tourné le dos à Paris quatre jours plus tôt, par un dimanche gris et maussade – c'était du moins ainsi qu'il se le remémorait. « Quand on a décidé de partir en coupant les ponts derrière soi, la ville qu'on quitte, la vie qu'on délaisse sont toujours grises et maussades. » Tels étaient les premiers mots qu'il avait griffonnés dans le carnet Moleskine qui déformait en permanence la poche de son veston.

En ce temps-là, Maurice Chatrian nourrissait encore beaucoup de certitudes.

Après les escales de Nice et du Caire, le DC4 Skymaster amorçait sa descente vers l'aéroport de Saigon, terme de son voyage.

Il s'apprêtait à débarquer dans un pays en guerre, sans autre motif que de trouver une jeune femme dont il était tombé amoureux... sans l'avoir jamais rencontrée. Sans rien savoir d'elle, pas même son nom.

Il sourit en songeant combien il lui serait difficile de concevoir toutes les implications d'une aventure aussi insensée. Il n'était pas assez naïf pour ignorer que son entreprise relevait plus de la fiction que de la réalité. Seulement, il ne s'était pas senti vivre avec une telle intensité depuis bien trop longtemps pour bouder son plaisir. Et puis, la fiction n'était-elle pas l'univers dans lequel il se sentait le plus à l'aise depuis sa tendre enfance ?

S'il était devenu écrivain, n'était-ce pas parce que les couleurs de la réalité lui paraissaient trop ternes ? Alors, il consacrait l'essentiel de son temps à en inventer de nouvelles qui, si elles n'étaient pas nécessairement plus belles, lui convenaient mieux.

La raison lui soufflait qu'en l'occurrence il jouait avec le feu. Pourtant : « Je ne suis pas disposé à écouter cette bavarde timorée qui ne m'offre d'autre perspective que l'ennui. Et puisque la mort est l'aboutissement de tout chemin, je suis prêt à aller au-devant de la mienne pour autant qu'elle soit radieuse et folle ! »

Quand, quelques mois plus tard, il relirait ces mots écrits comme une profession de foi à la veille de son embarquement pour l'Indochine, Chatrian ne pourrait s'empêcher de penser qu'il était terriblement grandiloquent en ce temps-là !

Il s'étira et ouvrit les yeux. Il était trop énervé pour éprouver la fatigue de ces interminables heures de vol bercées par le ronronnement sourd des moteurs du DC4.

— Nous arrivons, répéta Raymond Sorel.

Ayant observé que son compagnon de voyage avait ouvert les yeux, il tendit la main vers le hublot. Chatrian se pencha et découvrit un pays plat comme la Hollande et vert comme l'Irlande. Le sol était une juxtaposition de carrés pastel d'où s'élevaient des volutes de fumée. Il comprit que c'étaient celles-ci que lui indiquait Sorel.

— On se bat, là en dessous, commenta l'homme d'affaires, laconique.

Chatrian fronça les sourcils et indiqua des taches sombres qui ponctuaient le damier pastel à la manière de points de suspension. Ce fut avec une pointe d'ironie que Sorel répondit à la question que son compagnon n'avait pas pris la peine de formuler :

— Ça ? Ce sont nos « formidables » tours de défense... L'armée en a fait bâtir en enfilade, à raison d'une tous les kilomètres. Elles sont censées permettre une surveillance de la région et une communication efficace entre nos lignes.

Il haussa les épaules avant de reprendre :

— Efficaces ? Elles le sont, oui. Sur le papier ! Seulement, dans la réalité des faits, elles n'ont jamais empêché le Viêt-minh de se glisser entre les mailles du filet et de frapper là où il l'avait décidé. Nos « sages » officiers ont confié la garde de chaque tour à deux troufions, vietnamiens de préférence. Dès la tombée de la nuit, ceux-ci attendent les premières lueurs du jour avec la peur au ventre parce qu'il ne se passe pas une nuit sans que les troupes de Giap prennent d'assaut deux ou trois de ces espèces de miradors. Bien sûr, des voitures blindées patrouillent en permanence tout au long de cette ligne de défense, mais le Viêt-minh ne se montre jamais quand elles évoluent dans le secteur qu'il a décidé d'attaquer. Il déclenche toujours ses opérations quand elles sont loin et que les pauvres diables se trouvent livrés à eux-mêmes.

Raymond Sorel avait été présenté à Maurice Chatrian par un ami commun.

« Tu verras, lui avait dit Michel Morin, il connaît bien l'Extrême-Orient, même s'il n'a jamais mis les pieds en Indochine. »

Chatrian ne pouvait douter qu'avant de s'embarquer Raymond Sorel avait minutieusement étudié la situation du pays dans lequel il se rendait.

— Vous comprenez, poursuivait celui-ci, nos officiers sont habitués aux guerres classiques. Des conflits où les adversaires s'affrontent à visage découvert et occupent des positions connues. Seulement, ce n'est pas ainsi que combattent les troupes du général Giap. « Eviter l'ennemi quand il est fort, livrer des combats d'usure ou d'anéantissement suivant les cas ; attaquer l'ennemi partout afin que, partout, il se trouve submergé par une mer d'hommes armés hostiles, afin de miner son moral et d'user ses forces. » Ce sont les propres mots de Giap. Et, croyez-moi, il n'en reste pas aux mots ! Ses troupes sont d'une mobilité étonnante. Elles ne sont jamais là où nos gars les attendent. Voyez-vous, Chatrian, nous n'avons pas affaire à une guerre ici, mais à une guérilla.

Quand Sorel se mettait à parler de la guerre d'Indochine, il devenait intarissable.

— Nos bombardiers ont beau leur déverser des tonnes de bombes et de napalm sur la tête, les « hommes armés hostiles » de Giap se dématérialisent pendant toute la durée de l'arrosage et refont surface dès que les avions ont vidé leurs soutes. C'est à n'y rien comprendre. Si nous ne nous adaptons pas, il vaudrait mieux rapatrier nos hommes plutôt que de continuer à les envoyer au casse-pipe. C'est d'une telle évidence que nos généraux ne la voient pas.

Il secoua la tête et conclut :

— On ne devrait jamais confier le soin d'une guerre à des militaires. C'est un travail beaucoup trop sérieux pour ces gens-là.

— A qui le confier, alors ? demanda Chatrian, avec un petit sourire narquois. Aux politiques ?

Sorel haussa les épaules.

— C'est bonnet blanc et blanc bonnet, dit-il.

Il resta un moment silencieux, puis éclata de rire avant d'ajouter :

— Il faudrait peut-être le confier à des rêveurs dans votre genre, Chatrian. Ceux-ci imagineraient des solutions qui seraient parfaitement utopiques et ne résoudraient aucun problème. Mais elles présenteraient au moins l'avantage d'épargner la vie de nombreux innocents.

C'était la première fois que Chatrian entendait son compagnon plaisanter au sujet de ce conflit qui paraissait tant le préoccuper. Depuis qu'ils avaient quitté Paris, Sorel avait eu tout le loisir d'exposer en long et en large ses théories sur cette « sale guerre », comme la qualifiaient Beuve-Méry et les communistes. Chatrian n'y avait prêté qu'une oreille distraite. Cette guerre d'Indochine, qui divisait les politiciens français depuis si longtemps, n'était pas son affaire. Elle appartenait à une réalité à laquelle il avait décidé de se soustraire en tournant le dos à une existence confortable mais sans surprise pour partir en quête d'un impossible rêve.

Les tours de défense et les fumées des combats, plus que les discours de Sorel, étaient les premières manifestations tangibles de la guerre. La réalité ne se laissait pas oublier aussi facilement qu'il l'aurait souhaité. Par bonheur, la distance conférait un aspect irréel à ces rappels à l'ordre.

— Toujours décidé à retrouver votre belle inconnue, Chatrian ? demanda Sorel alors que les moteurs changeaient à nouveau de régime et que l'avion s'enfonçait dans un banc de nuages.

— Plus que jamais, répondit l'écrivain avec un petit rire qui trahissait sa nervosité.

Il savait que l'homme d'affaires le prenait pour un doux rêveur. Celui-ci le lui avait répété plus d'une fois depuis leur première rencontre à la terrasse de la brasserie Lipp, sur le boulevard Saint-Germain.

Peut-être le considérait-il même comme un fou, mais si c'était le cas, il était trop poli pour s'autoriser à le dire.

Sorel surprit à nouveau Chatrian par une réflexion qui lui ressemblait peu :

— Bah ! C'est sans doute vous qui avez raison, Maurice, murmura-t-il d'un ton grave.

C'était la première fois qu'il appelait son compagnon par son prénom.

— Il n'y a pas pire démence que la guerre, poursuivit-il après avoir allumé une Gauloise. Vous verrez qu'un jour on fera ami-ami avec ces Viêt-minh qui, aujourd'hui, nous pourrissent l'existence. N'avons-nous pas fait ami-ami avec les Chleuhs après nous être foutu sur la gueule pendant près de cinq années ? Or, les horreurs des camps de concentration paraissaient rendre tout pardon impossible. Seulement, voyez-vous, les exigences de l'économie finissent toujours par prendre le pas sur les impératifs politiques et guerriers. En attendant, l'oncle Ho et ses généraux auraient tort de ne pas nous tenir la dragée haute. Depuis que nous avons baissé notre froc devant les troupes du Reich, ils savent que la France n'est pas invincible. Si les Américains n'étaient pas venus à notre secours, où en serions-nous, aujourd'hui ? D'autant que les Américains semblent réticents à s'engager dans ce conflit. Ils ont eu assez de soucis en Corée. Leur opinion publique n'est pas prête à cautionner un nouvel engagement militaire dans la région, surtout pour venir en aide à un pays comme la France, dont elle n'approuve pas la politique coloniale. Cela aussi, Ho et les siens le savent.

Sorel secoua la tête et conclut :

— La question n'est déjà plus de savoir si nous pouvons encore remporter cette guerre, mais comment nous sortir honorablement de ce merdier.

Un passager à la moustache martiale tourna vers eux un regard irrité. A son uniforme, Chatrian reconnut un colonel de la Légion étrangère.

Sans pour autant baisser la voix, l'homme d'affaires ajouta :

— Je ferais mieux de me taire. Rien ne dérange plus qu'une vérité formulée avant son heure. Quoi qu'il en soit, mon cher Maurice, le jour où nous signerons des accords de coopération avec le Viêt-minh, ce sont les types comme vous qui feront figure de sages.

Chatrian sourit. Il n'avait pas l'impression que son histoire pourrait jamais lui valoir de faire figure de sage. Ni la guerre ni la paix n'y changeraient rien.

L'avion se posa et la réalité s'empressa de revendiquer à nouveau ses droits. L'aéroport international de Tan Son Nhut faisait penser à un aéroport de sous-préfecture, à la différence près que de nombreux véhicules militaires stationnaient aux abords des pistes. Des uniformes et des fusils-mitrailleurs allaient et venaient dans le terminal. Chatrian s'efforçait de ne pas trop y prêter attention.

La chaleur l'avait fait suffoquer dès qu'il était sorti de la carlingue.

Il suivit Sorel et récupéra son bagage. Un bagage léger. « On évite de s'encombrer quand on a abandonné toute idée de retour. » Encore une de ces phrases creuses qu'il affectionnait à l'époque.

Il observa que l'homme d'affaires évoluait comme un poisson dans l'eau au milieu de cet environnement sous haute surveillance. Cela ajoutait à son mystère.

— C'est vraiment la première fois que vous venez à Saigon ? ne put s'empêcher de demander Chatrian.

— Mon cher Maurice, tous les pays en guerre se ressemblent, vous savez. Et il y a tellement de pays en guerre sur cette planète. Alors, à force... répondit Sorel.

Celui-ci demeurait toujours très vague sur la nature des affaires qu'il traitait. Quand il arrivait que les questions de son compagnon deviennent trop directes, il avait recours à une pirouette si subtile que Chatrian finissait par oublier le point précis sur lequel il l'avait interrogé. Lorsqu'il en prenait finalement conscience, la conversation avait dérivé vers un tout autre sujet et il lui aurait paru incongru de revenir à sa préoccupation première.

Il insista pourtant :

— Est-ce que, par hasard, vous vendriez du matériel de guerre ?

Sorel éclata de rire.

— Grand Dieu, Maurice, mais dans un pays comme celui-ci tout produit est, à sa façon, matériel de guerre. Les armes et les véhicules, c'est une évidence. Mais... et le café ! ? N'est-ce pas lui qui maintiendra le soldat en état de veille ? Et les sous-vêtements féminins affriolants ? N'agrémenteront-ils pas son repos quand il se rendra au bordel ? Et n'oublions pas la bonne parole !

L'index droit et le sourcil gauche levés, Sorel poursuivait :

— Celle du Seigneur, bien sûr. Ce message d'espérance de l'Evangile. N'est-ce pas lui qui l'aidera à croire que tout n'est pas perdu alors même qu'il s'apprête à passer l'arme à gauche, le malheureux ? C'est pourquoi je vous le dis : que vous le vouliez ou non, vous finirez par vous retrouver impliqué dans ce conflit. D'une manière ou d'une autre. Depuis que vous avez posé les pieds sur le tarmac de Tan Son Nhut, Maurice, vous avez cessé d'être un observateur passif.

Chatrian sourit. Sorel était beau parleur et il avait sûrement raison sur bien des points, pourtant il se trompait en l'occurrence. Il était partie prenante de la réalité, c'était clair, mais Chatrian, lui, s'était retranché dans un monde à la lisière du rêve à l'instant précis où il avait décidé de retrouver son inconnue de Saigon.

— Vous verrez, poursuivait l'homme d'affaires, c'est oracle ce que je dis là. L'illusion que vous entretenez est semblable à un ballon gonflé à l'hydrogène. Approchez-la d'une flamme et elle vous explosera au visage. Et croyez-moi, il y a beaucoup de flammes dans un pays en guerre. Parfois, elles s'allument là où vous les attendez le moins.

Chatrian ne s'était même pas aperçu qu'ils avaient franchi tous les barrages militaires et douaniers sans être le moins du monde importunés. C'était à peine si quelqu'un s'était intéressé à leurs bagages. Il se passerait plusieurs jours avant qu'il réalise que Sorel n'avait pas eu à ouvrir la petite mallette dont il ne se séparait jamais. Celle-là même qu'il allait lui confier avant de disparaître de manière incompréhensible.

Quand Chatrian lui fit observer qu'il s'était attendu à des formalités plus draconiennes – n'arrivaient-ils pas dans un pays en guerre ? –, Sorel éclata de ce rire si particulier qui aurait mis de bonne humeur le plus sinistre grincheux. L'homme d'affaires lui rappela qu'ils étaient français et se situaient donc dans le bon camp... en principe.

L'écrivain releva le « en principe ». Sorel secoua la tête et dit :

— Pas si rêveur que ça, en définitive, hein, Maurice ?

Il avait eu une façon si bon enfant de se moquer de son compagnon que celui-ci ne s'en offusqua pas.

Pour une fois, Sorel ne se défila pas et expliqua qu'il possédait des lettres de recommandation qui leur avaient valu un traitement de faveur. A vrai dire, elles leur avaient permis de franchir des portes et de traverser des bureaux dont le commun des mortels ignorait jusqu'à l'existence.

Tout cela paraissait tellement simple, tellement naturel dans sa bouche. Et Chatrian était encore si naïf, si préoccupé d'une seule chose qu'il ne remarquait pas l'insolite, même lorsque celui-ci lui sautait aux yeux.

Dès qu'ils eurent quitté l'enceinte de l'aéroport, son mystérieux compagnon héla un taxi. Il déposa sa valise dans le coffre, mais garda sa mallette à la main. Comme Chatrian avait marqué une pause pour s'éponger le front, il lui lança, sur le ton d'un gosse proposant à un camarade de faire l'école buissonnière :

— Alors, va pour le Sun-Wah ?

Chatrian rangea son sac de voyage à côté de la valise de l'homme d'affaires et s'exclama sur le même registre :

— Va pour le Sun-Wah !

Le Sun-Wah était un hôtel que des amis de Sorel lui avaient conseillé. Il se situait à Cholon, l'enclave chinoise de Saigon.

— La qualité du service n'a vraiment rien d'exceptionnel, si j'en crois mes amis, mais l'endroit est sûr, précisa Sorel. Les rebelles du Viêt-minh ont pris la fâcheuse habitude de faire exploser des bombes et des grenades à la terrasse des établissements publics de Saigon. Pour l'instant, le quartier chinois est épargné. A mon sens, c'est une vertu qui compense largement un éventuel inconfort. Qu'en pensez-vous ?

Les amis de Chatrian ne connaissaient pas Saigon et, à l'exception des deux seules personnes de confiance auprès de qui l'écrivain avait bien été contraint de s'ouvrir de son projet, tous ignoraient sa présence en Indochine. Alors, le Sun-Wah ou un autre établissement...

2

Le taxi emprunta, pour commencer, la route nationale n° 1 – une ancienne route coloniale –, puis obliqua vers celle de Binh Hoa. Il n'y avait que des rizières à perte de vue. Sous la lumière crue d'un soleil implacable, qui collait déjà la chemise de Chatrian à sa peau, les tours de défense paraissaient moins inquiétantes que sur l'espèce de ponctuation sinistre qu'offrait la perspective aérienne. Dans les champs aquatiques qui bordaient la route, des paysans aux chapeaux coniques s'activaient sans accorder la moindre attention au véhicule poussif, tandis que des buffles se prélassaient dans la boue.

Le paysage avait quelque chose de bucolique qui éloignait toute notion de guerre.

Ils venaient de franchir le canal de ceinture, quand Sorel, qui jouait les guides avec beaucoup de bonhomie, indiqua l'hippodrome vers lequel se dirigeaient quelques élégantes et des hommes en costume clair.

— Vous verrez, Maurice, le jeu occupe une place importante à Saigon. Pas seulement parmi les Français. Les Vietnamiens, dans l'ensemble, sont très joueurs. Tant les femmes que les hommes. Au marché, des ménagères n'hésitent pas à jouer leurs achats à quitte ou double... toujours, si j'en crois ce qu'on m'a raconté. Au moment de la grande fête du Nouvel An, le jeu va jusqu'à prendre un caractère rituel. Tous les Vietnamiens, sans discrimination de classe, de sexe ni d'âge, n'hésitent pas à risquer tout ce qu'ils possèdent. Il semblerait que ce soit pour eux une façon de se soumettre à la loi du destin. Une manière d'apaiser les dieux et d'exprimer leur foi.

Les champs cédèrent bientôt la place à un entrelacs de ruelles encombrées et riches en couleurs. Chatrian ne s'était jamais beaucoup intéressé à l'Orient. Avant son départ, c'était à peine s'il avait lu *Sur la route mandarine* de Roland Dorgelès, un recueil de nouvelles de Jules Boissière ou un récit de Pierre Loti... De toute façon, rien n'aurait pu le préparer au choc qu'il ressentit dès l'abord.

Le taxi s'arrêta devant la façade terne d'un hôtel qui occupait une position stratégique à l'angle du quai Le Quang Liem et de la rue Jaccareo, l'artère la plus animée du quartier, qui portait un nom empreint d'accents de samba, comme pour mieux ajouter à la confusion.

En descendant du taxi, une vieille Peugeot au bord de l'apoplexie, Chatrian se prit à cligner des yeux comme au sortir d'un rêve. Il se trouvait plongé au milieu d'un bain de bruits, d'odeurs et de mouvements incessants. Il avait beau laisser son regard errer dans tous les sens, il ne trouvait rien de familier, hormis la silhouette nonchalante de Raymond Sorel, lequel s'amusait beaucoup de son désarroi.

Avant de récupérer ses bagages, l'homme d'affaires s'exclama en tournant sur lui-même, les bras écartés de manière à englober tout l'espace :

— L'Asie, mon cher Maurice ! L'Asie !

Comme si ce seul mot suffisait à tout expliquer.

« L'avion ne permet pas de transition progressive, contrairement au train. Il vous arrache à un monde connu et, sans transition aucune, vous dépose sur une autre planète. En l'occurrence, le dépaysement n'aurait pu être plus soudain ni plus brutal. Je ne dispose plus du moindre point de repère », écrirait Chatrian.

Plusieurs mois auraient beau avoir passé lorsqu'il se relirait, ces mots-là au moins n'auraient rien perdu de leur pertinence et ils se retrouveraient, sans subir la moindre altération, dans le roman qu'il achèverait dans son appartement du quartier chinois de San Francisco.

En fait d'enclave, Cholon était, à proprement parler, une ville dans la ville. Un habitué de l'Extrême-Orient, comme Sorel, ne devait éprouver aucune peine à s'imaginer en Chine. Une Chine hors du temps. Une Chine d'avant Mao et le communisme. Une Chine demeurée attachée à ses traditions ancestrales et à son amour du commerce.

Sorel dut parlementer longuement à la réception de l'hôtel pour obtenir qu'on leur alloue deux chambres avec commodités. A aucun moment, durant la tractation, l'homme d'affaires ne se départit de son sourire pas plus que de sa bonne humeur. Si Chatrian avait dû négocier lui-même, il se serait mille fois découragé. Il aurait tapé du poing, haussé le ton, claqué la porte... et se serait retrouvé dans la rue sans savoir à quel saint se vouer. Il n'avait pas encore eu le temps d'apprendre que la patience – une patience mâtinée d'obstination paisible – était l'outil le plus précieux pour arriver à ses fins avec ces êtres au visage impénétrable.

— Ça y est ! s'exclama Sorel triomphant au moment où son compagnon s'attendait plutôt à l'entendre annoncer qu'il leur fallait chercher à se loger ailleurs.

L'écrivain sourit, ravi de n'avoir pas à partir en quête d'un autre point de chute. Il commençait à ressentir les effets des quatre dernières journées ponctuées de décollages et d'atterrissages. Ses oreilles bourdonnaient encore du dernier et tous les sons lui parvenaient comme au travers d'un filtre ouateux, ce qui ajoutait à l'impression d'irréalité dans laquelle il baignait depuis que, le dimanche précédent, il avait refermé la porte de son appartement de la rue du Bac sans seulement se donner la peine de rédiger une lettre d'explication à l'intention de sa femme.

Il s'était contenté de quelques mots qui, disant tout, ne disaient rien : « Je pars. Je ne compte pas revenir. Tu es libre, Solange. Sois heureuse. Je ne te demande pas de comprendre, mais d'accepter. » Il avait failli s'arrêter là, mais après réflexion il avait ajouté : « Je pars seul. » Son intention n'était pas de se disculper de quelque faute que ce soit, mais de préserver la dignité de sa femme.

Entre le moment où il avait pris la décision de rompre avec son passé et celui où il s'était embarqué sur le DC4 Skymaster de l'Union aéromaritime de transport, Chatrian avait pris la précaution de passer chez un notaire qu'il ne connaissait pas et dont il avait choisi le nom dans l'annuaire, au hasard, par souci de discrétion.

Il avait tout expliqué à cet inconnu, sans fausse pudeur ni fausse honte, afin qu'il comprenne bien la nature particulière du problème. Ensuite, il avait signé une multitude de papiers pour le cas où Solange désirerait demander le divorce. Il avait également donné pouvoir au notaire pour prendre toute mesure appropriée auprès de sa banque et faire en sorte que ses biens mobiliers fussent transférés sur un compte international, dans une compagnie américaine. Ainsi, il aurait tout loisir d'accéder à son argent sans que ses proches aient la moindre chance de découvrir où il avait disparu. Il ne voulait pas voir son passé refaire surface un jour ou l'autre. Pour le reste, il se fiait à la discrétion des deux seules personnes à qui il lui avait bien fallu confier son secret.

— Allons, Maurice, venez ! lança Sorel en l'arrachant à sa rêverie.

Chatrian ne devait pas compter sur le Sun-Wah pour lui fournir le moindre point de repère auquel se raccrocher. En somme, c'était aussi bien ainsi. Comme il l'écrivit le soir même dans son cahier Moleskine : « Pourquoi rechercher dans le présent les traces d'un passé au nez duquel j'ai claqué la porte avec un tel soulagement ? »

Les bruits, les odeurs et les mouvements de l'extérieur se retrouvaient tout aussi bien à l'intérieur – dans la cage d'escalier, dans les couloirs et jusque dans les chambres, dont les portes demeuraient largement ouvertes. Seuls des vantaux à mi-hauteur étaient fermés, çà et là, sans pour autant interdire l'entrée des pièces, où les uns jouaient au mah-jong tandis que d'autres se faisaient couper les cheveux ou curer les oreilles, une occupation qui paraissait leur procurer un bien-être indicible.

L'animation était telle que Maurice Chatrian en vint presque à se demander si Sorel ne s'était pas trompé et s'ils ne se trouvaient pas dans un marché couvert plutôt que dans un hôtel.

Des hommes allaient et venaient dans toutes sortes d'accoutrements : en costume, en pyjama ou le torse nu. Les semelles de bois de leurs sandales claquaient sur le sol en une sorte de ballet cacophonique. Des femmes aux voix aiguës discutaient sans discontinuer et, apparemment, sans s'écouter les unes les autres. Des enfants, nus pour les plus jeunes, se chamaillaient en mêlant leurs jeux et leurs rires.

Le plus dérangeant ne tenait pas tant au bruit et à l'agitation qu'à ce mélange d'odeurs parmi lesquelles Chatrian ne réussissait guère à identifier que celles de la sueur et de l'urine – une rigole courait le long des murs du couloir et les hommes s'y soulageaient sans vergogne.

Il lui faudrait plusieurs jours pour parvenir à identifier au milieu de tous ces effluves le parfum de la fumée des serpentins d'encens qu'on allumait pour tenir à distance les moustiques aussi bien que les esprits mauvais, l'odeur des entrailles de porc, qui entraient dans la fabrication d'un des mets les plus prisés des Chinois, ou encore celle de la graisse chaude dans laquelle grésillait à toute heure du jour ou de la nuit l'une ou l'autre mixture indéfinissable.

— Installez-vous, Maurice, suggéra Sorel quand on leur eut indiqué leurs chambres respectives. J'en fais de même, puis je passe vous prendre et on essaie de se dégoter un endroit où casser une graine, d'accord ? Mieux vaut ne pas chercher à dormir tout de suite, sans quoi nous risquerions de complètement dérégler notre horloge interne et de vivre décalés pendant toute la durée de notre séjour.

A vrai dire, Chatrian était tellement désorienté qu'il en avait oublié sa fatigue. Il n'avait plus la moindre envie de dormir et son estomac criait famine. Il n'avait rien avalé depuis une vingtaine d'heures.

— Bonne idée, fit-il pour tout commentaire.

Il ne comptait pourtant pas s'attarder trop longtemps en compagnie de Sorel, tant il était désireux de partir sans plus tarder à la recherche de sa belle inconnue. Toutefois, il ne pouvait manquer d'égards à l'homme d'affaires. Celui-ci avait grandement facilité ses démarches. Et puis, outre que Sorel était un compagnon plaisant, il constituait une véritable mine d'informations.

Chatrian posa son sac de voyage au pied du lit et examina la pièce. Le Sun-Wah garantissait peut-être ses clients contre les risques d'attentats Viêt-minh, mais, en échange, il attendait d'eux qu'ils ne se montrent pas trop exigeants en matière de confort. Sur ce point, les amis de Sorel qui lui avaient conseillé l'endroit étaient restés très au-dessous de la vérité.

En fait de lit, Chatrian devrait se satisfaire d'un matelas épais comme une gaufre aplatie, posé sur un bat-flanc grossier. Une armoire haute mais étroite, deux fauteuils en bois et une table complétaient le mobilier – le tout d'un noir laqué, savamment agrémenté d'un lacis de boursouflures craquelées qui s'effritaient à la moindre pression de l'ongle. Sur la table, trois petites tasses à thé aussi culottées qu'une bonne pipe. Quant aux « commodités », elles se résumaient à un minuscule lavabo. Il voulut se rafraîchir et constata que le robinet ne dispensait guère plus qu'un léger filet malodorant.

Il ne tarderait pas à apprendre que, pendant la saison sèche, Cholon ne bénéficiait d'eau que trois ou quatre jours par semaine.

La porte s'ouvrit sans qu'on eût frappé et une jeune femme aussi édentée que souriante pénétra dans la chambre. Elle portait une théière et, sans demander à Chatrian s'il désirait quoi que ce soit, remplit l'une des trois tasses culottées. Alors qu'il tendait la main pour s'en saisir, la boyesse projeta le contenu de la tasse sur le sol d'un geste sec, puis elle la remplit à nouveau et la tendit au Français, interloqué de découvrir cette manière expéditive de faire la vaisselle.

Ensuite, avec force gestes et éructations, elle s'efforça de lui faire comprendre que s'il avait besoin de quoi que ce soit, il n'avait qu'à le lui demander et, sans s'être à aucun moment départie de son sourire, elle ressortit en laissant la porte ouverte derrière elle.

Chatrian regardait la tache de thé sur le sol de sa chambre, plus amusé qu'irrité par l'intrusion désinvolte de la boyesse. Il songea à toutes ces portes ouvertes devant lesquelles il était passé et en conclut qu'il devait être de coutume, dans cette Asie si déroutante, de ne pas s'isoler du reste du monde. Avec un léger soupir, il alla pousser les vantaux inférieurs.

Après avoir rangé son sac de voyage, sans le défaire, dans l'armoire étroite et haute, il s'approcha de la fenêtre et l'ouvrit pour appréhender l'animation extérieure d'une position surélevée. De l'autre côté de la rue, un énorme panneau publicitaire vantait les mérites du cognac Martell. Encore plus anachronique, un escalier Louis XV sinuait vers une frêle passerelle métallique qui faisait le dos rond au-dessus des flots de l'arroyo.

Le cognac et l'Ancien Régime, ironiques symboles en cette terre d'Indochine d'une république aux étranges relents d'impérialisme.

Même les repères familiers paraissaient privés de leur sens habituel.

Quand il se retourna, il aperçut Sorel, les coudes posés sur les vantaux de la porte. La face hilare, l'homme d'affaires déclara :

— Bienvenue en Asie, Maurice. J'imagine que vous avez l'impression de débarquer sur une autre planète, non ?

L'écrivain s'approcha de son compagnon. Son corps fut subitement secoué de spasmes nerveux qu'il ne parvenait pas à maîtriser. Des larmes perlaient au coin de ses paupières, de petits bruits incongrus échappaient à ses lèvres pincées. Bientôt, la tension fut trop forte et il ne put retenir plus longtemps le fou rire qui demandait à éclater.

Le corps plié en deux, il appuya à son tour ses coudes aux vantaux et posa un bras sur l'épaule de l'homme d'affaires, dont le rire ne tarda pas à se mêler au sien. Dans le couloir, le silence se fit d'un coup. Incongru, dans cette ruche au bourdonnement incessant. Tous les visages se tournèrent vers ces hommes dont l'hilarité couvrait jusqu'au claquement sec des pièces de mah-jong.

Les deux Français examinèrent les visages des Chinois. La stupéfaction qui s'y lisait eut pour effet de relancer leur fou rire, qui se communiqua bientôt à tous les occupants de l'étage.

Sorel reprit ses esprits le premier. Chatrian n'avait pas encore entièrement recouvré son sérieux quand il sortit de sa chambre pour, un poing pressé sur ses lèvres, traverser le couloir en direction de l'escalier.

Le rire des Chinois les accompagna jusqu'à leur sortie de l'hôtel.

Le jour touchait à sa fin, mais la chaleur était toujours aussi écrasante. Dans une boutique, un homme était allongé dans un hamac tandis qu'une femme leur adressait des signes et leur montrait des vêtements à la coupe occidentale.

— N'hésitez pas à leur rendre une petite visite, Maurice, expliqua Sorel. Vos costumes sont beaucoup trop chauds pour le climat de Saigon. Confiez-leur celui dans lequel vous vous sentez le plus à l'aise et ils vous le reproduiront à l'identique, mais en lin, en soie ou en coton. Si vous savez marchander, il vous en coûtera à peine le prix d'une chemise. Quant à la qualité du travail, ces tailleurs n'ont rien à envier à nos grands couturiers parisiens.

3

Devant une salade de papaye verte, en guise d'entrée, Sorel confia à son compagnon qu'il ne l'avait pas présenté à l'hôtel comme l'écrivain qu'il était, afin de lui éviter de payer un prix exorbitant. Dans la Chine ancienne, les lettrés occupaient le rang le plus élevé au sein de la société, et un hôtelier aurait cru l'insulter en lui facturant sa chambre à un prix indigne de son rang.

— C'est ce qu'un diplomate a expliqué à l'un de mes amis qui avait fait les frais de ce respect intempestif, précisa l'homme d'affaires, qui s'empressa d'ajouter : Au vu du prix de nos chambres, je soupçonne le diplomate d'avoir cherché à ménager la susceptibilité de mon ami. Si nous, Occidentaux, payons plus cher que les autres, c'est simplement en raison de notre qualité d'étrangers. Les marchands avaient beau occuper le bas de l'échelle dans la société chinoise, ils n'en étaient pas moins des négociants hors pair. Et croyez-moi, ils le sont demeurés.

Amusé par l'anecdote, Chatrian approuva de la tête, puis il fronça les sourcils.

— Et si je ne suis pas écrivain, que suis-je censé être ? demanda-t-il.

Un sourire malicieux éclaira la face de son compagnon.

— J'ai pensé qu'un fonctionnaire était, sûrement, l'être le plus éloigné de l'écrivain. Celui qui vous vaudrait peut-être le meilleur prix.

Il fit la moue et conclut :

— C'est raté.

Chatrian appréciait l'insouciance bon enfant de Sorel. S'il avait quelque peine à imaginer son compagnon dans la peau de l'homme d'affaires qu'il prétendait être, il lui était, en revanche, facile d'admettre que son bagout puisse l'aider à venir à bout des arguments de ses interlocuteurs les plus coriaces – quels qu'ils fussent.

— Vous me paraissez avoir beaucoup d'amis, Raymond, observa-t-il. Et j'avoue que votre connaissance de l'Asie m'impressionne.

Sorel expliqua que les relations étaient la base même de sa profession. Il répéta, ensuite, qu'il n'était jamais venu en Indochine, mais qu'il avait suffisamment traité d'affaires avec d'autres pays d'Extrême-Orient pour s'être familiarisé avec les us et coutumes de cette région du globe. Il avait même séjourné assez longuement à Shanghai, mais cela remontait plus loin dans le temps. Tout ceci expliquait qu'il maîtrisait le chinois presque aussi bien que l'anglais. Il promit de faire profiter Chatrian de sa connaissance de la mentalité et des mœurs orientales.

— Vous l'aurez sûrement compris, mon cher Maurice, j'aime l'Asie, dit-il en gratifiant d'un sourire réjoui une jeune fille, vêtue d'une longue tunique rouge à motifs floraux noirs sur un pantalon de soie blanche, qui leur apportait un plat de poisson-chat au curry.

Les deux hommes continuèrent à deviser ainsi, en toute insouciance, pendant le reste du repas et Chatrian fit observer qu'il paraissait, somme toute, relativement facile d'oublier, dans un cadre aussi plaisant, qu'ils se trouvaient au cœur d'un pays en guerre. Son ami lui conseilla de ne pas se bercer d'illusions :

— Si la situation est incontestablement plus tendue dans le nord que dans le sud du pays, il n'en demeure pas moins que le Viêt-minh multiplie ses actions dans le delta du Mékong. Aussi, je vous déconseille de vous aventurer en dehors des limites de la ville, après la tombée de la nuit.

La jeune fille à la tunique rouge vint leur proposer des desserts et Sorel conseilla à son compagnon de se laisser tenter par un riz gluant aux fruits de momordique[1]. Chatrian ne put réprimer une légère grimace à la première bouchée, ce qui provoqua l'hilarité de l'homme d'affaires. Devant un café, celui-ci insista pour que Chatrian lui parle à nouveau de ce qui l'amenait à Saigon.

L'écrivain se passa sur le visage la serviette chaude qui venait de leur être remise.

— Ça pique les yeux, observa-t-il.

Sorel sourit.

— Les avis sont divergents. Pour les uns, cette irritation est la conséquence d'un manque d'hygiène ; pour les autres, elle est provoquée par le produit de lavage. Allez donc savoir !

Chatrian haussa les épaules. L'effet déplaisant se dissipa assez rapidement. Il observait son compagnon tout en s'essuyant les mains. Il hésitait à lui répondre, sachant que Sorel pas plus que quiconque ne pouvait le comprendre. Alors, à quoi bon tenter d'expliquer l'inexplicable ? Il soupira, sortit néanmoins une photo de son portefeuille. Il la posa sur la table sans un mot de commentaire.

— Je m'en souviens, murmura Sorel en examinant le cliché. Cette photo a fait la une de plusieurs journaux, il y a une huitaine de jours, non ?

— Un tout petit peu plus, rectifia l'écrivain.

La photographie représentait la terrasse d'un café de Saigon peu de temps après l'explosion d'une grenade balancée par un gamin qui n'avait pas dix ans, à en croire les autorités. Deux morts étaient allongés sur le sol, au milieu de débris de verre. Des blessés, hébétés, paraissaient chercher un endroit où se mettre à l'abri. A l'avant-

1. Le momordique, aussi appelé « concombre sauvage », est une plante grimpante cultivée pour ses fruits dits « pommes de merveille ».

plan, une jeune femme, les mains tendues devant elle, fixait l'objectif. Elle ne paraissait pas avoir été blessée, mais son *aodai*[1], d'une blancheur probablement virginale l'instant d'avant, était tout éclaboussé de sang. Ses longs cheveux noirs encadraient un visage aux traits fins, des yeux intenses et des lèvres dont les circonstances ne parvenaient pas à masquer la sensualité.

— Il y a quelque chose de désespéré dans ce regard, observa Sorel.

— Vous trouvez ? fit Chatrian avec un petit sourire absent.

— C'est la jeune femme que vous désirez retrouver, n'est-ce pas ? reprit Sorel. Vous êtes vraiment un curieux personnage, Maurice. Vous ne savez rien d'elle et vous abandonnez tout, femme, enfants, carrière...

— Je n'ai pas d'enfants, le coupa Chatrian. Quant à ma carrière... Un écrivain transporte son bureau partout avec lui, vous savez. Et puis, mes romans paraissent régulièrement en feuilletons dans un grand journal du matin. Le rédac-chef m'a demandé de lui adresser une série d'articles sur le quotidien d'une ville en guerre. « Un regard différent de celui des correspondants de guerre ! » a-t-il précisé.

Il haussa les épaules avant d'ajouter :

— On verra si cela m'inspire.

Réalisant qu'il n'avait pas dit un mot de sa femme, il ajouta :

— J'ai aussi abandonné une maîtresse, si vous voulez tout savoir.

Sorel secoua la tête.

— Pas d'enfants, une femme, une maîtresse, voilà que votre entreprise devient déjà nettement plus compréhensible... releva-t-il, avec une ironie teintée de bonhomie.

Plus sérieusement, il reprit :

1. Longue robe à petit col raide, fendue sur les côtés, découvrant un ample pantalon de soie le plus souvent blanche. S'il a connu diverses évolutions au fil du temps, ce vêtement n'en est pas moins la spécificité des Vietnamiennes depuis le XIIIe siècle.

— Quoi qu'il en soit... imaginons que vous retrouviez votre belle inconnue, Maurice. Que comptez-vous lui dire ? « Bonjour, mademoiselle, j'ai tout plaqué pour vos beaux yeux... Faites de même pour les miens et partons ensemble vers un pays qui ne connaisse ni la guerre ni la discrimination » ?

Chatrian sourit. Il n'en voulait pas à Sorel de se moquer de lui. Les questions de l'homme d'affaires étaient parfaitement pertinentes. Il se les était lui-même posées.

— Supposez qu'elle soit mariée et mère de quatre enfants, insista Sorel.

Même cette éventualité-là, il l'avait envisagée. Il haussa les épaules en levant les yeux au ciel.

— Que voulez-vous que je vous réponde, Raymond ? Ne me croyez pas coupé de la réalité au point de ne pas m'être déjà adressé ce genre de réflexions.

— Je veux bien l'admettre, reprit Sorel en plongeant ses yeux clairs dans le regard sombre de son compagnon. Mais vous avez été assez rêveur pour vous lancer dans l'aventure alors même que vous ne leur aviez trouvé aucune réponse, n'est-ce pas ?

— C'est exact, fit l'écrivain sans se départir de son sourire. Pour la bonne raison que vous savez aussi bien que moi qu'il n'existe pas de réponses préalables à ce genre de questions. Seulement, si vous ne vous jetez jamais à l'eau, vous ne risquez pas de découvrir que vous savez nager, n'est-ce pas ?

— Exact, mais vous ne risquez pas non plus de vous noyer, mon cher Maurice.

— Je n'ai rien à objecter à cela, non plus. Sinon que vous parlez avec la voix de la raison. Celle-là même à qui j'ai imposé silence après avoir vu la photo de cette inconnue, parce que je savais qu'elle me condamnerait à l'ennui.

— Je comprends, fit Sorel.

Chatrian fronça les sourcils. Il en avait dit plus qu'il ne l'aurait souhaité et son compagnon paraissait en avoir perçu plus encore.

— Pourriez-vous me confier cette photo ? demanda l'homme d'affaires.

Chatrian la poussa vers son vis-à-vis.

— Je m'en suis procuré plusieurs tirages, précisa-t-il. L'auteur de ce cliché, que la plupart des rédactions ont repris depuis sa parution, est le correspondant local du quotidien dont je vous ai parlé.

— C'est donc par ce biais que vous comptez débuter votre enquête...

— Je ne connais pas personnellement ce journaliste. Tout ce que je sais, c'est qu'il se nomme Alain Leroy et qu'il demeure rue Catinat. Ce sera la première adresse que je donnerai à un chauffeur de taxi. Nous travaillons pour les mêmes personnes, lui et moi. J'imagine qu'il ne me refusera pas son aide.

Le regard de Sorel s'assombrit. Il se gratta le menton sans lever le regard de la photo.

— Alain Leroy, dites-vous... Oui, c'est une piste. Si vous le permettez, je vais voir ce que je puis faire de mon côté. Je possède, ici, quelques relations qui pourraient vous être utiles. Quant à ce Leroy...

Il hésita, secoua la tête et Chatrian eut le sentiment qu'il ne terminait pas sa phrase ainsi qu'il l'avait prévu.

— ... si vous ne le trouvez pas à son bureau, allez donc voir...

— Au Continental.

Sorel rit.

— Je vois qu'on nous refile à tous les mêmes tuyaux.

Il secoua la tête avant de poursuivre, avec une moue contrariée :

— Vous savez Chatrian, c'est plus que de chance dont vous aurez besoin. A ce qu'on raconte, les Vietnamiennes ne fraient pas avec nous, Occidentaux. Je parle des filles sérieuses, bien sûr. Aux yeux des autochtones – même de ceux qui sont acquis à la cause de la France –, une Viet qui se promène au bras d'un Occidental est forcément une prostituée. Elle perd toute considération aux yeux des siens. Rares sont celles qui acceptent de courir ce risque, fût-ce... par amour.

Il marqua un temps avant d'ajouter :

— Il serait presque à souhaiter pour vous qu'elle soit taxi-girl à l'Arc-en-Ciel, la boîte voisine du Sun-Wah...

— Vous plaisantez ! se récria Chatrian.

— Ne vous y trompez pas, Maurice, une taxi-girl n'est pas une prostituée. Pas forcément, du moins. En principe, elle ne vend pas ses charmes. Juste un peu de compagnie. Voilà qui ferait déjà tomber certaines barrières. Tenez, je dois justement me rendre à l'Arc-en-Ciel... pour affaires. Je serais très heureux si vous acceptiez de m'accompagner.

Il éclata de rire et ajouta :

— Autant ne pas perdre de temps pour commencer à vous délivrer de certains préjugés.

— Je préférerais...

Sorel le coupa. Son ton n'était plus léger.

— Je sais, Maurice. Je sais. Vous préféreriez partir sans plus attendre en quête de votre inconnue. Mais il est un peu tard pour débarquer chez le correspondant de votre journal... même si vous travaillez l'un et l'autre pour les mêmes personnes. Et puis... disons que je vous demande cela comme un service. Je n'aimerais pas m'aventurer seul en ce lieu. De mon côté, je vous promets de faire appel à mes relations pour essayer d'identifier cette jeune femme.

Les deux hommes se dirigeaient vers la sortie. Sorel avait insisté pour payer l'addition. Avant de pousser la porte du restaurant, l'homme d'affaires alluma une Gauloise et, avec une gravité qui troubla Chatrian, il dit :

— Si cela ne revêtait pas une telle importance à mes yeux, je ne vous ferais pas perdre ainsi votre temps...

Chatrian était décontenancé par le ton nouveau de son compagnon. C'était presque comme si celui-ci réclamait sa protection. Cela paraissait absurde, pourtant quelque chose dans la voix de Sorel, dans son regard...

L'écrivain haussa les épaules.

— Parfois, c'est en ayant l'impression de s'éloigner de son objectif qu'on s'en approche, n'est-ce pas ? dit-il. Allons, je n'aurais pas le cœur de vous refuser le premier service que vous me demandez après tous ceux que vous m'avez déjà rendus.

4

Raymond Sorel renoua avec sa bonhomie habituelle dès qu'ils se retrouvèrent plongés dans l'atmosphère animée de la rue Jaccareo, au point que Chatrian se demanda s'il n'avait pas imaginé cette subite inquiétude qu'il avait cru percevoir chez son compagnon.

— Cholon est la ville de la nuit, Maurice, expliquait l'homme d'affaires, toujours soucieux de faire bénéficier l'écrivain de son érudition. La ville du jeu. La ville de tous les plaisirs. De tous les vices, aussi.

Sur la chaussée, un cyclo-pousse cherchait à attirer leur attention. L'homme pédalait en leur indiquant sa voiturette vide. Il souriait et les encourageait à y prendre place. Un peu plus loin, une vieille femme déambulait au milieu du trottoir, courbée sous le poids de la palanche qu'elle portait en équilibre sur son épaule gauche. Aux deux extrémités du long bâton de bambou étaient suspendus des paniers fumants. Sa marche curieusement syncopée trahissait la lourdeur de son fardeau. Un homme lui adressa un signe de la main ; elle stoppa net et posa aussitôt sa charge sur le sol.

Chatrian marqua un temps d'arrêt en passant à sa hauteur. Dans l'un des paniers, la marchande ambulante transportait un petit réchaud alimenté par des braises contenues dans un foyer en brique sur lequel reposait une marmite à moitié remplie d'un curieux bouillon où mijotaient des légumes. L'autre panier contenait une série de récipients plus petits ; ceux-ci étaient remplis de morceaux de viande de bœuf très finement coupés, de pousses de soja ou encore de légumes, de nouilles et de riz.

La vieille mélangea les divers ingrédients dans un bol qu'elle tendit à l'homme qui venait de l'interpeller ; celui-ci s'accroupit et entreprit de manger en maniant avec dextérité deux petites baguettes de bois. Chatrian nota que l'homme ne portait pas les baguettes à sa bouche à la manière dont un Français y porterait sa fourchette, mais qu'il inclinait la tête à la rencontre du bol.

— Vous verrez, dit Sorel à qui la curiosité de son ami n'avait pas échappé, cette cuisine est simple mais souvent délicieuse. Si vous réussissez à vaincre vos préjugés, vous vous régalerez dans les rues de Saigon aussi sûrement que dans les meilleurs restaurants du quartier occidental.

La vieille leva les yeux vers les deux Français et tendit un bol vide en direction de Chatrian qui s'efforça de lui faire comprendre qu'il sortait à peine de table et serait bien incapable d'encore avaler quoi que ce soit. Mais la vieille insistait, fort gentiment du reste, et lui indiquait par des gestes éloquents que sa soupe était savoureuse.

Sorel saisit le bras de son ami et l'entraîna.

— Venez, dit-il. Ces gens ne parlent pas le français. Ne vous perdez pas avec eux dans de vaines explications. Oui... non... cela suffira. Sans quoi, vous risquez de vous retrouver en train de manger une soupe copieuse alors que vous avez l'estomac plein.

Une musique de jazz s'échappait de l'établissement vers lequel l'homme d'affaires entraînait Chatrian. Des militaires en poussaient la porte, des civils également, tous parlaient avec animation. Les deux hommes leur emboîtèrent le pas.

L'écrivain fut surpris de constater que l'Arc-en-Ciel était un endroit à la décoration raffinée. Ils durent patienter quelques minutes devant le vestiaire jusqu'à ce qu'une femme habillée avec une grande élégance vînt les accueillir et les guider vers une table proche de la piste de danse.

Autour d'eux, des couples mangeaient une cuisine qui paraissait de qualité. Dès qu'ils furent installés, Sorel commanda une bouteille de champagne.

— Il faut bien célébrer notre première soirée en Indochine, non ? lança-t-il avec une certaine emphase.

Chatrian se demandait pourquoi Sorel ne l'avait pas emmené dîner ici, puisqu'il semblait avoir des affaires à traiter en ce lieu. Il se retint, toutefois, de formuler sa question en songeant que son compagnon n'avait peut-être pas voulu être importuné, pendant le repas, par des questions d'ordre professionnel.

Des jeunes femmes en *aodai* aux teintes vives dansaient avec des militaires sur une version passablement sirupeuse de *Blue Moon*. Pour obtenir le droit de danser avec elles, leurs cavaliers avaient dû, au préalable, acheter des billets auprès d'une dame à l'expression grave qui veillait à la bonne tenue de ses clients.

— Un billet, une danse, précisa Sorel qui avait suivi le regard de l'écrivain. Demain, ces jeunes gens épanouis embarqueront peut-être dans un Dakota qui ira les larguer au-dessus d'une région investie par le Viêt-minh. La nuit, pendant qu'ils écouteront, la main crispée sur leur mitraillette, les sons inquiétants d'une campagne si différente de celle où ils ont vu le jour, ils se remémoreront ces moments d'abandon, et c'est la perspective de retrouver leur cavalière d'un soir qui les aidera à ne pas céder à la panique.

— Vous disiez que tout est matériel de guerre, Raymond. Même le rêve que vendent ces jeunes filles, n'est-ce pas ? releva Chatrian.

Son compagnon sourit.

— *Surtout* le rêve que vendent ces jeunes filles. Je vous l'ai dit, Maurice, Cholon est la ville de tous les plaisirs.

Ceux-ci sont sages, mais il en est de beaucoup plus vénéneux.

Sorel ne précisa pas sa pensée et Chatrian ne l'interrogea pas plus avant. Toutefois, cette réflexion ne manquerait pas de lui revenir plus d'une fois en mémoire au cours des semaines qui allaient suivre.

Sur la piste, un sous-officier avait dû serrer sa cavalière d'un peu trop près car la musique venait à peine de s'interrompre que celle-ci se dégagea vivement de son étreinte et, lui tournant le dos, le planta là, au milieu des autres couples. Dépité, le jeune sergent s'empressa de la suivre pour plaider sa cause mais, de toute évidence, la taxi-girl ne voulait rien entendre. Elle était entrée en conversation avec sa voisine et l'ignorait ostensiblement.

— Je ne crois pas que nous ayons déjà eu l'occasion de nous rencontrer...

L'homme qui venait de les interrompre était grand et mince. On devinait des muscles d'acier sous son costume beige clair en lin fin et à la coupe soignée. La trentaine, un sourire charmeur et une voix légèrement chantante. Ses yeux en amande trahissaient une origine asiatique, mais sa complexion n'était pas celle d'un Oriental. Un métis, sans doute, songea Chatrian.

— Me permettez-vous de prendre place à votre table ? demanda-t-il.

Il s'assit sans attendre la réponse des Français.

— Je me présente, enchaîna-t-il. Commissaire Van Luc.

L'attitude désinvolte du policier contraria Chatrian, qui laissa Sorel s'acquitter des présentations. L'homme d'affaires s'en tira avec une sobriété au goût de l'écrivain. Il demeura parfaitement discret sur la nature des affaires qui l'amenaient en Indochine, ce qui ne fut pas pour surprendre son compagnon, et présenta celui-ci en quelques mots simples :

— Monsieur Chatrian, un ami de Paris. Nous sommes arrivés à Saigon aujourd'hui même.

— Vous n'avez pas tardé à trouver les bonnes adresses, remarqua le commissaire.

— Je ne voulais pas perdre de temps pour m'employer à battre en brèche certains des préjugés de mon ami, dit Sorel. Et pour commencer, je tenais à lui montrer que vos taxi-girls ne sont pas forcément des... entraîneuses.

Le sourire du commissaire se fit encore plus rayonnant qu'à son arrivée. Pour un policier, il avait quelque chose d'un représentant de commerce soucieux de vanter la qualité de ses produits à d'éventuels clients.

— Ces jeunes filles font depuis toujours – j'exagère à peine – partie intégrante de la vie nocturne de nos grandes villes, monsieur Chatrian. Pour espérer se faire engager dans un établissement aussi sélect que celui-ci, elles se doivent d'être belles, cela va sans dire, mais il leur faut également savoir s'habiller et se maquiller avec goût, évoluer sans ostentation, maîtriser les subtilités de toutes les danses de salon à la mode et... pratiquer avec virtuosité l'art de la conversation. Si vous avez jamais l'occasion de vous entretenir avec l'une d'elles, vous serez probablement surpris de la trouver férue de littérature. Voyez-vous, quand j'étais plus jeune, j'économisais âprement la somme qui me permettrait d'acquitter le droit d'entrée, juste pour le plaisir de les regarder danser. A l'époque, un tour de piste coûtait le prix d'un bol de nouilles et je n'avais pas toujours les moyens de me payer les deux. J'avoue qu'il m'est arrivé de sauter un repas.

— Elles sont effectivement très belles, admit Chatrian, qui commençait à se demander ce qu'il faisait là.

Le policier adressa un signe de la main discret à une taxi-girl qui venait tout juste de prendre congé de son cavalier. La jeune fille se dirigea aussitôt vers la table des Français, qu'elle salua avec beaucoup de déférence.

— Thanh, dit Van Luc, fais-moi plaisir, emmène danser monsieur Chatrian.

L'écrivain voulut protester mais la taxi-girl s'éloignait déjà d'un pas entravé par l'étroitesse de sa robe. Quand il la rejoignit sur la piste, l'orchestre attaquait un vieux standard américain qu'il ne parvint pas à identifier. Thanh dansait avec une grâce presque féline. Il y avait une réelle sensualité dans sa manière de bouger, pourtant celle-ci était dépourvue de toute trace de provocation.

Chatrian lui demanda son âge.

— Vingt-deux ans, répondit-elle avec un sourire qui révéla une rangée de dents parfaites.

— Il paraît que vous aimez la littérature, enchaîna-t-il, ne sachant pas très bien ce qu'il convenait de dire en pareille circonstance.

— Beaucoup, oui. Malheureusement, je ne connais que quelques-uns de vos écrivains. Rousseau, Voltaire, Hugo. J'ai essentiellement étudié les auteurs de mon pays. Avez-vous lu leurs œuvres ?

Chatrian aurait été bien en peine de citer le nom d'un seul écrivain vietnamien. Il le reconnut humblement et, toujours aussi emprunté, ajouta :

— Vous savez, je suis écrivain moi aussi, mais il est peu probable que vous ayez entendu parler de moi.

La jeune fille le considéra avec une expression amusée et il se trouva subitement grotesque. Elle devait s'imaginer qu'il cherchait à lui faire la cour. Ne sachant plus très bien quelle orientation donner à cette conversation qu'il jugeait artificielle, il s'enfonça dans un mutisme inconfortable. Cela ne parut pas troubler Thanh outre mesure, puisqu'elle finit par lui demander :

— Qu'est-ce qui vous amène à Saigon, monsieur Chatrian ?

Il hésita. Il ne pouvait lui dire la vérité sans risquer de paraître encore plus grotesque.

— Je collabore occasionnellement à un quotidien français, expliqua-t-il. On m'a demandé de rédiger une série d'articles sur la vie quotidienne d'une ville en guerre.

Un voile passa devant les yeux de sa partenaire.

— Quand cette guerre cessera-t-elle, à votre avis ? demanda-t-elle.

Il aurait été bien en peine de répondre à cette question.

— Elle n'a déjà que trop duré, dit-il.

Elle s'écarta légèrement de lui et le dévisagea en silence.

— Sans doute, murmura-t-elle enfin.

Elle revint se blottir au creux de l'épaule de Chatrian. Ses cheveux avaient l'odeur du jasmin.

— Croyez-vous que les Français vont la perdre ?

Il se remémora les théories de Sorel.

— Je le crois, dit-il. De toute façon, nous aurions dû rapatrier nos troupes depuis longtemps et vous laisser vivre en paix. Il semble que ce ne soit plus qu'une question de temps, désormais.

Thanh fit la moue.

— Cela ne paraît pas particulièrement vous réjouir, observa-t-il, surpris. Pourtant, votre pays retrouverait, alors, son indépendance.

La jeune fille tourna son regard dans la direction du commissaire. Celui-ci paraissait engagé dans une conversation animée avec l'homme d'affaires.

— Que deviendrons-nous si les communistes l'emportent ? demanda-t-elle.

La question surprit Chatrian. Thanh rejeta ses longs cheveux de jais vers l'arrière et, plongeant son regard dans celui de son cavalier, elle ajouta :

— Si les Français ne sont plus là, il y aura beaucoup de représailles, vous ne croyez pas ?

Il la sentit frémir dans ses bras. Il aurait aimé la rassurer, mais il se souvenait de tous ces crânes rasés dans les rues de Paris au lendemain de la Libération.

La musique s'arrêta. Chatrian ne savait quelle attitude adopter. Il se faisait subitement l'effet d'un voyeur. Sorel ne se trompait pas lorsqu'il affirmait qu'il est impossible de demeurer simple spectateur dans un pays en guerre. Certes, ce conflit ne le concernait pas, mais, dans ce lieu consacré au plaisir, la guerre venait de le rattraper plus sûrement que lorsqu'il avait parcouru la route ponctuée de tours de défense qui reliait l'aéroport à la ville.

L'orchestre entama un *Tea for Two* interprété par une femme si menue que son visage était partiellement masqué par le micro. Thanh posa sa tête sur l'épaule de Chatrian, qui se trouva ainsi entraîné dans une nouvelle danse avant d'avoir eu le temps de reprendre ses esprits.

— Quand tout sera terminé, vous rentrerez chez vous, n'est-ce pas ? demanda la taxi-girl.

— Je ne sais pas, répondit-il.

— Ah, vous ne savez pas ?

Elle eut un petit rire qui accentua le malaise de Chatrian, incapable de lui répondre. Soudain, son désir de retrouver son inconnue lui paraissait vain. Il regretta d'avoir accompagné Sorel dans ce lieu. Pourquoi n'était-il pas allé voir Alain Leroy, comme il en avait eu l'intention ? Les journalistes n'ont pas la réputation de se coucher avec les poules.

Lorsque le morceau s'acheva, il raccompagna Thanh jusqu'au bord de la piste et lui demanda ce qu'il lui devait pour ces deux danses.

— C'est un cadeau de bienvenue, murmura-t-elle en tournant les talons.

Chatrian regagna sa table, où Sorel et le commissaire interrompirent leur conversation. Van Luc leva vers lui un visage toujours aussi souriant.

— Alors, monsieur Chatrian, impressionné par votre cavalière, n'est-ce pas ?

— Impressionné ? répéta-t-il. L'expression me paraît tout à fait appropriée.

Il s'assit et tourna la tête pour chercher Thanh du regard. La taxi-girl accompagnait un jeune officier jusqu'à la piste. Leurs regards se croisèrent, mais elle ne répondit pas à son sourire.

— Je crois que le manque de sommeil se fait sentir, dit-il, désappointé.

— Vous avez raison, intervint Sorel, nous devrions songer à prendre du repos.

L'homme d'affaires se leva et tendit la main au policier, qui les raccompagna jusqu'à la porte de l'établissement.

— J'espère que votre séjour vous sera profitable, dit-il au moment de prendre congé.

Quand ils se retrouvèrent dans la rue, Sorel se tourna vers son compagnon.

— Vous me paraissez bien sombre, Maurice, observa-t-il.

L'écrivain soupira.

— La fatigue du voyage, sûrement.

Quand il eut regagné sa chambre et qu'il se fut retrouvé, enfin, seul, Chatrian repensa à la soirée qu'il venait de passer.

Pourquoi Sorel avait-il tenu à se rendre à l'Arc-en-Ciel ? Il ne se souvenait pas de l'avoir vu s'entretenir avec qui que ce soit, sinon avec ce commissaire qui leur avait imposé sa présence avec outrecuidance. Même si l'homme d'affaires avait eu quelque autorisation officielle à obtenir des autorités de police pour ses tractations commerciales, n'aurait-il pas été plus efficace pour lui de se rendre au commissariat ? D'autant que les deux hommes ne paraissaient pas se connaître.

Chatrian se doutait que s'il posait la question à son compagnon, celui-ci l'esquiverait par l'une de ces pirouettes dont il avait le secret. De toute façon, ce n'était pas son problème.

5

Bien qu'il fût épuisé par les fatigues du voyage et de longues heures de veille, Maurice Chatrian eut toutes les peines du monde à trouver le sommeil. Outre que la chaleur était accablante, les propos de la taxi-girl lui revenaient inlassablement à l'esprit. « Que deviendrons-nous si les communistes l'emportent ?... Si les Français ne sont plus là, il y aura beaucoup de représailles, vous ne croyez pas ?... Quand tout sera terminé, vous rentrerez chez vous, n'est-ce pas ?... Ah, vous ne savez pas ?... »

Non, il ne savait pas.

Sa réponse avait fait rire la jeune fille. Pourtant, il avait été parfaitement sincère. Il n'avait pas envie de revenir en arrière. Quoi qu'il advienne, Paris appartenait déjà à un passé révolu. Mais que se passerait-il lorsqu'il aurait retrouvé son inconnue ? Si tant est qu'il réussisse dans sa quête.

« Supposez qu'elle soit mariée et mère de quatre enfants... »

La voix de Sorel vint se superposer à celle de Thanh. Sans doute n'était-il pas nécessaire d'aller aussi loin dans les suppositions. Même si elle était célibataire, qu'aurait-il à lui proposer ? Solange pouvait fort bien refuser ne fût-ce que d'entendre parler de divorce... Et si la guerre venait à finir et que les troupes de l'oncle Ho remportent la victoire... Que deviendraient les Français d'Indochine ?

Que deviendraient les Vietnamiens qui, comme Thanh, n'avaient pas pris le parti des communistes ?

« Depuis que vous avez posé les pieds sur le tarmac de Tan Son Nhut, Maurice, vous avez cessé d'être un observateur passif. »

Non, il refuserait toujours de se laisser entraîner dans ce conflit. Ce n'était pas sa guerre ! Pourtant, avait-il seulement le choix ?

Les questions se pressaient dans l'esprit de Chatrian sans apporter l'ombre d'une réponse. A ce jour, il n'avait jamais douté de la nécessité pour les Français de mettre un terme à cette guerre. D'accorder son autonomie à ce pays trop longtemps colonisé. Pourquoi la France refusait-elle de rendre au peuple vietnamien cette liberté au nom de laquelle ses propres enfants avaient combattu pendant quatre ans ?

Or, cette position, qui lui paraissait parfaitement désintéressée, ne prenait en compte que le point de vue français. Ce soir, il venait de découvrir qu'elle négligeait l'opinion des gens les premiers concernés.

Sa méconnaissance des problèmes de la région était encore plus criante qu'il n'aurait pu le supposer en quittant Paris. Il ne disposait vraiment d'aucun point de repère, pas plus sur le plan intellectuel, culturel, qu'idéologique.

Chatrian finit par sombrer dans un sommeil profond dont il émergea la tête aussi lourde que s'il avait eu la gueule de bois.

Il terminait sa toilette au filet d'eau du lavabo quand un homme à tête de fouine pénétra dans sa chambre. Son sourire édenté ne parvenait pas à dissiper l'impression désagréable qu'il inspira d'emblée au Français. D'une voix éraillée, l'intrus se mit aussitôt à baragouiner un impossible pidgin. Chatrian crut comprendre qu'il se proposait de lui servir de guide.

— Non, merci, répondit-il sèchement en se souvenant du conseil de Sorel lorsqu'ils avaient rencontré la marchande de soupe.

La fouine ne se laissa pas décourager pour autant. Il remplit une tasse de thé qu'il tendit à Chatrian. Puis, sans attendre d'y être invité, il en remplit une seconde qu'il se mit à boire par petites lampées bruyantes. Il fit signe que c'était bon et que c'était offert par la maison. A volonté.

Chatrian enfila une chemise de coton beaucoup trop épaisse pour l'étuve cochinchinoise. Il devina que la fouine lui demandait s'il désirait un cyclo-pousse ou un taxi.

— Rien, merci !

L'autre lui fit signe de patienter et entreprit d'expliquer qu'il était en mesure de répondre à toutes les demandes qui lui seraient faites. Chatrian n'avait aucune envie de lui demander quoi que ce soit, sinon de sortir de sa chambre. Mais l'autre lui proposait maintenant de lui trouver une fille. Il sortit une série de fiches de la poche de sa tunique bleu marine.

— Non, merci ! répliqua Chatrian d'un ton encore plus cassant.

Mais l'intrus insistait. Il s'était placé entre Chatrian et la porte de la chambre, coupant ainsi toute possibilité d'échappée. L'écrivain fit mine de l'ignorer. Il vérifia l'adresse d'Alain Leroy et s'assura que la photo de son inconnue était soigneusement rangée dans son portefeuille. D'un geste vif, la fouine lui subtilisa le cliché et l'examina avec une mine de connaisseur. Il secoua la tête avec une moue critique et, agitant ses fiches, indiqua qu'il avait là beaucoup mieux.

— Ecoutez, mon vieux, gronda Chatrian, vous allez me débarrasser le plancher illico ou je vais finir par perdre mon sang-froid...

Percevant sa détermination, la fouine se résigna. Il rangea ses fiches dans sa poche, mais agita la photo que Chatrian cherchait à récupérer.

— Moi… la trouver… pour vous… !

Au milieu d'un effroyable charabia, le Français réussit à isoler ces cinq mots. Il se calma et laissa échapper un soupir de lassitude. Sa chemise lui collait déjà à la peau. Il détestait cette moiteur.

— OK ! finit-il par lâcher.

Et glissant quelques billets dans la main de la fouine, il ajouta :

— Trouvez-la.

L'autre rangea aussitôt les billets et la photo dans sa poche, à côté de ses fiches, et se lança dans un laïus interminable, qui devait être un engagement à retrouver la jeune fille et à l'amener à son client.

— Si ça continue à ce rythme, Sorel hier, ce nabot aujourd'hui, grommela Chatrian, d'ici la fin de la semaine, je l'aurai trouvée ou alors elle sera la seule à ignorer que je la cherche.

Satisfait d'avoir décroché une affaire, la fouine se retira rapidement.

Pour quitter l'hôtel, Chatrian devait passer devant la chambre de son compagnon de voyage, dont la porte était ouverte comme toutes les autres. Par bonheur, l'homme d'affaires était sorti.

En mettant le pied dans la rue Jaccareo, Chatrian ressentit l'absence de repères avec plus de force encore que la veille. L'espace d'un instant, il regretta que Sorel ne fût pas à ses côtés, mais il lui fallait apprendre à se débrouiller seul au milieu de cette agitation permanente. De ce bruit continu. De ces odeurs écœurantes.

D'une certaine manière, le chaos ambiant lui parut presque apaisant, ce matin. A voir tous ces gens vaquer à leurs occupations, il était difficile de s'imaginer au milieu d'un pays en guerre.

Il héla un cyclo-pousse et donna l'adresse d'Alain Leroy, rue Catinat. Bientôt, il se trouva sur la longue artère qui reliait la ville chinoise à Saigon : le boulevard Tran-Hung-Dao, qui devenait le boulevard Gallieni puis le boulevard Bonnard. De nouveaux points de repère, tout au moins dans les noms des rues, car ces boulevards n'étaient guère plus que de larges bandes de terre traversant de bien curieuses campagnes.

Boulevard Gallieni, un convoi de blindés français les dépassa à vive allure.

Une ondée rafraîchit bientôt l'atmosphère. L'ondée devenant averse, le conducteur du cyclo s'arrêta pour relever la capote au-dessus de son client, puis il reprit sa course sans disposer pour lui de la moindre protection contre la pluie. Il cornait à tout propos, comme si son passager eût été le gouverneur général en personne et qu'il fallût dégager la route devant lui.

Quand ils arrivèrent rue Catinat, la pluie avait cessé et le soleil écrasait à nouveau la ville. Chatrian s'assura une dernière fois qu'il était à la bonne adresse. Ici, l'animation était moins désordonnée qu'à Cholon. Les Occidentaux étaient nettement plus nombreux et les boutiques plus élégantes. Il gravit un escalier sombre jusqu'au premier étage et frappa à la porte de gauche, selon les indications qui lui avaient été fournies à Paris.

Un Asiatique soupçonneux lui ouvrit.

— Je désirerais parler à monsieur Leroy, annonça-t-il.

— Qu'est-ce que vous lui voulez ? demanda l'autre sans aménité.

— M'entretenir avec lui. J'arrive de Paris, répondit-il sèchement.

Une voix lui parvint de l'intérieur de l'appartement :

— Ils ont enfin décidé de me remplacer ?

L'Asiatique recula pour laisser entrer Chatrian et le conduisit jusqu'à un vaste living où un homme, le torse nu, était affalé sur un divan aussi avachi que lui. Au plafond, un ventilateur dispensait un air frais dans la pièce dont les volets demeuraient hermétiquement clos.

— Je ne suis pas venu pour vous remplacer, répondit Chatrian.

L'autre haussa les épaules.

— Je ne vous en aurais pas voulu. Même sans cette satanée guerre, ce pays est épuisant. Asseyez-vous dans le fauteuil, c'est sûrement le siège le plus confortable dans cette cagna.

Chatrian s'assit dans ledit fauteuil en cuir, dont le dossier colla aussitôt à sa chemise trempée.

— Alors, si vous ne venez pas pour me remplacer, vous venez pour éplucher mes notes de frais ?

Chatrian éclata de rire.

— Non, je ne suis pas comptable.

— Je ferais mieux de vous laisser parler... dit son hôte, qui s'était levé pour aller verser du whisky dans un verre avant de le noyer de soda. Tenez, il est important de s'hydrater si vous ne voulez pas vous dessécher sur pied.

Chatrian fronça les sourcils. Il n'était pas onze heures et l'idée d'avaler de l'alcool lui soulevait le cœur.

— Vous n'auriez pas plutôt de l'eau ? demanda-t-il.

— De l'eau ? Vous venez de débarquer ou quoi ? Méfiez-vous de l'eau. Il n'y a rien de mieux pour vous filer la chiasse, ici. Allons, autant vous habituer sans plus tarder à la vie coloniale.

L'expression choqua Chatrian, mais il se contenta d'esquisser un sourire de circonstance.

— Je ne me suis pas présenté, dit-il en se levant. Maurice Chatrian.

Leroy lui serra la main en fronçant les sourcils.

— Chatrian ? Vous écrivez des nouvelles dans mon canard, pas vrai ?

L'écrivain opina du chef.

— Et vous écrivez aussi des romans.

— C'est exact.

L'autre se laissa tomber dans le meilleur fauteuil de la cagna, que son visiteur venait de libérer. Chatrian alla prendre place sur le divan. Il aimait autant ça. Le tissu ne collait pas à sa chemise.

— Dites donc, si je me souviens bien, vous avez été à deux doigts de décrocher le Goncourt. Pourquoi vous être lancé dans le roman policier ? Par dépit ?

Le journaliste abordait là un sujet que Chatrian n'aimait pas voir soulever. Depuis près de sept ans, Solange lui posait la même question chaque fois qu'il mettait un point final à un manuscrit. Il n'y avait jamais répondu. Il n'allait pas faire l'injure à celle qui était encore son épouse de répondre à un parfait étranger... même s'il attendait de celui-ci qu'il l'aide à retrouver une inconnue.

— C'était en 1940, le Goncourt n'a pas été attribué cette année-là. Ensuite, il y a eu la guerre. J'ai cessé d'écrire pendant ces années noires. Après, j'ai eu envie de passer à autre chose.

Leroy ne tirerait rien de plus de lui sur ce sujet. Le journaliste fit la grimace.

— Pourquoi pas ? Et vous prévoyez d'écrire un nouveau roman qui se déroulera ici, c'est ça ?

— Non... enfin, peut-être. Sans doute. Mais ce n'est pas ce qui m'amène ici.

— Alors, en quoi puis-je vous être utile ?

Chatrian sortit la photo de son portefeuille et la tendit à son hôte, qui l'examina un long moment en silence.

Leroy finit par secouer la tête et dit :

— J'ai eu de la chance, ce jour-là. On voulait absolument m'envoyer à Hanoi. On avait repris deux villages aux Viets dans le Haut-Tonkin. Deux villages qu'eux-mêmes nous avaient sans doute pris une semaine plus tôt. Nous devions absolument couvrir l'événement. Tu parles ! C'est toujours la même salade. Moi, j'avais fait la java la veille et quand je me suis réveillé, l'avion devait déjà être sur le chemin du retour. Je suis allé me balader en ville et badaboum ! Un gosse à vélo balance une grenade dans la terrasse d'un café. Malgré les grilles de protection, ça a fait des dégâts. Je devais être le seul reporter présent à Saigon.

Il s'interrompit le temps de boire une large rasade de whisky-soda.

— Oui, je vous le dis, j'ai eu une sacrée veine, ce jour-là. A part moi, personne n'a pu couvrir l'événement. Oh, l'explosion d'une grenade à la terrasse d'un bistro n'est guère plus originale que la reprise de deux villages, mais, pour l'instant, c'est quand même moins fréquent.

Chatrian n'était pas vraiment choqué par le cynisme de Leroy. Il savait que les correspondants de guerre se bâtissent une carapace à force d'être confrontés à des drames humains.

— Pourquoi me montrez-vous cette photo, Chatrian ?

L'écrivain se leva et s'approcha du fauteuil où le journaliste paraissait perdu dans la contemplation de son cliché chanceux.

— Je dois retrouver cette personne, dit-il en pointant du doigt la jeune femme à l'avant-plan.

Leroy leva les yeux et demanda :

— Vous devez la retrouver ? Pourquoi ? Qui est-ce ?

— C'est ce que j'aimerais que vous m'aidiez à découvrir.

Son instinct de reporter en éveil, Leroy vida son verre et se leva pour aller se resservir.

— Buvez, Chatrian, dit-il, en regardant le verre que son visiteur n'avait pas touché. Il faudra vous y faire.

L'écrivain leva son verre et but une gorgée, comme si ce geste de bonne volonté pourrait avoir la vertu de lui concilier les faveurs du journaliste.

— Pourquoi *devez*-vous retrouver cette personne ? Bon sang, que de colère dans le regard de cette femme, observa-t-il.

— C'est en rapport avec mon nouveau roman, risqua Chatrian, sans relever la remarque du journaliste.

Il était conscient que son ton n'était guère convaincant. L'autre secoua la tête.

— Vous *devez* retrouver cette personne, reprit Leroy, vous ne voulez pas me dire pourquoi mais vous attendez que je vous aide. Mazette !

Il avait prononcé ces mots comme s'ils suffisaient à démontrer l'absurdité d'une telle demande. Chatrian se doutait de ce qui se passait dans la tête de Leroy. Il ne fallait pas être grand clerc pour deviner que le reporter soupçonnait son visiteur d'être sur la piste d'un scoop et qu'il n'entendait pas l'aider à en tirer profit à sa place.

Comment Chatrian pourrait-il lui faire comprendre qu'il se foutait des scoops comme de sa première liquette ?

— Vous êtes descendu au Continental ? demanda le reporter en enfilant une chemise.

— Non, au Sun-Wah. Un hôtel de Cholon, répondit Chatrian.

L'écrivain était convaincu que son hôte ne tarderait pas à lui signifier la fin de leur entretien. Il ne pouvait pourtant pas lui avouer les raisons pour lesquelles il voulait retrouver cette inconnue. S'il le croyait, Leroy le prendrait au mieux pour un fou, ce qui ne l'inciterait pas à lui apporter son aide. Dans le cas contraire, il s'imaginerait que Chatrian se payait sa tête, ce qui ne serait guère plus motivant pour lui.

Leroy lui jeta un regard intrigué.

— Vous êtes descendu à Cholon ? Quelle drôle d'idée !

— C'est un ami avec qui j'ai fait le voyage depuis Paris qui m'a conseillé l'endroit. Question dépaysement, j'avoue qu'il aurait été difficile de trouver mieux.

— Un original, votre ami. Que vient-il faire ici ?

Chatrian haussa les épaules.

— C'est un homme d'affaires, mais je n'ai toujours pas réussi à savoir quel genre d'affaires il traite.

Le journaliste se gratta le menton.

— A part la vente d'armes, je ne vois pas bien quelles affaires pourraient s'avérer rentables en ce moment.

— Oh, je doute que ce soit là son secteur d'activités. Mais je reconnais qu'il m'intrigue.

Le front du reporter se plissa à nouveau.

— Les pays en guerre attirent toutes sortes d'aventuriers. Peut-être votre ami est-il un poète à la manière de Rimbaud.

L'idée fit sourire Chatrian.

Leroy enfila ses pataugas et glissa dans sa poche un carnet et un stylo qui traînaient sur une table basse.

— Si vous décidez de vous rapprocher de la civilisation, reprit-il, faites-moi signe, je devrais pouvoir vous obtenir une chambre au Continental. L'hôtel est passablement plein. Certains journaux ont réservé des suites entières, mais Franchini, le propriétaire du Continental[1], est un ami.

Leroy demanda encore des nouvelles de Paris, mais il était évident qu'il s'apprêtait à sortir. Comme Chatrian l'avait soupçonné, le journaliste ne tarda pas à lui annoncer qu'il avait une réunion d'information au Continental avec les autorités militaires.

— C'est d'un ennui mortel, mais... si vous voulez vous joindre à moi, vous êtes le bienvenu. Vous aurez, ainsi, l'occasion de faire la connaissance de toutes les espèces de notre petit zoo.

— C'est très gentil, mais je vous ai déjà suffisamment importuné. Une autre fois, avec plaisir.

Leroy secoua la tête.

— Je comprends, dit-il à nouveau. Si vous avez besoin de quoi que ce soit, n'hésitez pas à me le faire savoir. Si je suis absent, adressez votre demande à Vinh... c'est le roquet qui vous a introduit. Il a un caractère épouvantable, mais c'est un collaborateur des plus précieux. Il sait toujours où me trouver et si votre demande est urgente, il se mettra en quatre pour vous donner satisfaction. Dans la mesure de nos moyens, bien sûr.

1. Historiquement vrai.

Il marqua un temps avant d'ajouter en baissant la voix :

— Vinh est un homme sûr. Vous n'avez pas à avoir de secrets pour lui. J'en réponds.

Chatrian se retrouva dans la rue. Seul. Le soleil était toujours aussi accablant. Le cyclo-pousse qui l'avait amené depuis Cholon l'attendait à l'endroit précis où il l'avait laissé. Il lui fit signe qu'il n'avait plus besoin de ses services.

Il s'éloigna en songeant qu'il s'y était bien mal pris avec Leroy et en se demandant comment il lui serait possible de rattraper le coup.

Il ne s'était jamais senti aussi loin de son inconnue depuis qu'il avait découvert son portrait à Paris. Dans un autre monde. Dans une autre vie.

6

Maurice Chatrian laissa passer deux journées avant de rendre une nouvelle visite à Alain Leroy. Pour n'être pas contraint à avaler du whisky-soda à jeun, il se présenta chez le journaliste en fin d'après-midi. A sa grande surprise, celui-ci le reçut avec chaleur et même sympathie.

Vinh n'avait pas hésité à introduire Chatrian, cette fois-ci, et Leroy était même venu au-devant de lui.

— Vous arrivez au bon moment, dit-il en entraînant son visiteur vers le salon dont les volets étaient toujours hermétiquement clos. Une heure plus tôt, vous ne me trouviez pas. Encore une de ces interminables réunions de propagande dont nos officiers ont le secret depuis que de Lattre a eu la bonne idée de mettre sur pied un véritable service de presse. Ah, le roi Jean[1] a beau ne plus être là, les gens qu'il a mis en place s'y entendent à merveille pour nous vendre du vent. Bah ! Et vous, où en êtes-vous ?

Chatrian haussa les épaules en prenant le verre que son hôte lui tendait.

— Je m'acclimate, dit-il. Cela prend du temps.

— On ne s'acclimate jamais vraiment, le coupa Leroy. Regardez, si j'ouvre les volets pendant la journée, cette pièce se transforme en une véritable fournaise en dépit du ventilateur. Alors, j'ai pris l'habitude de me conten-

1. Surnom du général de Lattre de Tassigny.

ter, ici, d'une lumière artificielle. A vrai dire, poursuivit-il avec un petit rire, cela convient assez bien à mon tempérament. Et si j'ouvre ces satanés volets, la nuit, la lumière de ma lampe de travail attire toutes sortes d'insectes. Foutu pays !

Sans transition aucune, il demanda :

— Et la jeune fille que vous recherchez ?

Chatrian aurait voulu trouver les mots pour convaincre le journaliste de l'aider, mais les seuls qui lui vinrent furent :

— Nous travaillons pour les mêmes personnes, Leroy.

Il avait dit cela comme si cet argument suffisait à justifier le mystère dont il s'entourait.

Le journaliste reposa son verre. Son front s'était plissé et il examinait son interlocuteur avec une attention nouvelle. Sans pouvoir se l'expliquer, Chatrian eut le sentiment d'avoir touché une corde sensible. Mais quand Leroy se remit à parler, ce fut pour prononcer un nom qui appartenait à un passé que Chatrian croyait révolu :

— Vallès !

L'écrivain sursauta et son hôte éclata de rire.

— Vous avez enquêté sur mon compte ? demanda Chatrian.

— Eh, je suis reporter, mon vieux, ne l'oubliez pas ! Dites-moi, vous avez fait un sacré boulot entre 40 et 44. Il en fallait du courage, pour rester à Paris après la répression des étudiants au Quartier latin.

Chatrian ne répondit pas. Quand la guerre avait commencé, il était chargé de cours de lettres à la Sorbonne. Son beau-père et sa femme lui avaient conseillé de les accompagner à Bordeaux. Il avait refusé d'abandonner ses étudiants. Surtout, il s'était refusé à admettre la défaite.

— Vous avez travaillé à *La Relève*[1], n'est-ce pas ? le relança Leroy.

1. Journal de l'Union des étudiants et des lycéens communistes (UELC), diffusé sous le manteau.

— C'était une autre époque, dit-il d'une voix sourde.

— Je me souviens de vos articles, mon vieux. Magnifiques ! Quelle verve ! Nous ignorions, alors, quelle belle plume se cachait derrière la signature de Vallès ! Vous me direz que cela valait mieux pour vous...

Et il répéta :

— Ah, quelle verve !

— Une verve qui a coûté la vie à beaucoup de jeunes gens, intervint Chatrian. A l'époque, je ne mesurais pas encore à quel point il convient d'être prudent quand on manie les mots et qu'on veut croire la plume plus forte que l'épée[1].

— Bon sang, se récria Leroy, nous n'avons pas été si nombreux à réagir dès les premiers jours de l'Occupation ! Encore heureux que des types comme vous aient cru à la force de la plume.

Il y avait une pointe d'admiration dans la voix du reporter.

— Par bonheur, vous avez réussi à passer entre les mailles du filet.

— Moi, oui. Mes étudiants, non... enfin, pas tous.

Il n'aimait pas évoquer cette période de sa vie, mais il ne put s'empêcher d'ajouter :

— Je n'étais pas à leurs côtés quand ils ont manifesté pour la libération de Langevin[2], le 8 novembre, ni trois jours plus tard, quand les nazis, appuyés par la police française, se sont livrés à une répression sans précédent...

— Si vous aviez été à leurs côtés, le coupa Leroy, vous n'auriez pu servir la Résistance comme vous l'avez fait.

Combien de fois Chatrian n'avait-il pas entendu ces paroles ? Combien de fois ne se les était-il pas servies à lui-même ? Bien sûr, elles correspondaient à une réalité. Mais elles n'avaient jamais réussi à dissiper totalement le

1. Allusion à une affiche de l'époque.

2. Professeur au Collège de France, physicien mondialement connu, figure du Front populaire.

sentiment de culpabilité qu'il avait éprouvé en apprenant la mort de ces étudiants en qui il avait entretenu l'esprit de révolte.

— Dites-moi, mon vieux, comment passe-t-on d'une collaboration à *La Relève* à un service de renseignements au profit des Américains ?

Chatrian haussa les épaules.

— Ce n'était pas une question d'idéologie. Ma seule motivation a toujours été la lutte contre la peste brune. Au début, le mouvement communiste m'offrait le moyen de toucher les jeunes. Plus tard...

— Il y avait de Gaulle.

— La Résistance française me paraissait trop divisée, et il est probable que je ne possédais pas les bons contacts. Deux de mes romans avaient été traduits aux Etats-Unis. Ça m'a permis de rencontrer des gens.

Chatrian n'avait pas envie de laisser la discussion s'éterniser dans cette voie. Il n'aimait pas plus évoquer cette période de sa vie que les raisons pour lesquelles il n'écrivait plus que des romans policiers. Il essaya de ramener son hôte à la question qui l'intéressait. Peut-être l'admiration que Leroy paraissait éprouver pour l'ancien résistant qui se faisait alors appeler Vallès le déciderait-elle à aider aujourd'hui Maurice Chatrian.

— En ce qui concerne la jeune personne que je recherche, glissa celui-ci, je vous assure que ce n'est pas pour des raisons journalistiques. Je ne connais personne ici, hormis vous. J'ai besoin de votre aide.

Leroy resta un long moment silencieux. Il s'approcha de la table basse, sur laquelle Chatrian fut étonné d'apercevoir la photo de sa belle inconnue. Le journaliste saisit le cliché et l'examina comme s'il le voyait pour la première fois.

— Vallès ! répéta-t-il, en secouant la tête. Vous êtes décidément un type bien mystérieux, Chatrian.

Il détourna son regard de la photographie et dévisagea son visiteur. Dans la semi-pénombre où baignait la pièce, celui-ci ne parvenait pas à interpréter la lueur qui brillait dans les yeux du journaliste.

— Nous travaillons pour les mêmes personnes, reprit Leroy avec une gravité nouvelle. Bien sûr, vous ne pouvez pas m'en dire plus ?

Chatrian secoua la tête en signe de dénégation.

— Je comprends, fit le journaliste, à la grande surprise de son visiteur.

Il examina à nouveau le cliché et murmura :

— Ça ne va pas être facile...

Chatrian éprouva une joie soudaine. « Ça ne va pas être facile » sous-entendait que ce ne serait pas impossible. Il s'efforça pourtant de ne rien laisser paraître de l'espoir fou qui l'animait soudain. Il ne fallait surtout pas déstabiliser Leroy.

— Ecoutez, mon vieux, je ne vous promets rien, poursuivait le journaliste, mais je vais mettre tous mes informateurs sur le coup. Si j'apprends quelque chose, je vous le ferai savoir au... Sun-Wah. C'est bien ça ?

— A l'angle de Jaccareo et du quai Le Quang Liem.

— Je vois très bien l'endroit. Quel choix étrange ! Vous comptez y demeurer longtemps ?

Chatrian haussa les épaules.

— Tout dépendra du résultat de vos recherches.

Leroy reposa la photo sur la table basse. Il se resservit à boire et Chatrian lui indiqua qu'il avait à peine touché à son verre.

— Vous n'avez jamais coupé les ponts avec les Américains, pas vrai ? reprit le journaliste. Cela pourrait nous être précieux, ici.

Chatrian fronça les sourcils. Il ne comprenait pas ce que voulait dire son hôte. Depuis la fin de la guerre, il n'avait plus eu de contact avec les services de renseignement américains. Il se remémora la réaction de Leroy lorsqu'il lui avait dit : « Nous travaillons pour les mêmes personnes. » Se pouvait-il que son collègue se fût mépris sur le sens de ces mots ? Se pouvait-il qu'il ait des activités sans rapport immédiat avec le journalisme ? Ce n'était nullement impossible. Même s'il ne s'était jamais intéressé de près au conflit indochinois, Chatrian n'était pas sans savoir que la France était désireuse d'obtenir un engagement plus important de son puissant allié.

Il se demanda s'il ne devrait pas expliquer à son collègue qu'il faisait fausse route.

— Les Américains sont particulièrement discrets en ce qui vous concerne, poursuivait Leroy. J'ai bien compris que je n'obtiendrais rien en vous questionnant, alors je me suis tourné vers mes informateurs. Malheureusement, je n'ai pas eu plus de succès de ce côté-là.

Et pour cause ! songea Chatrian.

Il renonça, toutefois, à détromper le journaliste. Si Leroy lui apportait son aide, c'était sans doute en raison même de sa méprise. Il serait toujours temps de rétablir la vérité quand celui-ci aurait identifié la jeune femme.

— Croyez-vous que votre inconnue ait un lien quelconque avec le jeteur de bombe ?

Chatrian se récria aussitôt :

— C'est sans rapport avec cet attentat, Leroy ! Cela, je puis vous l'assurer.

Il voulait bien passer pour ce qu'il n'était pas aux yeux de son confrère, mais il ne pouvait risquer de compromettre la sécurité d'une jeune femme qui n'avait commis d'autre « délit » que de lui tourner la tête.

— Et votre homme d'affaires ? demanda Leroy, en changeant de sujet au plus grand soulagement de Chatrian. Ce...

— Raymond Sorel ? compléta Chatrian. Je ne l'ai guère revu depuis notre arrivée.

— Ses *affaires* doivent l'accaparer, observa Leroy en accentuant le mot « affaires ».

A vrai dire, Chatrian n'avait revu Sorel qu'une seule fois depuis leur soirée à l'Arc-en-Ciel. Lui qui souhaitait, ce soir-là, lui fausser compagnie pour se consacrer à sa recherche le regrettait presque, d'autant qu'il se sentait désœuvré. Il avait toutes les peines du monde à s'acclimater à la chaleur de la ville, sans même parler de l'ambiance si déconcertante de l'Asie.

Son désir de ne pas se laisser rattraper par la réalité lui faisait éviter les endroits fréquentés par ses compatriotes, hormis le salon de Leroy. Il n'avait pas mis les pieds une seule fois au fameux Continental et, à vrai dire, il quittait rarement l'enclave chinoise de Cholon. Sa curiosité naturelle l'incitait à se promener au hasard des rues, le nez au vent.

Ce fut à l'occasion d'une de ces errances que ses pas croisèrent ceux de Sorel, dans un lieu parfaitement improbable.

Après avoir longé le quai Le Quang Liem encombré d'un côté par de misérables boutiques de charpentiers, de l'autre par des amoncellements de planches qui masquaient les eaux sombres de l'arroyo, Chatrian s'était enfoncé dans un dédale de rues bordées de maisons au style vaguement français qui l'avaient amené devant la grande bâtisse du marché Binh Tay.

Sous une vaste halle aux toits en forme de lotus, il avait découvert, à côté de soieries aux motifs souvent criards avec leurs dragons dorés sur fond rouge, des échoppes d'herboristes où il avait eu bien de la peine à identifier les plantes entrant dans la pharmacopée traditionnelle de ces gens qui ne paraissaient accorder aucune attention particulière à l'égaré qu'il était.

Plus loin, des femmes débitaient des quartiers de viande ou découpaient en morceaux des poissons sortis de viviers qui n'étaient guère que des bassines remplies d'eau, tandis qu'un homme allongé dans un hamac, au-dessus de son étal de fruits, s'éventait mollement. Il semblait qu'ici les hommes se prélassaient alors que les femmes travaillaient.

Ce fut en sortant de la halle, et alors qu'il découvrait, horrifié, le marché extérieur, qu'il fut surpris de s'entendre interpeller par la voix guillerette de Sorel.

— Alors, Maurice, je vois que vous avez suivi mes conseils, observa l'homme d'affaires en tâtant le revers du veston en lin de Chatrian.

Celui-ci s'était fait tailler des vêtements sur mesure dans la boutique que lui avait indiquée son compagnon, le soir où ils avaient sablé le champagne à l'Arc-en-Ciel.

— Vous faites vos emplettes ? demanda Sorel.

— Vous plaisantez ! rétorqua l'écrivain.

Le marché extérieur ne présentait aucune similitude avec celui qu'il venait de traverser sous la halle. La terre battue ne réussissait pas à absorber l'eau d'une averse récente. Des nuées de mouches se pressaient sur des blocs de sang séché, à vous soulever le cœur. Sorel lui expliqua qu'ils entraient dans la composition de sauces et de soupes, ce qui le découragea un peu plus de goûter la cuisine locale. Au milieu d'immondices variées, des rats se délectaient de déchets en tous genres au vu et au su de commerçants aussi indifférents à leur présence que leurs clients.

— Cela aussi, c'est l'Asie, mon cher Maurice, dit l'homme d'affaires.

Il entraîna son compagnon vers des rues plus accueillantes, où celui-ci découvrit une diversité de riz qu'il n'aurait jamais soupçonnée.

— Allons, prenez place, dit Sorel en lui indiquant, près d'une échoppe, un siège bas devant une minuscule table, sur laquelle une femme déposa sans y être invitée des tasses de thé vert.

Chatrian hésita mais s'exécuta. Ce fut alors que Sorel lui expliqua que le jour viendrait où il ne pourrait plus se passer de ces odeurs qui, aujourd'hui, lui chaviraient le cœur.

— Un jour, vous vous promènerez comme en ce moment dans une rue semblable à celle-ci, poursuivit-il.

La chaleur aura raison de vos réticences et vous vous installerez à une table en tous points pareille à celle-ci. Vous boirez du thé pour vous désaltérer, mais vous ne trouverez pas encore l'audace de commander un repas.

Sorel avait prononcé le mot « audace » avec une pointe de moquerie dans la voix.

— Quelques jours plus tard, votre curiosité l'emportera sur vos préjugés et vous reviendrez ici ou dans un endroit semblable – de toute façon, ils se ressemblent tous – et vous commanderez un *pho*, une soupe de nouilles et bœuf, qui est la base de l'alimentation de ces gens. Vous serez surpris par la délicatesse de ce mets. Oh ! vous ne serez toujours pas conquis – il en faut plus que cela pour nos palais « raffinés »... Seulement, l'Asie se sera insinuée en vous. Insidieusement.

L'homme d'affaires s'interrompit pour vider sa tasse, qui se trouva aussitôt remplie.

— Lorsque vous n'éprouverez plus la moindre réticence à arrêter une marchande ambulante pour lui demander une soupe, lorsque vous ressentirez le désir de découvrir des plats plus exotiques que ce simple *pho*, ce jour-là, vous serez prêt à rencontrer votre belle inconnue, Maurice.

Chatrian éclata de rire.

— C'est un véritable parcours initiatique, si je vous comprends bien, observa-t-il.

Sorel posa une main sur l'épaule de son compagnon.

— Vous ne croyez pas si bien dire.

Chatrian fut troublé par le sérieux soudain de l'homme d'affaires.

— Maurice, poursuivit ce dernier, vous avez pris l'avion de Paris à Saigon, mais croyez-moi, vous n'avez pas encore fait le premier pas sur la route qui vous conduira à la femme que vous croyez aimer... Pardon, mon ami, la femme que vous aimez, se reprit-il. Voyez-vous, aucun avion, ni aucun moyen de transport, quel qu'il soit, ne vous permettra jamais de franchir une telle distance. C'est à vous de parcourir le chemin qui vous sépare d'elle. Si vous ne vous en sentez pas capable, il vaut mieux reprendre l'avion en sens inverse. Même si vous deviez trouver les coordonnées de cette femme, même si elle était libre et que son cœur fût parfaitement disponible, vous ne dépasseriez jamais le seuil de sa maison. Comprenez-vous ?

Chatrian regarda longuement son compagnon, qui lui apparaissait subitement sous un jour nouveau. Il l'avait d'emblée trouvé sympathique, mais il ne lui aurait jamais prêté une telle pénétration d'esprit. Il paraissait si désinvolte... Décidément, cet homme était bien énigmatique. Les mots qu'il venait de prononcer avaient touché le cœur de l'écrivain, qui se contenta de secouer la tête en guise d'appréciation.

Il aurait aimé passer plus de temps avec Raymond Sorel, mais celui-ci ne pouvait s'attarder. Il avait un rendez-vous important.

— Dans ce marché ? s'étonna Chatrian.

Sorel retrouva aussitôt son insouciance habituelle et ce fut en éclatant de son rire bonhomme qu'il répondit :

— Mais, un marché n'est-il pas l'endroit idéal pour traiter des affaires ? Et puis, Cholon est un *grand* marché[1].

— Vous ne m'avez toujours pas dit en quoi consistaient vos affaires, Raymond.

L'autre sourit.

— Les affaires appartiennent au monde du réel, Maurice. Vous évoluez dans une tout autre dimension. Ne vous encombrez pas de considérations de ce genre. Parcourez plutôt le chemin qui vous mènera à votre belle inconnue.

— Ce n'est pas si simple, soupira Chatrian.

— Je le sais, mon ami, mais vous êtes beaucoup plus proche d'elle que vous ne l'imaginez.

1. Cholon signifie « grand marché » en chinois.

L'écrivain fronça les sourcils. Sorel rit à nouveau.

— Non, non, ne vous méprenez pas, rectifia-t-il. J'ai tenu la promesse que je vous avais faite, l'autre soir. Je me suis renseigné à son sujet, mais je ne suis pas plus avancé pour l'instant. Vous pensez bien que je ne vous aurais pas fait languir si j'avais retrouvé sa trace. Non, Maurice, ce que je veux dire en affirmant que vous êtes plus proche d'elle que vous ne l'imaginez, c'est que vous êtes moins étranger à l'Orient qu'il n'y paraît. Songez à ce que je vous ai dit : je sais reconnaître ceux qui ont le virus, et vous appartenez à cette catégorie d'individus. Cette terre et son âme faisaient partie de vous bien avant que vous ne posiez le pied à Saigon.

Sorel se leva. Chatrian porta la main à sa poche pour régler les consommations, mais l'homme d'affaires arrêta son geste.

— Cet endroit est un... restaurant, Maurice, pas un salon de thé.

— Mais nous avons consommé...

— Si cette dame nous a servi du thé, ce fut un simple geste de courtoisie, Maurice. Oh, l'Asiatique n'est pas un généreux bienfaiteur. Il aime à gagner de l'argent, surtout qu'il nous sait plus riches que lui, mais il a aussi le sens de l'hospitalité. Ce thé nous a été offert.

Les deux hommes se serrèrent la main. Chatrian allait s'éloigner quand l'homme d'affaires le rappela :

— Je serai toujours ravi de passer du temps en votre compagnie, Maurice, mais il est essentiel que vous parcouriez ce chemin seul. Vous avez trouvé les mots justes : c'est une sorte de parcours initiatique.

— Je comprends, fit Chatrian.

Il regarda s'éloigner son compagnon avec une vive émotion. Il aurait aimé le remercier. Il aurait aimé lui dire de ces mots que la pudeur retient au fond de la gorge et qu'on regrette de ne pas avoir prononcés quand il est trop tard.

Mais comment aurait-il pu savoir qu'il était déjà presque trop tard ?

Chatrian ne parvenait pas à détacher son regard de cet homme dont il aurait aimé percer le mystère. Il le vit s'approcher d'un étal qui croulait sous une masse de fruits tous plus étranges les uns que les autres et s'arrêter quand un homme lui tendit un durian, ce fruit au goût suave et à l'odeur de fromage trop fait. Il eut l'impression d'avoir déjà vu ce négociant avec qui Sorel s'entretenait maintenant. C'était toutefois fort improbable. N'était-ce pas la première fois qu'il s'aventurait sur le marché de Binh Tay ?

Même s'il avait fouillé dans les recoins les plus sombres de sa mémoire, Chatrian aurait sûrement été incapable de reconnaître sous les traits de ce maraîcher aux vêtements élimés le si élégant commissaire Van Luc, qui avait cherché à lui faire partager sa passion pour l'art de la danse tel que le concevaient les taxi-girls du cru.

7

Chatrian avait été sensible au discours de Sorel et cela avait donné un sens à ses déambulations. Il posait, désormais, un tout autre regard sur son environnement. Ainsi, après avoir quitté son compagnon, il reprit le chemin des quais. Là, un adolescent et un garçon d'une dizaine d'années s'amusaient à lancer des bouts de brique plats en direction d'une ligne qu'ils avaient tracée sur le sol, à une dizaine de mètres d'eux. Le gagnant était celui qui s'approchait le plus près de la ligne, à condition toutefois de ne pas l'avoir dépassée.

Le Français s'arrêta pour regarder le jeu. L'adolescent leva la tête dans sa direction et lui tendit un bout de brique en l'invitant à se joindre à eux.

Voilà une autre façon, sans doute, de parcourir une partie du chemin, songea Chatrian en prenant le palet. Son enfance était déjà trop loin ou son esprit trop peu concentré sur le jeu, car son palet franchissait le plus souvent la ligne ou demeurait bien en deçà de celui de ses partenaires, qui s'amusaient beaucoup de sa maladresse.

Après avoir perdu une dizaine de parties, Chatrian leur fit comprendre qu'il devait reprendre sa route. L'adolescent sortit alors de sa poche quelques billets froissés et essaya de lui faire comprendre que c'était le montant qu'il venait de perdre. Croyant à une plaisanterie, Chatrian éclata de rire et fit mine de s'éloigner.

Mais le jeune Annamite claquait de sa main libre les billets posés à plat sur l'autre.

Le visage de l'adolescent s'était rembruni. Il se planta devant Chatrian et s'efforça de se montrer plus explicite encore. Il n'y avait pas la moindre agressivité dans son attitude, mais une détermination évidente.

Le Français haussa les épaules et déposa la somme réclamée dans la main de son adversaire, qui retrouva aussitôt le sourire et s'efforça d'expliquer qu'il serait ravi de voir Chatrian venir retenter sa chance contre lui.

Le Français s'éloigna en se remémorant que Sorel lui avait dit que les Vietnamiens aimaient le jeu sous toutes ses formes. Il avait donc bien posé un premier pas sur le chemin qui le mènerait à sa belle inconnue.

Chatrian retourna à l'Arc-en-Ciel. A trois reprises. Il voulait que Thanh lui en dise plus sur ses peurs quant à l'issue de la guerre.

— Si les Français sont défaits, ils rentreront chez eux, expliqua-t-elle, et nous nous retrouverons seuls face aux troupes du Nord. Il leur sera difficile de pardonner à ceux qui n'ont pas soutenu leur lutte. Je ne sais pas ce que nous deviendrons alors. J'espère ne pas avoir à vivre ce jour-là.

Chatrian lui avoua avoir réalisé qu'il ignorait vraiment tout de ce conflit. Et il n'était pas le seul dans ce cas. Comme lui, la plupart de ses compatriotes avaient perdu de vue que le pays était divisé en deux camps. Les Français avaient décidément semé une belle pagaille. Les perspectives étaient sombres. En France, nombreux étaient ceux qui auraient voulu voir le pays se désengager de ce conflit. Lui-même était partisan d'un retrait général des troupes. Mais, en écoutant la taxi-girl, il prenait conscience que ce serait livrer une partie de la population à la fureur de l'autre.

— Et vous, pourquoi êtes-vous venu ici ? lui demanda Thanh.

Il n'avait aucune raison de lui mentir et il lui parla de la jeune femme de la photo. Thanh sourit.

— Elle a de la chance.

Chatrian fut surpris d'une telle réponse. Il la pria de s'expliquer.

— Si vous réussissez à la retrouver, elle sera sûrement heureuse de vous accompagner loin d'ici.

Ce que la jeune fille venait de lui dire de ses inquiétudes rendait sa réponse assez claire pour qu'il ne lui demande pas plus de précisions. D'autant qu'elle ajouta, en baissant la tête :

— Si un homme me proposait de l'accompagner en France, je n'hésiterais pas un instant.

— Encore faudrait-il qu'il vous plaise, observa Chatrian, en songeant qu'il en irait de même en ce qui concernait son inconnue.

Quelles chances avait-il de lui plaire ?

Thanh fit voler ses longs cheveux de jais autour de son visage.

— Oh, vous savez...

Elle marqua un temps avant d'ajouter :

— J'aurais eu l'occasion de danser avec lui, de lui parler. Il ne serait plus tout à fait un inconnu.

— Mais ce n'est pas pour autant que vous en seriez amoureuse.

Elle sourit, comme si la remarque du Français lui paraissait naïve.

— Le plus souvent, nous autres, Vietnamiennes, n'avons même pas l'occasion de choisir notre mari. L'affaire se traite entre la famille du fiancé et celle de sa promise. Il est fréquent qu'une jeune fille ne découvre son époux qu'au moment où ils se retrouvent seuls, pour la première fois, dans la chambre nuptiale.

— Et il n'arrive jamais qu'elle refuse l'homme choisi par sa famille ?

La taxi-girl sourit.

— Un vieux dicton dit : « Cent filles ne valent pas un testicule. »

Devant l'expression incrédule du Français, elle ajouta :

— Un autre dit : « Un garçon, c'est quelque chose ; dix filles, ce n'est rien. »

Chatrian ne fit pas de remarque. Il aurait été déplacé de juger la mentalité vietnamienne en fonction de critères en vigueur à plus de dix mille kilomètres de distance. Et puis, il ne fallait pas remonter si loin dans le temps pour trouver, en France, une tradition guère différente.

— Notre société était très hiérarchisée avant l'arrivée des Français, poursuivit Thanh, et ce n'est pas parce que vous avez établi des écoles dans notre pays que vous avez réussi à balayer des siècles de tradition. J'ai eu beaucoup de chance de pouvoir fréquenter l'une de vos écoles. J'en suis redevable à mes parents, et rien ne pourra jamais effacer ma dette envers eux.

— Mais vous avez pourtant envie de quitter votre pays.

La jeune fille baissa les yeux.

— Je sais que si un homme me propose de l'accompagner en France, il n'emmènera pas ma famille. Mais en m'éloignant de ce pays, je me mettrai à l'abri des représailles des troupes de l'oncle Ho, et mes parents en éprouveront un profond soulagement. Je pourrai avoir des enfants et ceux-ci perpétueront le culte de nos ancêtres. Et croyez-moi, je saurai être une bonne épouse pour mon mari. Je lui serai entièrement dévouée.

Chatrian resta longtemps silencieux. Il ne doutait pas que Thanh serait une bonne épouse. Des siècles de tradition l'avaient conditionnée en ce sens. Il était plus sceptique quant aux intentions des jeunes gens qui la faisaient danser.

Et son inconnue ? A supposer qu'elle fût libre et que son cœur fût parfaitement disponible, comme l'avait évoqué

Sorel, n'accepterait-elle pas son amour uniquement pour fuir les conséquences de la probable défaite des Français ?

Il chassa les nuages que soulevait pareille éventualité en songeant qu'il lui resterait, alors, à se faire aimer. Il posa encore de nombreuses questions à la jeune fille sur les traditions de son peuple. Ce soir-là, Thanh refusa une fois de plus l'argent qu'il lui proposait :

— Nous n'avons pas dansé, dit-elle, et vous avez déjà payé le champagne.

Deux jours plus tard, Chatrian adressa son premier article à Paris. Sans la nommer, il y parlait de Thanh, la taxi-girl, du statut de la femme dans la société vietnamienne et de la peur que les conséquences d'un éventuel départ des Français faisaient naître parmi ceux qui avaient soutenu leur cause ou qui ne s'étaient pas ouvertement engagés dans la lutte armée contre l'envahisseur.

Ce fut un soir où il sortait de l'Arc-en-Ciel qu'il revit Sorel pour la dernière fois.

Maurice Chatrian avait retardé le moment de retrouver sa chambre-étuve du Sun-Wah. Il fut surpris, en arrivant sur le palier, par l'absence d'animation. Le couloir était désert et silencieux. Seule une jeune fille, recroquevillée dans un coin, l'observait, une étrange lueur dans le regard. Les portes des chambres étaient ouvertes, comme à l'accoutumée, mais il ne s'en échappait pas le moindre bruit. Les pièces de mah-jong elles-mêmes demeuraient muettes.

En approchant de sa chambre, il constata que les vantaux inférieurs étaient ouverts, alors qu'il avait l'habitude de les refermer derrière lui lorsqu'il s'absentait. Un pied et le bas d'un pantalon dépassaient dans le couloir, comme si un homme était allongé sur le sol. Il reconnut le pantalon, pressa le pas.

Raymond Sorel était assis sur le sol, adossé à l'un des vantaux. L'homme d'affaires le regarda approcher avec un étrange sourire aux lèvres. Chatrian crut que son ami était ivre et il voulut l'aider à se relever, mais Sorel, dont la main droite était crispée sur sa petite mallette, laissa échapper un gémissement sourd en portant sa main libre à son ventre.

— Que vous est-il arrivé ? demanda Chatrian, inquiet.

L'autre fit la grimace et l'écrivain découvrit une tache de sang sur sa chemise.

— Trop tard... murmura Sorel.

Chatrian voulut se redresser, mais l'homme d'affaires lui saisit le bras.

— Que vous est-il arrivé ? répéta Chatrian.

— Couteau... parvint à articuler Sorel.

— Je vais chercher un médecin.

— Non... attendez.

Sorel tourna les yeux vers la mallette. Il était incapable de bouger son bras gauche. Il dut faire un gros effort pour réussir à parler :

— Prenez-la...

— Plus tard, répondit Chatrian en cherchant à se dégager.

— Non ! insista Sorel, sans lui lâcher le bras. La mallette... les services du commissaire de la République... Charles Duluc... Duluc, n'oubliez pas, mais surtout... pas avant d'avoir...

Chatrian vit que le regard de son ami se troublait. Il parvint à se dégager.

— Je reviens, dit-il.

— La mallette...

Chatrian hésita, puis saisit la mallette et la fit glisser sous son lit, ensuite il se précipita vers la jeune fille recroquevillée dans son coin et qui ne le quittait pas des yeux. Elle avait l'air d'un animal effarouché.

— Un médecin ! hurla-t-il.

La malheureuse se leva et s'enfuit sans un mot. Il eut beau ameuter tout l'étage, pénétrer dans les chambres et réclamer de l'aide, personne ne le comprenait. Les gens lui souriaient, mais aucun ne bougeait. Il dévala les étages quatre à quatre et secoua le concierge de nuit, qui dormait allongé sur une natte posée à même le sol. L'homme le dévisagea comme s'il avait affaire à un fou furieux. Chatrian s'efforça d'expliquer calmement qu'il avait besoin d'un médecin. Que c'était urgent. Qu'un homme était en train de mourir. L'autre secouait la tête en se frottant les yeux.

Le Français était sur le point de sortir de l'hôtel – mais vers qui se tourner, à quelle porte frapper ? –, quand l'homme à la tête de fouine apparut et lui demanda dans son effroyable pidgin ce qu'il désirait. Il lui répéta son antienne :

— Un homme est en train de mourir. Dans ma chambre. Il faut appeler un médecin. Prévenir la police.

L'autre finit par comprendre et lui demanda de patienter. Il allait chercher de l'aide. Quand il eut disparu à l'angle de la rue, Chatrian tourna les talons. En attendant le médecin, il pourrait peut-être venir en aide à son ami.

Quand il arriva à la porte de sa chambre, il constata que celle-ci était vide. Sorel avait disparu. Les boys et boyesses installaient leurs couchages dans le couloir. Il les questionna. Un homme… un blessé… mais sans davantage réussir à se faire comprendre. Il courut vers la chambre de Sorel. Elle était vide. Il n'y avait pas la moindre trace de lutte. Elle paraissait n'avoir jamais été habitée. Il ouvrit l'armoire et constata qu'elle était vide, elle aussi. Il eut beau tout mettre sens dessus dessous, il ne restait rien pour indiquer que Raymond Sorel avait séjourné dans cette pièce.

Il en était là de ses investigations quand un policier fit son apparition. L'homme parlait français avec beaucoup d'approximation. Il voulait savoir ce que cherchait

Chatrian. Le Français lui expliqua que c'était la chambre de son ami. Qu'il était blessé. Mort peut-être.

— Où est votre ami ? demanda le policier.

— C'est ce que j'aimerais savoir. Il était couché sur le sol de ma chambre. Il avait une blessure au ventre. Il était incapable de bouger.

Le policier fronça les sourcils.

— S'il était incapable de bouger, où est-il ?

— Je vous dis que j'aimerais le savoir.

Chatrian sortit de la pièce et montra à l'agent les Chinois qui avaient repris leurs activités habituelles dans le couloir de l'hôtel.

— Interrogez-les ! Ils ont bien dû voir ce qui s'est passé.

Le policier interrogea chacun, mais personne n'avait rien vu.

— C'est impossible. Il n'a pas pu se déplacer seul. Il n'était pas en état.

Le policier lui demanda de se calmer et Chatrian eut le sentiment qu'il mettait en doute la santé mentale de ce Français trop excité.

— Et où sont passées les affaires de mon ami ? demanda-t-il.

Le policier interrogea l'homme à la tête de fouine, qui expliqua que monsieur Sorel avait quitté l'hôtel, la veille au matin. Il avait emmené ses affaires.

Chatrian examina le sol de sa chambre, sans y trouver la moindre trace de sang qui aurait pu démontrer au policier qu'il n'avait pas rêvé.

— Ecoutez, je vous assure qu'il était bien là et qu'avec sa blessure il n'a pas pu s'en aller seul. Vous devez ouvrir une enquête !

Le policier haussa le ton et lui expliqua qu'il ne pouvait rien pour lui. Sur quelle base ouvrirait-il une enquête ? Personne, hormis le Français, n'avait vu le blessé qui, bien qu'incapable de se déplacer, avait disparu. Avant de repartir, le policier conseilla à Chatrian de réduire sa consommation d'alcool ou d'opium.

Chatrian se retrouva seul en compagnie de l'homme à la tête de fouine.

— Je n'ai pas rêvé, dit-il, comme s'il éprouvait le besoin de s'en convaincre lui-même.

L'autre ne se départait pas de son sourire. Il lui conseilla de ne pas s'en faire. Son ami allait sûrement réapparaître. Sa blessure était peut-être superficielle. Ou peut-être était-ce lui qui avait trop bu et était-il reparti cuver son vin.

Chatrian n'insista pas. Pour la première fois depuis son installation au Sun-Wah, il referma la porte derrière lui. Ce soir, personne ne la poussa pour lui apporter du thé.

Il se remémora, subitement, la mallette de Sorel et se baissa pour la récupérer. Elle était toujours sous le lit, là où il l'avait fait glisser. N'était-ce pas la preuve qu'il n'avait pas rêvé ? Il était sur le point de courir après le policier, quand il songea que la présence de ce bagage à main dans sa chambre ne constituait en rien une preuve que Sorel eût été blessé et qu'il eût disparu.

Découragé, il ouvrit la mallette et se félicita de n'y avoir pas pensé en présence du policier. Elle contenait une série de documents et, posé par-dessus, un Browning calibre 7,65, avec deux boîtes de cartouches.

Il la referma aussitôt.

Qui était Sorel ? La question de la nature des affaires qu'il traitait se posait plus que jamais.

Chatrian se demanda ce qu'il devait faire de ce legs compromettant. Il regretta de n'avoir pas écouté la fin de la phrase de son ami. « La mallette… les services du commissaire de la République… Charles Duluc… Duluc, n'oubliez pas, mais surtout… pas avant d'avoir… »

Pas avant quoi ? Qu'avait-il voulu dire ?

Le Français glissa à nouveau la mallette sous son lit. Il avait besoin de temps pour réfléchir à la décision qu'il lui faudrait prendre. Se pouvait-il que Sorel ait été moins sérieusement touché qu'il ne l'avait cru ? Se pouvait-il qu'il fût reparti de son propre chef ? Si c'était le cas, pourquoi ne l'avait-il pas attendu ? Il savait que Chatrian était allé chercher de l'aide. S'était-il senti en danger ?

Mais alors, lui-même n'avait-il rien à craindre du ou des agresseurs de son ami ? Ne chercheraient-ils pas à récupérer la mallette ? Et pourquoi tous ces gens qui allaient et venaient en permanence dans le couloir avaient-ils subitement disparu pendant que Sorel agonisait en l'attendant ? Ils avaient sûrement été témoins de ce qui s'était passé. Sans doute était-ce pour cela qu'ils s'étaient dispersés. Pour ne pas avoir à apporter leur témoignage. Et Sorel, avait-il vraiment quitté l'hôtel, la veille au matin ? Etait-il parti de son plein gré ?

Chatrian se trouvait confronté à une somme de questions trop complexes. Il ne possédait aucun élément pour leur apporter le début d'une réponse.

Il essaya de retrouver son calme. La première question à laquelle il convenait d'apporter une réponse le concernait directement. Devait-il quitter le Sun-Wah au plus tôt ? La sagesse aurait sans doute été de partir sans laisser d'adresse, mais si Sorel réapparaissait ?

Le Français se leva et alla ouvrir la fenêtre. De l'Arc-en-Ciel voisin, des notes de jazz s'échappaient.

Il ne pouvait s'en aller sans laisser à Sorel l'occasion de réapparaître, si tant est qu'il fût encore en vie. Il s'allongea sur son lit et la tension nerveuse eut bientôt raison de sa résistance.

8

Alain Leroy n'était pas chez lui, mais Vinh conseilla à Maurice Chatrian de se rendre au Continental. Il avait toutes les chances de l'y trouver.

— Là, monsieur Leroy travaille beaucoup, observa le « collaborateur des plus précieux ».

Il y avait dans son ton une ironie si subtile que nul n'aurait pu lui en faire ouvertement le reproche sans être accusé de mauvaise foi.

Chatrian hésita. S'il se trouvait au Continental, Leroy serait sûrement entouré de ses collègues et il serait difficile, voire impossible, de lui parler en tête à tête. Pourtant, il avait besoin de raconter sa nuit à quelqu'un et, hormis le journaliste, il ne connaissait toujours personne à Saigon. Il y avait bien Thanh, mais la taxi-girl ne lui paraissait pas une interlocutrice indiquée pour ce genre de confidence.

Surmontant sa réticence, il parcourut lentement la distance qui le séparait de la vaste bâtisse aux murs blancs rendus aveuglants par la réverbération du soleil.

Dans le hall de l'hôtel allaient et venaient une multitude de marchands de journaux, d'employées en *aodai* vert, de porteurs, de garçons d'étage et de serveurs. Dans les vastes fauteuils se prélassaient des Occidentaux désireux de profiter de l'air frais brassé par les pales des puissants ventilateurs.

L'écrivain se dirigea vers la réception et demanda où il lui serait possible de trouver monsieur Leroy. Une jeune fille élancée comme une liane le pria de la suivre et l'entraîna vers le jardin, où flottait le parfum des frangipaniers en fleur.

Leroy était installé dans la partie couverte du vaste patio, à deux pas du bar. Le journaliste était engagé dans une conversation animée avec un groupe composé d'autres correspondants de guerre dont les accents trahissaient la diversité des origines.

Seul à une table voisine, un homme sirotait un cocktail en suivant d'un œil goguenard la progression d'un margouillat qui, dans un coin du plafond, s'approchait insensiblement de sa proie, un insecte que la distance ne permettait pas d'identifier. Chatrian crut reconnaître Graham Greene, dont il avait lu le dernier roman, *La Fin d'une liaison*, peu avant son départ de Paris. Il se demanda si le romancier britannique se trouvait à Saigon pour couvrir la guerre, lui aussi, ou dans la perspective d'écrire un nouveau roman plus dans l'esprit de *La Puissance et la Gloire* que de l'histoire intimiste d'un couple déchiré par la guerre et la foi.

Il n'eut pas l'occasion de pousser plus avant sa réflexion, car Leroy venait de l'apercevoir et lui criait de venir le rejoindre, comme s'il eût été le maître des lieux. A vrai dire, la plupart des journalistes se comportaient comme s'ils étaient chez eux, parlant haut et fort sans souci de leurs voisins.

— Mes amis, je vous présente monsieur Chatrian, annonça Leroy à ses collègues. Une plume digne de notre cher Graham, mais qui préfère, aujourd'hui, sacrifier à la mode du roman policier.

Chatrian ne put s'empêcher de tourner la tête en direction du romancier britannique, qui observait toujours le margouillat, lequel se délectait maintenant de sa proie. Pourtant, il eut l'impression que sous son air absent Greene ne perdait pas un mot de leur conversation.

Ses nouveaux compagnons le pressaient de questions. Toujours les mêmes. Pourquoi renoncer à une littérature noble au profit d'un genre mineur ? Par bonheur, un reporter américain prit sa défense. Il avança les noms de Chandler et de Hammett pour démontrer que le roman policier pouvait atteindre aux plus hauts sommets de l'art. Chatrian se retira du débat. A vrai dire, personne ne paraissait se soucier de son avis sur la question. Son arrivée et la présentation de Leroy leur avaient offert un dérivatif à leurs habituelles discussions sur l'évolution d'un conflit qui n'arrivait plus à les passionner que par intermittence.

Le général Salan avait été nommé commandant en chef des troupes d'Indochine, mais la mort du roi Jean, le 11 janvier 1952, continuait d'alimenter les conversations. En moins d'un an de présence sur le terrain, le général de Lattre avait réussi l'exploit de rendre l'espoir aux troupes françaises, d'opposer à l'avancée du Viêt-minh une résistance qui faisait illusion et d'obtenir une aide matérielle accrue des Etats-Unis. Maintenant qu'il n'était plus, mort au combat, en quelque sorte, à dix mille kilomètres du champ de bataille[1], son œuvre allait-elle être réduite à néant ?

Quand aucun événement décisif ne vient troubler la monotonie d'une guerre d'enlisement, il faut bien trouver à nourrir son ennui. Aussi l'arrivée d'un nouveau venu était-elle du pain béni pour des désœuvrés.

Chatrian n'écoutait pas les banalités des journalistes. Il se contentait de sourire en secouant la tête. Oui, oui, Chandler... Oui, oui, Hammett... bien sûr ! Leroy finit par s'en apercevoir et, se levant, déclara qu'il avait à faire. Terminés les « plus hauts sommets de l'art ». Chacun soupçonnait déjà le reporter d'avoir obtenu un tuyau et de vouloir les tenir à l'écart. Chatrian lui-même

1. De Lattre était rentré en France avant de gagner les Etats-Unis dans l'espoir d'obtenir une assistance plus substantielle.

devenait suspect. Disposait-il de sources auxquelles eux-mêmes n'avaient pas accès ? Les questions pleuvaient, pressantes. Le ton montait.

A la table voisine, Greene avait délaissé la contemplation du margouillat pour se perdre dans celle d'une jeune femme qui, appuyée à la rambarde de la galerie du premier étage, fumait une cigarette à l'ombre d'un large chapeau blanc. Un imperceptible froncement de sourcils trahissait seul son agacement.

— Allons, venez, Chatrian ! lança Leroy. Oublions le boulot pour quelque temps et pensons au plaisir. Depuis votre arrivée, je suis sûr que vous n'avez pas encore eu le temps de découvrir les bonnes adresses...

La réflexion du journaliste eut pour effet immédiat d'apaiser l'irritation de ses compagnons et de donner une orientation plus graveleuse à leurs propos.

— Il fallait bien trouver un moyen de calmer leurs esprits, commenta Leroy en traversant le hall animé de l'hôtel. En ce moment, tout le monde s'emmerde, ici. Alors forcément, votre arrivée leur procure une occasion de distraction. J'espère qu'ils ne vous ont pas trop incommodé avec leurs banalités.

Le journaliste paraissait oublier qu'il n'avait pas été le dernier à en prononcer et qu'il avait même ouvert le feu avec son commentaire sur la mode du roman policier.

Dès qu'ils se retrouvèrent dans la rue, Chatrian lui raconta sa soirée de la veille. Le journaliste l'écouta en silence. Quand son compagnon eut achevé son récit, Leroy fronça les sourcils.

— Voilà une bien curieuse affaire, observa-t-il.

— Je ne sais vraiment pas quelle attitude adopter, lui confia Chatrian. Le flic qui est venu, hier soir, n'a pas cru un traître mot de mon histoire. Mais pourquoi aurais-je inventé un conte aussi insensé ?

Il hésita avant de conclure :

— Peut-être devrais-je aller trouver les autorités françaises... Qu'en pensez-vous ?

Leroy haussa les épaules.

— Ils vous diront la même chose que votre flic, hier soir : où est le cadavre ?

Chatrian songea aux propos de l'homme d'affaires à leur sortie de l'aéroport.

— Sorel avait des lettres de recommandation. Elles nous ont permis d'expédier les formalités douanières et policières en un temps record. Il possède donc des relations bien placées. Des gens doivent le connaître, ici. Je devrais peut-être contacter les services du commissaire de la République en Cochinchine.

— Vous savez, dit Leroy, dans ce pays, des hommes meurent tous les jours au combat. Avec ou sans recommandation. Je veux dire… le propre fils du roi Jean s'est fait tuer sur le terrain. Et vous, vous ne savez même pas si ce Sorel est mort. Qui croyez-vous que son sort intéressera ?

— Mais, bon Dieu, s'il est encore en vie… ou blessé… Il n'est peut-être pas trop tard.

— Ne rêvez pas, mon vieux. A supposer qu'il soit vivant, où le chercher ? Vous n'en avez pas la moindre idée. Et croyez-vous vraiment que s'il avait eu la force de marcher, il aurait disparu sans attendre votre retour ?

— Vous croyez que quelqu'un l'a enlevé ?

Leroy réfléchit. Puis :

— Vous dites que le couloir habituellement si animé de l'hôtel était désert. Ce n'est pas surprenant. Les Chinois n'avaient aucune envie qu'on trouve un Français mort dans l'hôtel. Peut-être Sorel est-il décédé pendant que vous alliez chercher de l'aide – cela semble vous avoir pris un certain temps. Peut-être ont-ils fait disparaître son corps pour ne pas avoir d'ennuis avec la police…

— Ils ont prétendu n'avoir rien vu, murmura Chatrian, pensif. Or c'est impossible. Je suis certain que s'ils ont tous disparu, c'est justement parce qu'ils ont vu quelque chose qu'ils n'auraient pas dû voir et qu'ils ne voulaient pas être amenés à témoigner. Mais ils ne peuvent quand même pas tous être complices !

— Il est probable qu'aucun d'eux n'est impliqué dans ce meurtre.

— S'ils n'avaient rien à se reprocher, pourquoi ne sont-ils pas venus en aide à Sorel ?

— Peur des ennuis, je vous dis.

Chatrian hocha la tête.

— Oui, sans doute.

Cette éventualité n'avait rien d'absurde, pourtant il avait beau la retourner dans tous les sens, elle ne le satisfaisait pas entièrement. Quelque chose clochait, mais il aurait été incapable de préciser quoi.

— Croyez-vous que je sois en danger, désormais ? demanda-t-il enfin.

— Vous ? s'exclama le journaliste. Pourquoi diable ? Sorel vous aurait-il confié quelque chose ? Vous aurait-il fait des confidences ?

Chatrian songeait à la mallette, mais il aurait eu le sentiment de trahir la confiance de Sorel en mentionnant son existence à qui que ce soit. Si quelqu'un devait en entendre parler, ce serait ce Charles Duluc, des services du commissaire de la République.

— J'ignore tout de lui et des affaires qui l'ont amené à Saigon. Mais ceux qui l'ont descendu peuvent supposer…

— Pourquoi imaginer un… complot derrière ce meurtre ? demanda Leroy, en posant un regard trouble sur son compagnon. Peut-être s'est-il simplement fait agresser dans la rue par un brigand qui voulait le détrousser…

Chatrian opina, mais il avait du mal à croire à une vulgaire agression. A cause de la mallette et de quelque chose d'indéfinissable qui avait trait au comportement général de l'homme d'affaires.

— Bien sûr, dit-il cependant. Je n'y avais pas pensé.

— N'empêche que vous devriez quitter cet hôtel, mon vieux, enchaîna Leroy. Cholon n'est pas un endroit sûr.

C'est la ville de tous les vices. Le jeu, la prostitution, les fumeries d'opium... On y est toujours à la merci d'un mauvais coup.

— Sorel prétendait que le quartier chinois était plus sûr que le reste de la ville, où le Viêt-minh fait exploser des bombes à la terrasse des bistros.

— Vraiment ? Vous savez, les poseurs de bombes n'ont aucune raison d'épargner Cholon. Les Chinois qui vivent là, pour la plupart, ne sont pas des sympathisants du Viêt-minh. Ils appartiennent à la Chine vaincue, pas à celle de Mao.

Chatrian se demanda pourquoi l'homme d'affaires lui avait menti sur ce point. Il paraissait si bien renseigné sur tout le reste. Pourquoi insister pour descendre dans un hôtel minable de Cholon, si le quartier n'était pas plus sûr que la partie occidentale de la ville ? Oui, il y avait bien des zones d'ombre dans son comportement.

— Voulez-vous que je parle à mon ami Franchini ? demanda Leroy.

— Je tiens à rester encore un jour ou deux au Sun-Wah, déclara Chatrian. On ne sait jamais. Si Sorel revenait... Ce n'est pas que j'y croie vraiment, mais j'aurais le sentiment de l'abandonner en partant déjà.

Leroy haussa les épaules.

— Comme vous voulez, mais lorsque vous serez décidé, faites-moi signe...

— Je ne suis pas sûr de désirer m'installer au Continental, fit Chatrian en songeant à la ruche frénétique des journalistes. J'ai besoin de calme. Je préférerais trouver un appartement à louer... me sentir chez moi. Je suis sûr que cela m'aiderait à... m'acclimater.

Il avait failli dire « à avancer sur le chemin menant à mon inconnue », mais le journaliste n'aurait pas compris.

— Pas de problème, je vous trouverai ça, promit Leroy. En attendant, je vais m'informer au sujet de ce Sorel... Raymond, c'est cela ?

Chatrian acquiesça.

— S'il traitait des affaires honnêtes, quelqu'un doit bien le connaître. Et si son négoce était illicite, eh bien, il me suffira de me tourner vers un autre type d'informateurs. En Orient, il y a toujours quelqu'un qui est prêt à vous vendre l'information dont vous avez besoin. Il suffit de le trouver. Ce qui nous ramène à votre inconnue. Je n'ai pas chômé de ce côté-là, et je crois que nous progressons. Il n'est pas impossible que je sois bientôt en mesure de vous apporter une bonne nouvelle.

Chatrian sourit. La disparition de Sorel atténuait le plaisir que ces mots lui auraient procuré en d'autres circonstances.

— Et que comptez-vous faire maintenant ? s'enquit Leroy.

— Attendre, répondit Chatrian. Attendre la réapparition de Sorel, vivant ou non. Attendre votre « bonne nouvelle ». Je crois que le moment est bien choisi pour me remettre à l'écriture.

— Vous tenez une nouvelle histoire ?

Chatrian soupira.

— Bien sûr. Le début me semble assez accrocheur, mais je n'ai pas encore d'idée quant à la manière dont elle pourrait se conclure.

— Je vois, fit Leroy en riant. Enfin, vous savez où me trouver. De mon côté, si j'apprends quelque chose, je vous enverrai Vinh.

— Merci, Leroy, dit l'écrivain en serrant la main du journaliste.

9

La petite tête de fouine et son sourire édenté se dessinèrent dans l'encadrement de la porte que Chatrian s'était résigné à laisser ouverte en permanence. Paradoxalement, depuis la mort probable de Raymond Sorel, la promiscuité du Sun-Wah lui apparaissait plus comme une protection que comme une source de désagréments.

Se redressant sur son lit, il fit signe à la fouine d'entrer et celle-ci se lança aussitôt dans un long discours auquel Chatrian ne comprit rien. Le petit Chinois à la voix éraillée parlait toujours ce curieux pidgin que le Français n'avait pas encore eu le temps d'assimiler. A force de gestes, il réussit à interrompre le flot de paroles de son visiteur, lequel éclata d'un rire qui alla se répercuter dans toutes les chambres de l'étage.

La fouine sortit d'une poche de sa tunique la photo que lui avait confiée Chatrian, quelques jours plus tôt. Il fit une grimace en se grattant le haut du crâne et en secouant la tête de gauche à droite. Il était inutile de parler chinois pour comprendre que ses recherches n'avaient pas abouti.

Le Français poussa un soupir.

Au Sun-Wah, le client n'avait qu'à formuler une prière pour la voir exaucée dans les meilleurs délais. Il avait ainsi compris que si, le soir venu, les boys et les boyesses de l'hôtel installaient des lits de camp au milieu des couloirs, c'était afin de demeurer disponibles pour répondre aux souhaits de chacun, tout en s'accordant un minimum de repos. Du thé pour l'un, un masseur pour l'autre ou encore une fille pour le troisième.

Chatrian n'était pas vraiment déçu de l'échec de la fouine. A vrai dire, il s'en réjouissait même. Le Chinois avait dû concentrer ses recherches dans les milieux qui lui étaient familiers et il n'avait sûrement négligé aucun des sites interlopes de la ville. Ce n'était pas au milieu de cette faune-là que le Français espérait trouver sa belle inconnue.

Le malheureux Chinois se confondait en excuses. Il voulait même rendre l'argent qu'il avait reçu à titre d'avance, mais Chatrian lui fit signe de le garder. L'autre grimaça. Ses traits se durcirent subitement et le Français comprit qu'il l'avait vexé. Or, il se souvenait d'avoir lu qu'un fils de l'Empire du Milieu ne supporte pas de perdre la face.

Chatrian n'avait pas revu la fouine depuis la disparition de Sorel et il s'efforça de lui faire comprendre que s'il lui proposait de garder l'argent, c'était qu'il avait un nouveau service à lui demander.

L'autre retrouva aussitôt son sourire. Mais quand le Français l'eut prié de se renseigner sur ce qui s'était passé le soir où il l'avait envoyé chercher la police, la fouine secoua la tête en indiquant qu'il ne comprenait pas. Chatrian s'efforça de se montrer plus clair, si clair que l'autre ne fut plus en mesure de feindre l'incompréhension.

Il soupira et, levant les bras au ciel, jura qu'il avait déjà interrogé tous les occupants de l'étage. Il n'avait pas attendu que le Français le lui demande. Il avait voulu lui rendre ce service. Il connaissait tout le monde, ici. Il avait parlé avec chacun, mais personne n'avait rien vu, rien entendu, et ce qui était sûr c'est que personne ne disait rien.

Ce fut au tour de Chatrian de soupirer. Se pouvait-il que la fouine dise la vérité ? Quel intérêt aurait-il eu à mentir ? Le même que tous ceux qui prétendaient n'avoir rien vu, bien sûr. Il était inutile d'insister. Cela aurait été lui faire injure, s'il disait vrai, et n'aurait été d'aucune utilité, s'il mentait. La fouine lui tendit à nouveau les billets et Chatrian les repoussa une nouvelle fois.

— C'est le prix de ton enquête, dit-il.

L'autre ne voulait pas en entendre parler. Il n'avait pas trouvé la fille, il n'avait pas obtenu les informations désirées par le Français, il n'avait pas à être payé. Par bonheur, le Chinois n'était pas en mal d'imagination et, avant que Chatrian ait repris son argent, il ramena sa main vers lui et fit signe au Français de patienter. Il disparut dans le couloir en courant de ce petit pas ridicule qui caractérise l'excès d'obséquiosité.

Il ne tarda pas à revenir accompagné d'une fille mal fardée et aux yeux las. Le sourire édenté déchirait à nouveau le visage de la fouine, et il s'en échappait un tourbillon de paroles qui donnaient le vertige à Chatrian.

Si celui-ci n'y comprenait toujours rien, les gesticulations qui les accompagnaient étaient, elles, assez claires. La jeune fille, qui gardait les yeux rivés sur le sol, était spécialisée dans les gâteries buccales. Une experte en la matière, dont le Français n'aurait pas lieu de se plaindre. En outre, elle ne lui coûterait rien, puisqu'il avait déjà payé plus qu'il ne fallait.

Ce dernier argument retint Chatrian de flanquer le boy à la porte avec son experte ès fellations. En fait, l'horrible bonhomme, qui lui rappelait le Fu Manchu des romans de Sax Rohmer, venait simplement de trouver le moyen de sauver sa dignité. Si le Français acceptait la fille, la fouine n'aurait pas totalement échoué dans sa mission, puisqu'il aurait, en définitive, procuré mieux que ce qui lui avait été demandé. En revanche, s'il la refusait...

Chatrian ne doutait pas que la fouine devait être un ennemi implacable, à la rancune tenace. Or, la situation étant ce qu'elle était, et tant qu'il n'aurait pas quitté le Sun-Wah, il n'avait vraiment aucun besoin de s'attirer une quelconque inimitié. Il fit signe à Fu Manchu que c'était très bien ainsi. Plus hilare que jamais, le Chinois quitta la pièce et, cette fois, referma la porte sur un dernier geste d'une incroyable obscénité, mais qui se voulait complice.

La fille se décida, enfin, à relever la tête. Elle avait cette gravité des gamines mûries trop tôt. Elle ne faisait pas d'effort pour sourire. Plaire n'était pas son souci. Ce n'était pas ce qu'on attendait d'elle. Elle portait pour seul bijou un peigne en corne orné de petites plumes bariolées. Cela aurait pu être charmant. Sa robe était si élimée qu'elle donnait l'impression d'être décorée de dentelle. Ses pieds, nus dans des sandales informes, étaient sales.

Chatrian se demanda si elle sortait parfois de l'hôtel ou si elle y restait à demeure et passait d'un étage à l'autre, d'une chambre à l'autre, selon les humeurs des clients.

Elle commença à retirer sa robe, mais il arrêta aussitôt son geste.

— Tu as quel âge ?

Il ne s'attendait pas à ce qu'elle lui réponde, mais elle indiqua quinze en ouvrant et fermant trois fois de suite la main gauche. Chatrian avait déjà eu l'occasion de constater que lorsqu'un Chinois utilisait ses doigts pour indiquer un nombre, il ne s'y prenait pas de la même manière qu'un Occidental.

— Tu comprends donc le français ?

Elle fit oui de la tête. Elle s'était assise sur le sol et attendait le bon vouloir de ce client atypique.

— Quel est ton nom ?

— Shan.

Elle fixait ses orteils. Chatrian l'observa longuement en silence. Elle baissa à nouveau la tête et il eut l'impression qu'elle aurait aimé cacher ses pieds parce qu'elle en avait honte. Ils étaient noirs de crasse. Il ouvrit l'armoire où il rangeait son linge et en sortit une longue serviette de bain et un savon encore dans son emballage. Il lui apporta le tout.

Pour la première fois depuis qu'elle avait pénétré dans la pièce, elle accepta de croiser son regard. Il y avait une étrange lueur dans ses yeux. Comme un mélange de surprise et de crainte.

Chatrian sentit une boule se nouer dans sa gorge. Il venait de reconnaître cette expression d'animal effarouché. C'était celle de la jeune fille recroquevillée dans un coin du couloir, le soir où il avait trouvé Sorel affalé dans sa chambre. Il s'efforça de ne rien laisser paraître de sa surprise, bien décidé à interroger l'adolescente plus avant.

Auparavant, il convenait de la rassurer.

Il sourit et lui montra le cabinet de toilette.

— Si tu veux te laver...

Elle plissa les yeux en dévisageant cet homme qui lui faisait l'effet d'être un excentrique. Il y avait de la défiance dans son regard. Puis, sans un mot, elle haussa les épaules, prit la serviette et le savon et se dirigea vers le lavabo. Le cabinet de toilette n'offrait pas la moindre intimité, mais cela ne paraissait pas la déranger. Par bonheur, ce jour-là, l'eau coulait presque normalement.

Chatrian s'approcha de la fenêtre et, tournant le dos à Shan, il contempla l'énorme et anachronique panneau publicitaire pour le cognac Martell qui tanguait sous les reflets des enseignes lumineuses criardes des établissements voisins.

Il écoutait le son de l'eau dans son dos et sursauta presque lorsqu'il se tut. Le frottement de la serviette sur la peau de l'adolescente créait une promiscuité qui lui remit en mémoire des instants de tendresse passés ; une tendresse peut-être illusoire. En tout cas, des instants qui n'auraient plus leurs pareils dans sa nouvelle vie, si tant est que celle-ci ressemblât jamais à ce qu'il avait imaginé.

Elle n'en prenait pas vraiment le chemin.

Deux mains fraîches se glissèrent sous ses aisselles et se posèrent sur sa poitrine. Shan pressait ses petits seins contre son dos et, l'enlaçant de ses bras frêles, elle entreprit de lui caresser la poitrine. Il entendit le froissement de la serviette de bain qui glissait sur le sol.

Chatrian écarta les mains de la fille et se retourna. Il souriait avec douceur. Shan affichait toujours cette gravité craintive qui s'accordait mal à son âge. Il se baissa, ramassa la serviette et en enveloppa son corps offert.

— J'ai du shampooing, aussi... si tu veux te laver les cheveux...

Une lueur nouvelle s'alluma dans des yeux qui auraient pu être ceux d'une petite vieille. Le mot « shampooing » avait produit sur Shan un effet magique. Chatrian retourna vers l'armoire et lui tendit un flacon qui renfermait un liquide épais et vert, que l'adolescente contempla avec l'émerveillement d'un enfant découvrant ses cadeaux de Noël. Chatrian s'allongea sur le lit tandis qu'elle se précipitait vers le lavabo.

Quand, après un long moment, elle eut fini de se sécher les cheveux, il dit :

— Rhabille-toi.

Il attendit d'entendre le frôlement du tissu sur la peau pour s'asseoir au bord du lit. Elle vint se planter devant lui. La prostituée était redevenue une adolescente de quinze ans. Presque joyeuse. Elle demanda :

— Je ne te plais pas ?

— Tu es très mignonne, seulement...

Il ne trouvait pas les mots qui ne risqueraient pas de la blesser. Il finit par dire :

— Je suis fatigué, tu comprends ?

Elle redevint grave.

— Naiji sera très mécontent si je ne te donne pas du plaisir.

Ainsi, la fouine s'appelait Naiji.

— Il n'a pas besoin de le savoir. Ce sera notre secret à tous les deux. Je lui dirai que tu as été parfaite. Tout comme il me l'avait assuré.

Il imita le geste obscène de la fouine et elle rit. Chatrian lui tendit quelques billets.

— Tiens, pour t'acheter une nouvelle robe.

Elle le regarda, hésitant entre incrédulité et défiance. Elle secoua la tête.

— Je ne peux pas accepter. Je n'ai rien fait.

— Si tu sors d'ici sans argent, que dira Naiji ?

— Tu l'as déjà payé. Il l'a dit.

Chatrian sourit, amusé.

— C'est vrai, mais c'était sa commission, non ?

La fille ne répondit pas.

— Ça, c'est pour toi, insista-t-il.

— Si je sors d'ici avec de l'argent, il voudra que je le lui donne.

Elle n'avait toujours pas pris les billets que lui tendait le Français. De toute évidence, elle était tiraillée entre ses scrupules à accepter de l'argent sans l'avoir gagné et le désir de posséder quelque chose bien à elle.

Chatrian souleva la robe élimée de l'adolescente et glissa les billets sous l'élastique de sa petite culotte. Puis il écarta les mains, comme pour dire : « Ni vu ni connu. »

— Tu es très gentil, murmura-t-elle en lui caressant le visage.

— Où as-tu appris le français, Shan ?

Elle haussa les épaules.

— Ici et là.

Puis, comme si elle estimait que cet homme gentil méritait mieux comme réponse, elle ajouta :

— Mon père était français. Il est mort en se battant avec vous contre les Japonais. Lui aussi était gentil. Il m'a permis d'étudier dans un institut dirigé par des religieuses. Pas un grand collège, non. Juste une petite école pour des *con lai*[1], comme moi.

Comment avait-elle fini par se retrouver dans cet hôtel ? Chatrian ne lui posa pas la question. C'était l'histoire de Shan et il ne voulait pas se montrer indiscret.

1. Expression méprisante désignant les enfants de métis.

— Tu ne devrais pas rester ici, dit-il en sachant combien sa remarque était stupide.

Elle haussa à nouveau les épaules.

— Pourquoi ne vas-tu pas trouver le commissaire de la République ? Si ton père était français...

— Lui était français. Moi pas.

Il ne put réprimer une moue désolée. Il comprenait mieux le parcours de Shan.

Elle retira de ses cheveux le peigne en corne orné de petites plumes bariolées et le lui tendit.

— Cadeau, dit-elle.

Il le prit et garda la main de l'adolescente dans la sienne.

— Shan ? Tu te souviens de m'avoir vu l'autre soir, n'est-ce pas ?

Il n'eut pas besoin de préciser de quel soir il parlait, elle retrouva aussitôt son expression d'animal effarouché.

— N'aie pas peur. Je sais bien que tu n'es pour rien dans ce qui est arrivé à mon ami. Je voudrais juste savoir...

Elle trouva le courage de poser deux doigts sur les lèvres du Français.

— Je n'ai rien vu, déclara-t-elle. J'aimerais pouvoir t'aider, mais je n'ai rien vu.

— Tu avais, pourtant, un air tellement apeuré, dit-il.

Elle eut un petit sourire triste.

— Ils ne sont pas tous aussi gentils que toi. Certains me demandent des choses...

Elle laissa sa phrase en suspens. Il y avait quelque chose dans son expression, dans son ton, qui indiquait clairement qu'elle ne mentait pas. Certains de ses clients lui demandaient sûrement des « choses » qui lui étaient douloureuses, mais il y avait autre chose également, qui suggérait qu'elle ne se laisserait pas entraîner sur le terrain où le Français essayait de l'attirer parce que cela lui serait plus douloureux encore.

Chatrian soupira.

Shan avait vu quelque chose, il en était convaincu. Il aurait aimé savoir quoi, mais il y avait déjà tellement de souffrance en cette gamine qu'elle avait retrouvé son regard de petite vieille. Il ne voulait pas en rajouter. Il se souvint de ce qu'il avait dit à Sorel lorsque celui-ci lui avait demandé de l'accompagner à l'Arc-en-Ciel : « Parfois, c'est en ayant l'impression de s'éloigner de son objectif qu'on s'en approche. »

Peut-être qu'en évitant de brusquer ce petit animal effarouché, celui-ci viendrait de lui-même se poser au creux de sa main.

— Je comprends, dit-il en plongeant son regard au fond de celui de l'adolescente. Ce n'est pas bien grave.

Il la raccompagna jusqu'à la porte. Elle l'ouvrit, le regarda longuement et murmura :

— Merci.

Puis elle sortit. Elle se retourna deux fois en s'éloignant dans le couloir. Il aurait aimé l'aider à s'extirper de ce cloaque.

La fouine ne lui laissa pas le temps de reprendre ses esprits. Elle se précipita vers lui. Chatrian lui fit comprendre que tout s'était passé à merveille. Shan était aussi experte qu'il le lui avait garanti. L'autre était hilare. Avant de partir, il sortit la photo que lui avait confiée Chatrian et la lui rendit en suggérant que cette fille-là ne lui aurait jamais donné autant de plaisir.

Chatrian murmura :

— Pauvre crétin !

Mais il souriait et Naiji ne comprenait pas suffisamment le français pour s'offusquer.

Quand il se retrouva seul dans sa chambre, il posa la photo sur la petite table où il avait installé son écritoire. Il avait commencé son nouveau roman, mais pour l'instant il n'avait noirci que deux pages.

En fait, il voyait dans cette photo le petit coup de pouce que le destin avait décidé de lui donner. Il restait à découvrir où cela le mènerait.

10

Les mesures syncopées d'un air de jazz s'échappaient de l'Arc-en-Ciel, remontaient la rue Jaccareo et s'engouffraient par l'ouverture âcre et poisseuse de la fenêtre jusque dans la chambre de l'hôtel Sun-Wah, d'où il suivait distraitement le pas lent et chaloupé d'une taxi-girl remontant à contre-courant le flot de la musique.

Sous ses yeux, l'animation de la rue. Dans son dos, toute la frénésie de l'hôtel. Dans des chambres voisines, des joueurs de mah-jong, installés autour de tables bancales, faisaient glisser leurs dominos sans les regarder. Ils reconnaissaient les pièces au seul toucher. Chatrian avait le sentiment que s'il restait là assez longtemps il finirait par reconnaître les pièces rien qu'au son qu'elles produisaient en claquant sur la table.

Les événements s'étaient enchaînés de façon si curieuse depuis qu'il avait quitté Paris.

S'il avait pris une chambre au Sun-Wah, c'était à Raymond Sorel qu'il le devait. Et aujourd'hui, Sorel était plus que probablement mort après lui avoir confié une mallette bourrée de documents sûrement compromettants et d'un automatique chargé, avec lequel il jouait machinalement en regardant une autre taxi-girl pousser la porte de l'Arc-en-Ciel. En ce moment, elle devait gravir l'escalier qui menait au dancing, où des

Occidentaux en mal d'évasion achèteraient les billets qui leur procureraient le droit de danser avec elle.

Depuis la disparition de Sorel, Maurice Chatrian n'avait plus vraiment de raison de rester au Sun-Wah. Mais avait-il vraiment plus de raisons de le quitter ? Non. Aussi avait-il décidé de garder sa chambre. Il commençait à se plaire au milieu de cette agitation permanente. Sorel avait eu raison, le jour où il avait prédit qu'il finirait par éprouver le désir de découvrir les plats exotiques vendus par les marchandes ambulantes ou servis dans les petits restaurants de rue.

Se pouvait-il qu'il ait également eu raison en affirmant que, ce jour-là, il serait prêt à rencontrer sa belle inconnue ? Pour l'instant, les recherches d'Alain Leroy étaient demeurées vaines.

Chatrian avait mis ses heures de liberté à profit pour continuer son exploration du quartier chinois. Un soir, il s'était laissé entraîner par des amis de Leroy dans l'un de ces lieux qui valaient à la ville chinoise sa réputation de ville de tous les plaisirs et de tous les vices. Au Grand Monde aussi on dansait, mais, ici, les filles étaient nettement moins sages qu'à l'Arc-en-Ciel. Il avait même cru deviner des effluves d'opium en passant devant la porte entrouverte d'une pièce guère différente des arrière-salles de bistro.

Mais il lui était aussi arrivé de se recueillir dans des pagodes où des serpentins d'encens dispensaient une odeur âcre et dressaient un voile de fumée entre des génies barbus aux yeux exorbités et terribles et les fidèles venus leur demander quelque faveur.

Il avait le sentiment de commencer à prendre la mesure de cette Asie qu'il se devait d'apprivoiser.

Deux jours après la disparition de Sorel, il s'était surpris à éprouver de la colère à l'encontre de l'homme d'affaires. Il avait eu l'impression que celui-ci l'avait manipulé. Ce qui l'irritait plus que tout était de n'en pas comprendre la raison.

Une voiture de police longeait les quais en direction de la rue Jaccareo. Le Sun-Wah était situé précisément à l'angle des deux et, sans savoir pourquoi, Chatrian songea qu'elle allait s'arrêter au pied de l'hôtel. Les flics monteraient les trois étages qui menaient à sa chambre. Ils se frayeraient un chemin entre des lits de camp, une mère allaitant son enfant, une autre revenant des douches où elle avait lavé son linge, un masseur sortant de chez un client, une fille trop belle et pas sage, et ils s'arrêteraient sur le seuil de sa chambre.

Il en était certain, même si cela paraissait parfaitement irrationnel.

La voiture s'arrêta devant la porte de l'hôtel, trois policiers en sortirent et, le temps pour eux de gravir les étages, ils s'arrêtèrent devant la porte ouverte de sa chambre. Celui qui ne portait pas d'uniforme posa ses coudes sur les deux vantaux. Il était grand, mince, svelte, élégant, et maniait avec une certaine préciosité un fume-cigarette en ivoire. Chatrian reconnut aussitôt le commissaire Van Luc.

— Monsieur Chatrian ! s'exclama celui-ci.

— Entrez donc, commissaire Van Luc, je vous en prie, dit le Français, qui s'assit sur le lit et posa à côté de lui, comme s'il se fût agi de son livre de chevet, l'automatique qu'il tenait toujours à la main.

— Vous ne m'avez pas oublié, dit le commissaire en tirant à lui une chaise.

Il avait fait signe à ses hommes de rester de faction à la porte, mais dans le couloir.

— Désirez-vous une tasse de thé ? demanda le Français.

— Volontiers, répondit le policier.

Chatrian n'eut pas à appeler. La boyesse au sourire édenté pénétra dans la chambre, une théière à la main, et remplit deux tasses sans que nul lui eût rien demandé. D'un geste vif, elle en projeta le contenu sur le sol – c'était sa façon de faire la vaisselle. Chatrian avait fini par s'habituer à ce petit rituel, qui lui avait paru tellement incongru la première fois. Puis la jeune femme remplit à nouveau les tasses et les posa sur l'unique table de la pièce. Elle sortit comme elle était apparue. Curieuse et discrète tout à la fois.

Le commissaire Van Luc était un homme encore jeune, avec dans le regard une gravité qui s'accordait mal à son apparente décontraction. Des yeux, il suivait les volutes de fumée qui montaient de sa tasse, puis celles qui s'élevaient de sa cigarette. Par la fenêtre s'invitaient quelques notes de *Mona Lisa* interprété, à l'Arc-en-Ciel, par un Nat King Cole annamite, plus sirupeux que l'original.

— Parlez-moi de Raymond Sorel, monsieur Chatrian, suggéra le policier, à la manière d'un critique littéraire invitant l'écrivain à parler d'un personnage de son dernier roman.

— Que voulez-vous savoir ? demanda l'écrivain.

L'autre sourit.

— Voyons, moi, je suis policier. Vous, vous écrivez des romans policiers. Vous ne savez vraiment pas ce que je souhaite savoir ?

Chatrian haussa les épaules.

— Des romans policiers ? Vous êtes gentil, commissaire. Je suis plus habitué à entendre traiter mes livres de romans de gare. Vous savez, commissaire Von Luc…

— Van Luc, corrigea l'autre.

— Pardonnez-moi. Vous savez, la fiction et la réalité sont deux mondes très différents.

Il marqua un temps avant d'ajouter, d'un ton où perçait une vieille lassitude :

— En ce qui me concerne, je suis plus habitué à vivre dans la première que dans la seconde.

— Dans la fiction ? demanda le policier.

L'écrivain hocha la tête.

— Voilà qui tombe bien car, en l'occurrence, monsieur Chatrian, il semble que les deux soient intimement mêlées. Vous ne pensez pas ?

Le commissaire ennuyait le Français, qui se souvenait de la manière impudente dont il s'était invité à la table où Sorel et lui sablaient le champagne pour célébrer leur arrivée à Saigon.

Chatrian avait fini par se faire à l'idée qu'il ne reverrait plus Sorel. L'homme d'affaires était sûrement mort et il lui en voulait de l'avoir entraîné dans une histoire qui n'était pas la sienne. La seule chose qui lui importait, dorénavant, c'était de trouver la jeune fille de la photographie. Quelques jours plus tôt, lorsqu'il avait découvert son compagnon de voyage affalé devant sa porte, il avait voulu que la police ouvre une enquête. Il aurait été ravi de parler avec ce commissaire au fume-cigarette en ivoire. Hélas, à ce moment-là, le sort de Sorel n'intéressait personne.

Aujourd'hui, il avait également cessé d'intéresser Maurice Chatrian. C'était, du moins, ce dont il aurait aimé se convaincre.

— Sans doute, répondit-il laconiquement.

Van Luc expulsa le mégot de son fume-cigarette et chercha des yeux un cendrier. Chatrian lui indiqua, au pied de la petite table qui lui servait de bureau, un objet qu'il avait pris pour un vase de nuit avant de découvrir qu'il s'agissait d'un crachoir.

— Je m'en sers de poubelle, dit-il.

Van Luc se leva et alla jeter son mégot dans le récipient en métal rutilant. Tout en enfonçant une nouvelle cigarette dans son support en ivoire, il examina les papiers étalés sur le bureau de fortune. Après avoir allumé l'américaine à la flamme de son Zippo, il préleva une feuille et commença à lire à voix haute :

— « Une nuit sans aube. Chapitre I... »

« J'avais attendu Chabert pendant plus d'une heure au bar du Grand Monde. Il n'avait décidément rien compris. Je lui avais pourtant bien expliqué que je cherchais une jeune fille qui avait fait la une de *France-Soir*, quelques jours plus tôt. Une Annamite qui fixait l'objectif du photographe avec, dans les yeux, tout l'espoir du monde. Ses vêtements étaient déchirés, son front couvert de sang. Ses mains aussi, tendues vers moi, enfin vers le photographe. Une bombe venait d'exploser à la terrasse d'un café voisin. Chabert avait voulu voir la photo. Je la lui avais montrée. Il avait secoué la tête. "Il y a quelque chose de désespéré dans ce regard", avait-il dit. A Paris, ma femme y avait vu du vide. "Vous ne savez pas regarder", avais-je répondu, irrité.

Non seulement il ne savait pas regarder, mais en plus il ne savait pas écouter. Le Grand Monde était le tripot de Cholon. Le tripot par excellence. Des filles, ici, il y en avait en veux-tu en voilà, et pas farouches pour deux sous... c'était bien le cas de le dire. Pour quelques dollars, vous leur faisiez oublier père et mère. Comment avait-il pu imaginer qu'elles m'intéresseraient ? J'ai passé une heure à essayer de le leur faire comprendre et je suis parti au moment où le barman m'expliquait que si je préférais les garçons, ça ne posait pas de problème. Il suffisait de demander.

De retour à l'hôtel, j'ai vu Chabert assis sur le sol, devant la porte de ma chambre. J'ai pensé qu'il était saoul et j'ai voulu l'aider à se relever. Il a gémi ; le moindre mouvement lui était douloureux. J'ai pensé qu'il était fameusement imbibé. Et puis, j'ai vu que c'était ma main qui était imbibée. De son sang. C'est là que j'ai aperçu la marque d'un coup de couteau dans son ventre. La lame avait dû pénétrer ses chairs jusqu'à la garde. Lui, il souriait.

— Je vais chercher un médecin, ai-je dit en m'efforçant de maîtriser mon angoisse.

Chercher un médecin me paraissait la seule chose sensée à faire. Il m'a retenu par la manche.

— Attendez, Jean. Prenez cette mallette et planquez-la dans votre chambre...

J'ai posé un regard ahuri sur l'objet en cuir noir qu'il me tendait... »

Maurice Chatrian interrompit la lecture du policier :

— Comme vous pouvez le constater, c'est le début de mon nouveau roman, commissaire.

Van Luc secoua la tête.

— La fiction et la réalité, n'est-ce pas ? Mêlées à ce point, ne trouvez-vous pas que c'est assez impressionnant, monsieur Chatrian ?

L'écrivain haussa les épaules.

— Un écrivain s'inspire toujours plus ou moins de son expérience.

— En tout cas, vous avez tort de dénigrer votre prose, reprit le commissaire. Moi, elle me plaît. On y croit. N'est-ce pas une qualité pour un roman policier ?

— Pour un roman policier, peut-être. Mais pas pour un roman « tout court ». C'est une des différences majeures entre la littérature noble et un genre mineur comme... ma prose.

Chatrian fit mine de vouloir récupérer les feuillets qui passionnaient tant le policier, mais celui-ci ne l'entendait pas de cette oreille. Il n'en avait pas encore fini avec sa lecture.

— Je ne suis pas critique littéraire, mais je trouve ce début palpitant. Vous permettez que je lise la suite, n'est-ce pas ? Je crois que j'en apprendrai plus sur ce qui m'amène que si je vous questionnais...

Chatrian soupira et vida sa tasse. Le thé lui donnait envie de pisser, mais il se disait que ce n'était pas le moment. Il croisa les jambes.

« Je n'avais aucune envie de planquer quoi que ce soit dans ma chambre. Je voulais trouver un médecin, lui confier Chabert et oublier au plus vite cet incident, qui ne me concernait pas.

— Vous porterez la mallette au commissaire de la République... A lui et à personne d'autre, compris ?... Mais pas avant...

Bien sûr que j'avais compris, mais ça ne me donnait toujours pas envie de me mêler de cette histoire dont je sentais bien qu'elle me dépassait. Leur guerre n'était pas la mienne. Aucune guerre n'était la mienne. Je n'étais pas concerné par ces conneries.

Je n'ai pourtant pas eu le choix. J'ai compris que Chabert ne me lâcherait pas tant que je n'aurais pas mis sa mallette en lieu sûr. Je suis donc allé la glisser sous mon lit, puis je lui ai répété que j'allais chercher un médecin. Je m'étais arrangé cette fois pour rester à distance, de sorte qu'il ne puisse plus me retenir.

Pendant tout ce temps, les Chinois qui occupaient habituellement le couloir, si curieux de tout, semblaient s'être volatilisés. Je me précipitai dans le bureau du palier, où une vieille femme régnait en marâtre sur son étage. J'eus beau lui expliquer ce que je désirais avec force mots, signes et menaces, elle ne voulut rien comprendre. Je décidai de descendre à la réception. Là, il me fallut un bon quart d'heure avant de décider le concierge de nuit à m'accompagner, car il n'était pas question pour lui de déranger inutilement un médecin et moins encore la police.

Je pensais, naïvement, que lorsqu'il aurait vu Chabert et sa blessure au ventre, il comprendrait et se déciderait à faire le nécessaire pour venir en aide à mon ami.

Il ne comprit rien. Et pour cause ! Chabert n'était plus là. Sur le sol, pas la moindre trace de sang. L'homme interrogea la faune bienveillante qui se réappropriait le couloir ; elle n'avait rien vu, rien entendu, et ne pouvait donc rien dire. L'homme sourit et me fit signe de réduire ma consommation d'opium. Il partit en riant et tous les occupants du couloir mêlèrent leurs rires au sien.

Heureusement que, sous mon lit, je trouvai la mallette en cuir noir, sans quoi j'aurais pu craindre pour ma raison. »

Le commissaire Van Luc reposa les feuillets.

— C'est tout ? demanda-t-il.

— C'est un bon point de départ, non ? demanda Chatrian.

— Excellent ! On a vraiment envie de connaître la suite. Je vous assure.

L'écrivain éclata de rire.

— Ah, commissaire ! Si vous saviez... Moi aussi, j'aimerais connaître la suite. Seulement, voyez-vous, que le point de départ soit bon est une chose, mais cela ne suffit pas, car il me conduit droit dans une impasse. Je n'arrive pas à imaginer la fameuse suite. L'angoisse de la page blanche ! Voilà ma compagne depuis que j'ai écrit ces lignes.

Le policier se dirigea vers le lit, s'assit à côté de Chatrian et saisit l'automatique, dont son hôte avait presque oublié la présence. Il se mit à jouer distraitement avec l'arme. Il sortait le chargeur, comptait le nombre de cartouches du bout de l'index, remettait le chargeur en place, enclenchait le cran de sécurité. Le tout sans quitter Chatrian des yeux.

— Et si nous travaillions ensemble à la suite de votre roman ? Qu'en pensez-vous ?

— En ce qui me concerne, l'écriture est un travail solitaire, commissaire. C'est sûrement pour ça que je suis devenu écrivain. Je déteste les activités de groupe. Désolé, mais je serais incapable d'écrire à quatre mains.

Le policier se leva. Sa bouche exprimait la déception.

— Dommage, car voyez-vous, j'ai déjà quelques petites idées. Ainsi, dans la réalité, votre Chabert s'appellerait

Sorel ; quant à Jean, voyons... pourquoi pas Maurice ? Maurice Chatrian. Pas mal, non ?

L'écrivain porta la tasse de thé à ses lèvres et constata qu'elle était vide. Il la reposa et observa :

— Rien de plus qu'un changement de nom pour les personnages. Pas de quoi faire progresser l'intrigue.

Le policier jouait toujours avec l'automatique. Il appuya subitement le canon contre son menton, comme s'il venait d'avoir une idée.

— Que dites-vous de ça ? Dans la mallette, il y avait...

Il écarta le Browning de son visage, le regarda comme s'il le découvrait et dit :

— Une arme. Une arme toute pareille à celle-ci ! N'est-ce pas déjà un nouvel élément ?

Chatrian ne voyait pas très bien où Van Luc voulait en venir. Il comprenait que le policier jouait avec lui comme un chat avec une souris, mais il ne devinait pas où il cherchait à l'entraîner. Il se leva, alla regarder par la fenêtre. La publicité pour le cognac Martell, l'escalier Louis XV... un petit peu de France. Il aurait préféré que rien ne vienne lui rappeler la vie à laquelle il avait tourné le dos. Un autre air de jazz parcourait le chemin entre le dancing de l'Arc-en-Ciel et sa chambre, mais il ne le reconnut pas. Le son du saxophone avait quelque chose de suave, un peu comme l'alto de Paul Desmond.

Van Luc reprit :

— Et si nous regardions ce qu'il y a dans cette mallette ? Cela nous donnerait peut-être des idées quant à la manière de poursuivre votre roman.

Chatrian se retourna. La mallette lui était presque sortie de l'esprit.

— Vous oubliez que Chabert-Sorel a demandé à Jean-Maurice de l'apporter au commissaire de la République, dit-il.

Il aurait suffi au commissaire Van Luc de se baisser et de regarder sous le lit pour constater qu'il mentait, mais ce devait être un homme confiant ou dépourvu d'imagination, car il dit :

— Vous n'avez pas pensé à l'ouvrir et à regarder ce qu'elle contenait, par hasard ?

— Le commissaire l'a ouverte devant moi. Elle contenait des documents qui n'étaient pas pour mes yeux, je suppose, car il l'a aussitôt refermée et s'est excusé de ne pouvoir m'accorder plus de temps. Sa journée était chargée et je m'étais présenté à lui sans avoir pris rendez-vous au préalable. Il me remerciait, toutefois, de lui avoir apporté ces documents.

Van Luc leva une main pour interrompre Chatrian.

— Et Sorel ? Le commissaire n'aurait pas voulu savoir où était passé son cadavre ?

— Pourquoi son cadavre ? Sorel était peut-être blessé moins gravement que je ne le pensais. Il est peut-être parti de lui-même.

— Sans récupérer sa mallette si précieuse ? Non, là, votre histoire perd en crédibilité, monsieur Chatrian.

— Il craignait peut-être que ses agresseurs ne l'attendent à l'extérieur de l'hôtel, et dans son état il lui aurait été difficile de leur échapper. Il a préféré laisser ses précieux documents dormir en sécurité dans ma chambre.

— Un point pour vous, consentit le commissaire. On voit que vous êtes un professionnel de l'écriture.

Comment le policier prendrait-il la chose si Chatrian lui avouait qu'il commençait vraiment à l'ennuyer ? Mal, sûrement. Ce fut le moment que Van Luc choisit pour changer son angle d'approche :

— Au fait, monsieur Chatrian, on vous aurait laissé sortir de l'aéroport avec cette arme dans vos bagages ?

— Elle n'était pas dans mes bagages. C'est Sorel qui me l'a confiée.

— Hum, elle était dans sa mallette, peut-être. Non ?

Chatrian se sentit coincé. Il allait être difficile maintenant de faire croire au policier que Sorel, blessé, lui avait confié une mallette et un automatique. L'autre aurait beau jeu de lui demander pourquoi il n'en avait pas parlé plus tôt.

— Elle était dans la mallette, avoua-t-il.

— Donc, vous l'avez ouverte avant de l'apporter au commissaire de la République.

— Bien sûr. Je suis romancier, donc curieux, fouineur... et je voulais savoir si son contenu justifiait que je dérange un personnage aussi important.

— Et... ?

— Je l'ai dérangé. Mais ne me demandez pas ce que contenaient les documents en question. Je suis curieux, mais également respectueux de la sûreté de l'Etat. Quand j'ai vu qu'il s'agissait de papiers classés « Secret Défense », je n'ai pas voulu m'attirer plus d'ennuis.

— Mais vous avez décidé de conserver l'automatique.

— Quelqu'un pouvait m'avoir vu parler avec Sorel. Je n'étais peut-être pas en sécurité.

Le policier enfonça l'arme dans la ceinture de son pantalon et s'approcha de la fenêtre près de laquelle se tenait toujours Chatrian. Il posa une main sur l'épaule de l'écrivain et d'une voix très douce, presque amicale, il dit :

— Votre histoire me plaît, monsieur Chatrian. Si, si, je vous assure. Elle me plaît beaucoup. J'aimerais que nous étudiions ensemble la manière dont elle pourrait progresser... disons... dans la réalité. Cela pourrait vous aider à débloquer la situation dans la fiction. Qu'en pensez-vous ?

Il ne laissa pas à Chatrian le temps de lui répondre, ajouta :

— Venez ! Allons poursuivre cette discussion au commissariat. Le thé y est meilleur et j'y ai des assistants qui pourront prendre des notes pendant que nous délirerons.

— Pourquoi me parlez-vous subitement comme à un débile ? demanda Chatrian.

Le regard de Van Luc se fit encore plus grave qu'à son arrivée, mais ses lèvres souriaient.

— Parce que j'ai l'impression que vous me prenez pour un con, monsieur Chatrian. Et comme je ne parviens pas à définir si c'est de la fiction ou de la réalité, j'essaie de me mettre à votre niveau. Allons, suivez-moi !

Les deux policiers étaient entrés dans la pièce et, quand il quitta la fenêtre, Chatrian eut l'impression qu'ils n'étaient pas aussi conciliants que leur chef. D'autant qu'il sentait bien que l'amabilité de Van Luc n'était qu'un masque. Ce fut pourtant à son tour de saisir le bras du commissaire. Il lui demanda :

— Alors, vous croyez à mon histoire de disparition de Sorel ? Parce qu'ici tout le monde m'a ri au nez.

— J'avais cru le comprendre, répondit le policier.

Il se planta devant Chatrian et, les yeux dans les yeux, il lui déclara :

— Je crois qu'un certain Raymond Sorel a disparu, monsieur Chatrian. Et je voudrais explorer une série de pistes avec vous… histoire de faire avancer votre roman. Que diriez-vous de celle-ci : et si Sorel n'avait jamais existé ? Ou encore : et si Sorel et Chatrian ne faisaient qu'une seule et même personne ? Essayons-en une troisième : et si c'était Chatrian qui n'avait jamais existé ?

Il tourna le dos et se dirigea vers la porte de la chambre en murmurant :

— Oui, voilà des pistes qui me plaisent bien.

— Elles sont absurdes, vos pistes, remarqua le Français. Vous avez rencontré Sorel en ma compagnie à l'Arc-en-Ciel. L'auriez-vous déjà oublié ?

Le commissaire sourit.

— Vous l'avez dit vous-même, monsieur Chatrian. La fiction et la réalité sont parfois difficiles à démêler l'une de l'autre.

Chatrian secoua la tête. Ce commissaire Van Luc l'ennuyait plus que jamais.

11

Maurice Chatrian s'installa sur le siège arrière de la voiture de police et s'appuya ostensiblement à la portière. Il avait fermé les yeux avant même que le commissaire Van Luc se fût installé à côté de lui. Le policier ne desserra pas les dents avant d'arriver au poste de police. Tandis qu'il quittait sa chambre, le Français avait senti sur lui les regards de tous les occupants de l'étage. Il avait croisé celui, absent, de la fouine et celui de la jeune Shan, dans lequel il avait cru discerner une lueur de sympathie.

Lorsque la voiture s'arrêta, Chatrian ne bougea pas. Le commissaire dit avec ironie :

— Excusez-moi d'interrompre votre sieste. Nous sommes arrivés.

Le Français ouvrit la portière et pénétra dans un immeuble froid et vieillot. Les deux policiers ouvraient la marche et le conduisirent jusqu'à une vaste pièce aux murs nus, où trônait le bureau du commissaire. Les larges pales d'un ventilateur tournaient en produisant un grincement qui ajoutait à l'atmosphère sinistre des lieux.

— Prenez place, dit le commissaire en indiquant une chaise droite posée sévèrement en face de son fauteuil au dossier inclinable.

Van Luc fit signe aux agents de sortir. Il saisit un journal posé sur son bureau et le parcourut avec une moue d'appréciation. Chatrian reconnut l'édition dans laquelle était paru l'article où il abordait, entre autres sujets, la position de la femme dans la société vietnamienne. Il se garda de tout commentaire. Il ne tenait pas à entrer dans le jeu de ce policier arrogant.

— Vous n'êtes pas ici depuis longtemps, mais vous avez déjà bien pénétré notre mentalité, observa Van Luc, qui ajouta avec un petit sourire : Il convient toutefois d'ajouter une petite précision à ce que vous dites là. Les jeunes filles d'aujourd'hui commencent à subir l'influence de votre culture et toutes ne sont plus aussi soumises que vous le dites. Mais, il est vrai, j'en conviens, que cette évolution concerne encore une minorité. Thanh n'a probablement pas évoqué cet aspect de la question. Car c'est elle, n'est-ce pas, qui vous a si bien informé ?

Chatrian ne répondit pas.

Le commissaire reposa le journal sur son bureau et leva un regard presque bienveillant sur le Français.

— J'ai apprécié vos commentaires sur la difficulté de la position de mes compatriotes face à la victoire inévitable des troupes de Ho Chi Minh.

— Inévitable ? releva Chatrian, avec un rien de perfidie dans le ton.

— Vous savez bien que ce n'est plus qu'une question de temps, dit le policier comme s'il énonçait une évidence dont son interlocuteur était aussi pénétré que lui. Quelques mois, quelques années, si vraiment... mais Ho remportera la victoire et ce jour-là... Votre analyse est tout à fait pertinente, monsieur Chatrian.

Le visage de Van Luc s'éclaira subitement d'un sourire espiègle qui, l'espace d'un moment, réussit à dissiper sa morgue habituelle.

— Je suis très touché de la manière dont vous parlez de nos taxi-girls, poursuivit-il. Je vois que mon intervention a fait tomber certains de ces préjugés dont monsieur Sorel souhaitait vous libérer.

Le Français se redressa et déclara, dans une attitude de défi :

— Vous voyez bien que vous ne doutez pas de l'existence de monsieur Sorel !

Le policier éclata de rire.

— Comment pourrais-je en douter ? Il n'est pas fréquent qu'un nouveau venu m'offre le champagne alors que je me suis invité à sa table d'une manière si cavalière que vous ne me l'avez pas encore pardonné.

— Vous agissez toujours de la sorte avec les... nouveaux venus ?

— Seulement quand ceux-ci m'intéressent.

— Et nous vous intéressions ? demanda Chatrian. Moi ou Sorel ?

— Pourquoi pas les deux ?

— En quoi pouvais-je vous intéresser ?

Le policier se renversa dans son siège.

— Vous savez bien qu'un homme de plume intéresse toujours un policier dans un pays en guerre. Que va-t-il écrire ? Quelle position va-t-il adopter ? Profitera-t-il de sa tribune pour jouer les agitateurs ?

— Ainsi, vous saviez qui j'étais ? demanda le Français en fronçant les sourcils.

Van Luc ne répondit pas. Il regardait Chatrian avec un petit sourire narquois. Déconcerté, le Français ne put s'empêcher d'ajouter :

— J'étais arrivé le jour même. Comment pouviez-vous déjà... ?

Il réalisa qu'en questionnant le policier ainsi qu'il le faisait, il se plaçait dans une position d'infériorité, mais il était trop tard pour faire machine arrière.

— Sans vouloir blesser votre vanité, monsieur Chatrian, intervint Van Luc, j'avoue très humblement que j'ignorais qui vous étiez. En revanche, je connaissais votre compagnon... de réputation.

Chatrian aurait aimé interroger le policier sur la réputation de Raymond Sorel, mais il se garda de lui poser la moindre question qui aurait accentué cette position d'infériorité franchement insupportable. Posant les coudes sur le bureau, il demanda :

— A quel jeu jouez-vous, commissaire Van Luc ? Je croyais que nous étions venus ici pour travailler à la suite de mon roman ? N'était-ce pas une perspective qui vous passionnait ? J'avais pourtant cru le comprendre.

— Que savez-vous de monsieur Sorel ? demanda le policier, en ignorant l'ironie du Français.

Chatrian soupira. Il haussa les épaules. Après tout, qu'avait-il à cacher ? S'il désirait en apprendre plus sur le compte de l'homme d'affaires, ce n'était sûrement pas vers Van Luc qu'il devait se tourner. Et puis, Sorel était passé à l'arrière-plan de ses préoccupations depuis qu'il s'était mis à éprouver de la rancœur à son endroit. Tout au moins une forte déception. Autant en finir le plus vite possible avec cet interrogatoire absurde.

— Un ami commun nous a présentés à Paris, expliqua-t-il. Je désirais me rendre à Saigon. Monsieur Sorel m'a facilité les formalités du voyage. A notre arrivée, il m'a proposé de venir m'installer dans le même hôtel que lui, à Cholon. Des amis le lui avaient conseillé. Pour autant qu'on m'ait bien informé, monsieur Sorel est un homme d'affaires. Quel est son secteur d'activités ? Il ne m'en a jamais parlé. Cela vous satisfait ? Je l'espère, car je ne sais rien de plus sur lui, sinon qu'il paraissait posséder une bonne connaissance de l'Asie et qu'il m'en a fait bénéficier pendant le peu de temps que nous avons passé ensemble.

Il marqua un temps, hésita et conclut :

— Sans lui, je serais probablement descendu au Continental, je n'aurais jamais mangé ailleurs que dans un hôtel pour Occidentaux et je serais demeuré insensible au charme des taxi-girls ainsi qu'aux parfums si subtils de votre pays, commissaire Van Luc.

Le policier saisit à nouveau le journal et parut se replonger dans la lecture de l'article de Chatrian. Celui-ci s'efforça de trouver une position confortable sur cette chaise qui paraissait avoir été conçue avec l'intention de n'en offrir aucune.

Le policier finit par replier le quotidien. Il le reposa sur son bureau et planta son regard dans celui du Français. Il demanda :

— Quelles raisons vous ont poussé à venir à Saigon, monsieur Chatrian ?

— Mon journal m'a demandé de consacrer une série d'articles à...

Le commissaire le coupa d'un geste autoritaire. Il sortit de sa poche les feuillets qu'il avait trouvés sur la table de l'écrivain. Chatrian n'avait pas remarqué qu'il les avait emportés. Il avait dû les glisser dans sa poche pendant que lui-même regardait par la fenêtre. Van Luc les feuilleta et, sur un ton qui semblait suggérer qu'il n'avait plus du tout envie de plaisanter, il lut :

— « Je lui avais pourtant bien expliqué que je cherchais une jeune fille qui avait fait la une de *France-Soir*, quelques jours plus tôt. Une Annamite qui fixait l'objectif du photographe avec, dans les yeux, tout l'espoir du monde. Ses vêtements étaient déchirés, son front couvert de sang. Ses mains aussi, tendues vers moi, enfin vers le photographe. Une bombe venait d'exploser à la terrasse d'un café voisin... »

Il reposa les feuillets et sortit d'un tiroir de son bureau un autre journal qu'il déploya devant lui, la première page tournée vers Chatrian. Celui-ci ne fut pas vraiment surpris d'y découvrir la photo de son inconnue prise par Alain Leroy. La photo qui se trouvait à l'origine de son aventure.

Il se sentit subitement las. Van Luc était la dernière personne à qui il désirait parler de son inconnue.

— En quoi cette jeune personne vous intéresse-t-elle ? demanda le commissaire.

Chatrian resta silencieux un long moment. Il se leva et alla regarder par la fenêtre du bureau du policier qui ouvrait sur les eaux sombres de l'arroyo chinois.

— A quoi bon ? murmura-t-il dans un souffle. Vous ne comprendriez pas.

Le commissaire se leva et le rejoignit à la fenêtre. Il glissa une américaine dans son fume-cigarette et en proposa une à Chatrian, qui refusa. Un sampan chargé de fruits glissait à la surface de l'arroyo.

— Je suis, sans doute, en mesure de comprendre plus de choses que vous ne l'imaginez, monsieur Chatrian, dit-il avec une étonnante douceur.

— Vous seriez bien le premier à comprendre ce qui m'a fait renoncer à une vie paisible et confortable, commissaire, ricana le Français.

Van Luc haussa les épaules.

— Dans mon métier, je suis confronté à tant de motivations étranges... Vous seriez surpris de ce qui peut amener certaines personnes à commettre certains actes. Rien ne peut plus me surprendre.

Chatrian se retourna et lui demanda :

— En quoi la disparition de monsieur Sorel vous intéresse-t-elle ?

Le policier soutint son regard. Il laissa passer un long moment avant de répondre.

— Si j'en crois ce que vous avez déclaré à l'un de ces imbéciles qui travaillent pour moi, monsieur Sorel avait reçu un coup de couteau dans le ventre. A cette heure, il est probablement mort. S'il n'était plus en état de se déplacer par lui-même, quelqu'un a dû emporter son corps. Pourquoi ? Qui ? Qu'en a-t-on fait ? Et surtout, pourquoi l'a-t-on assassiné ?

— Peut-être simplement pour lui faire les poches, répondit Chatrian, sans baisser les yeux.

— Dans ce cas, pourquoi avoir pris la peine de faire disparaître le cadavre ?

— Par mesure de sécurité, voyons. Pas de corps, pas de délit.

Le commissaire secoua la tête en posant sur son interlocuteur le regard d'un professeur confronté à un premier de la classe qui lui aurait délibérément fourni une réponse erronée à l'occasion d'un contrôle.

— Allons ! Vous-même, vous n'en croyez rien, monsieur Chatrian.

Le Français devait bien admettre que c'était vrai. Déjà, quand Leroy avait évoqué cette éventualité, il avait su qu'elle ne correspondait à aucune réalité.

— Pourquoi n'interrogez-vous pas tous ces braves gens de l'hôtel qui n'ont rien vu, qui n'ont rien entendu mais qui ont su disparaître de façon aussi opportune ?

— C'est exactement ce que font certains de mes collaborateurs depuis près d'une heure... des agents un peu plus éveillés que celui qui vous a conseillé de limiter votre consommation d'opium. Ils ne tireront rien de ces gens. Je le sais, mais cela fait partie de la procédure.

— Dois-je en conclure que vous avez décidé d'ouvrir une enquête ?

— Si ce n'était pas le cas, que feriez-vous ici, monsieur Chatrian ?

Le Français dirigea à nouveau son regard vers l'arroyo.

— Dans ce pays, des hommes meurent tous les jours au combat, commissaire Van Luc, dit-il en se remémorant les paroles d'Alain Leroy. En quoi la mort éventuelle de monsieur Sorel vous intéresse-t-elle ?

D'un revers de main, le commissaire balaya des cendres qui étaient tombées sur la manche de son veston.

— Les hommes qui meurent au combat sont l'affaire des militaires, monsieur Chatrian, répondit-il. Je puis éprouver de la compassion pour eux. Eventuellement. Mais ils ne relèvent pas de ma compétence. Si monsieur Sorel a été assassiné, son cas, lui, relève de ma compétence. La guerre ne me concerne pas plus que vous. La justice, en revanche...

— La justice ! Croyez-vous qu'il y ait une justice dans la mort de ces hommes qui se battent sans même savoir où se trouvent le bien et le mal ?

Van Luc éclata de rire.

— Vous employez de bien grands mots, monsieur Chatrian. Le bien, le mal... Qui sait ce que sont le bien et le mal ? Vous ?

— Et la justice, commissaire. N'est-ce pas aussi un bien grand mot ?

Le policier secoua la tête.

— Vous avez raison, j'en conviens. Parlons de la loi, si vous préférez. On m'a confié le soin de la faire respecter et c'est bien ce que j'entends faire. Un homme a été assassiné et je n'aurai de cesse d'avoir retrouvé ses meurtriers.

— J'ai cru comprendre que des hommes se font assassiner tous les jours à Cholon. Pour toutes sortes de raisons parfaitement identifiables. Le soir où je me suis rendu au Grand Monde, on m'a présenté un personnage qui semble régner sur un véritable empire du vice.

— Vous voulez sûrement parler de Bay Vien.

— C'est bien cela. Des hommes meurent tous les jours à cause de ce gros mafieux.

— Vous ne devriez pas tenir ce genre de propos devant un parfait inconnu, monsieur Chatrian, dit Van Luc, avec un petit sourire narquois. Vous devriez également éviter de fréquenter ce genre de personnage.

— Vous ne répondez pas à ma question.

— Vous n'avez pas posé de question, que je sache. Mais vous voulez sans doute savoir pourquoi je ne mets pas un tel personnage sous les verrous.

Le visage du policier s'assombrit.

— J'aimerais pouvoir le faire, monsieur Chatrian. Lui et d'autres individus sans lesquels Bay Vien ne serait rien. Un jour...

Il laissa sa phrase en suspens, reprit :

— Mais tout cela nous éloigne de monsieur Sorel.

— Parce que vous n'avez pas répondu à ma question de départ, commissaire. Pourquoi vous intéressez-vous à son cas particulier ? Vous n'êtes même pas sûr qu'il ait été assassiné. Vous ne possédez d'autre élément que mes élucubrations. Pas même un cadavre.

Le policier regagna son bureau. Il balaya les derniers commentaires du Français d'un revers de la main et écrasa sa cigarette dans un cendrier en forme de conque.

— Je m'intéresse à monsieur Sorel parce que je crois en vos élucubrations et qu'il s'ensuit qu'un assassin court en liberté. Or, il se trouve que j'aime l'ordre, monsieur Chatrian. Et dans ma conception de l'ordre, la place d'un meurtrier est en prison. Vous ne partagez pas mon avis ? J'avais cru comprendre que monsieur Sorel était votre ami.

Le Français ne réagit pas. Lui aussi avait cru que Raymond Sorel était son ami. Mais si cela avait été le cas, pourquoi l'homme d'affaires ne s'était-il pas confié à lui avant qu'il ne soit trop tard ?

— Vous non plus, vous n'avez pas répondu à ma question, monsieur Chatrian, reprit Van Luc. En quoi cette jeune personne vous intéresse-t-elle ?

Depuis quelques minutes, des éclats de voix envahissaient le bureau du commissaire. Ils provenaient de la pièce qu'avait traversée Chatrian avant de pénétrer dans l'antre dépouillé de Van Luc. Celui-ci, sans perdre de vue le Français, se dirigea vers la porte de son bureau.

Chatrian haussa les épaules et répondit :

— Cette jeune personne m'intéresse parce qu'un beau matin, à Paris, je suis tombé amoureux d'elle en découvrant sa photo à la une de mon quotidien. J'ai tout quitté dans le seul but de gagner son amour. Et je me retrouve ici, comme un con, à me demander comment m'y prendre pour la trouver, ce que je pourrais bien lui dire si jamais la chance venait à me sourire et ce que je puis espérer d'une situation aussi absurde. Pendant ce temps-là, des hommes meurent autour de moi.

Le commissaire avait posé la main sur la poignée de la porte. Il baissa la tête, parut se plonger dans la contemplation de ses chaussures en daim beige et se redressa avec sur le visage une expression qui le rendait presque sympathique.

— L'amour est la seule chose qui ne soit pas absurde dans ce monde, monsieur Chatrian, déclara-t-il avec conviction. La seule !

Le Français fut décontenancé par cette remarque inattendue dans la bouche d'un être à l'apparence aussi froide que Van Luc. Subitement, il aurait aimé poursuivre son entretien avec cet homme qui, lui semblait-il, venait de laisser tomber son masque. Mais le commissaire avait ouvert la porte et lançait d'une voix tonitruante :

— C'est quoi, ce boucan ?

Avant d'avoir obtenu la moindre réponse, il dit :

— Ah ! je vois. Entrez !

Alain Leroy ne se fit pas prier pour pénétrer dans le bureau, suivi d'un homme en tenue de soirée.

— Monsieur Léonard, un éminent collaborateur de votre commissaire de la République en Cochinchine, annonça le policier à l'intention de Chatrian.

— Dans moins de cinq minutes, vous serez sorti d'ici, Maurice, affirma le journaliste en allant rejoindre l'écrivain qui n'avait pas bougé de la fenêtre.

Celui-ci aurait aimé lui demander de revenir plus tard avec ledit Léonard, mais il était déjà trop tard pour renouer le fil avec Van Luc. Le commissaire avait retrouvé son masque le plus fermé.

— Qu'avez-vous contre monsieur Chatrian ? demanda l'éminent collaborateur du commissaire de la République sans prendre la peine de s'asseoir sur le siège que lui présentait le policier.

— Rien, rétorqua Van Luc. Je désirais lui poser quelques questions dans le cadre...

— Vous avez vu l'heure, commissaire ? Il est près de trois heures du matin. A votre avis, est-ce vraiment le bon moment pour...

— Quand on essaie de retrouver la trace d'un meurtrier, il n'y a pas de mauvais moments, monsieur Léonard.

— Chez vous peut-être, le coupa le diplomate, mais pas chez nous. Il existe des usages. Des lois !

Le policier leva les bras au ciel en signe d'impuissance.

— Monsieur Chatrian, je crois que de toute façon je ne tirerai rien de plus de vous, dit-il. Vous pouvez accompagner ces messieurs.

Chatrian fut sur le point de répondre qu'il aurait préféré poursuivre la conversation qu'ils venaient à peine d'entamer, mais il sentait bien que le moment de grâce était passé.

— Je suis sûr que nous nous reverrons, dit-il.

Van Luc le regarda. Il était surpris autant par la réponse du Français que par le ton sur lequel celui-ci l'avait formulée. Il haussa les épaules.

— C'est probable, fit-il. Saigon est une petite ville.

Chatrian s'approcha du bureau et récupéra les feuillets saisis par le commissaire dans sa chambre, puis, tendant la main vers l'automatique de Sorel que Van Luc portait encore glissé dans sa ceinture, il demanda :

— Puis-je aussi récupérer ceci ?

Le policier haussa les épaules et sans un mot posa l'arme sur le bureau. En la glissant à son tour dans sa ceinture, Chatrian essaya d'accrocher le regard du commissaire, mais celui-ci paraissait déjà l'avoir chassé de ses pensées.

Quand ils se retrouvèrent dans la rue, Chatrian demanda à Leroy :

— Comment avez-vous appris que j'avais reçu la visite du commissaire Van Luc ?

Le journaliste éclata de rire.

— Eh, n'est-ce pas mon boulot de me tenir informé de tout ce qui se passe ici ? Cela dit, je dois reconnaître que la chance a été de votre côté, Maurice, car il est probable que vous auriez terminé la nuit au poste si, par le plus heureux des hasards, monsieur Léonard et moi-même ne nous étions trouvés à fréquenter le même lieu ce soir.

Le clin d'œil qui accompagna ce commentaire donnait à penser que les deux hommes n'assistaient pas à quelque banquet officiel qui se serait éternisé. Le journaliste invita Chatrian à monter dans une voiture garée devant le poste de police.

— Nous vous raccompagnons.

Chatrian remercia monsieur Léonard, qui le gratifia d'un commentaire onctueux bien dans le ton de sa fonction.

— Leroy, pourriez-vous me trouver un appartement à louer à Saigon ? demanda Chatrian au moment où le journaliste le déposait devant son hôtel.

Après la visite des policiers, qui avaient dû semer la pagaille à l'hôtel, il ne serait sans doute plus le bienvenu au Sun-Wah.

— Considérez que c'est fait, vieux frère, déclara Leroy en le gratifiant d'une grande claque dans le dos.

12

Il est toujours difficile d'identifier l'instant où une vie a basculé. Ce point de non-retour qui prend valeur de seconde naissance. Certes, il existe une ligne de rupture au-delà de laquelle tout retour en arrière devient improbable, sinon impossible, car, dès qu'on l'a franchie, le présent finit de s'inscrire dans le passé. Mais pour en arriver à ce seuil d'irréversibilité, il a fallu une accumulation de détails d'apparence parfois insignifiante.

La peur de l'inconnu est grande, aussi l'être tend-il à s'accrocher à une existence rassurante alors même que celle-ci s'est réduite à un enchaînement d'habitudes qui ne lui correspondent plus.

L'instant précis du basculement n'a qu'un intérêt anecdotique. C'était pourtant celui-là même que Maurice Chatrian s'évertuait à cerner avec une application qui frisait la compulsion.

Allongé sur son lit de l'hôtel *Sun-Wah*, il s'efforçait de faire abstraction des bruits qui montaient de la rue Jaccareo et de la chaleur suffocante qui s'engouffrait par la fenêtre, pour se concentrer sur l'objet de sa réflexion.

Après avoir écarté plusieurs circonstances qui lui étaient apparues comme autant de fausses pistes, il s'arrêta sur sa dernière nuit avec Florence. Il la considéra avec sérieux, et un sourire finit par éclairer son visage. Il décida que c'était en cette occasion précise qu'il avait franchi le Rubicon.

Florence Ribaut était sa maîtresse depuis près de dix ans. Ils s'étaient fréquentés de façon régulière pendant les trois dernières années de la guerre. Chatrian avait refusé d'accompagner son épouse et ses beaux-parents à Bordeaux, au lendemain de la capitulation. Il avait préféré se heurter de front aux Allemands à Paris plutôt que d'avoir à composer avec les laquais du régime de Vichy dans une zone qui n'avait déjà plus de libre que le nom.

Au retour de Solange et de ses parents, la relation avec Florence s'était à peine distendue. Sa maîtresse ne lui avait jamais demandé de divorcer et, en ce qui le concernait, à aucun moment cette perspective n'avait effleuré son esprit. Il n'était pas sans savoir qu'à Bordeaux Solange avait eu plusieurs amants et que l'un d'eux l'avait suivie à Paris.

Leurs infidélités respectives appartenaient à ces sujets qu'ils auraient jugé indécent d'aborder ouvertement. Chacun respectait le jardin secret de l'autre et tous deux s'en accommodaient en gens du monde. Même s'ils n'en avaient jamais parlé, ils savaient que cette situation contribuait à l'équilibre de leur couple.

Cette nuit-là, Chatrian n'avait pas prévu de la passer avec Florence. Il venait de mettre le point final à son nouveau roman et, comme toujours dans ces moments-là, il était la proie d'une tension extrême.

Solange lisait au salon. Quand il eut fait trois fois le tour de la pièce dans l'espoir futile d'apaiser ses nerfs, elle leva les yeux par-dessus ses lunettes et demanda :

« Tu as terminé ? »

Il se servit un whisky et lui apporta un verre de vieux porto qu'elle examina avec indécision avant de le prendre et d'en vider la moitié d'un trait.

« Il s'intitulera comment, celui-là ? »

Il haussa les épaules.

« Tu gâches ton talent avec cette littérature de gare, lui lança Solange.

— Comment peux-tu le savoir, ma chérie ? Tu ne me lis plus. »

Depuis son retour de Bordeaux, Solange ignorait tout de la production de son mari. Désireux de clore le sujet, celui-ci déclara :

« Ne revenons pas là-dessus, veux-tu ? »

Il n'y pouvait rien. Cette remarque répétée depuis sept ans, chaque fois qu'il bouclait un roman, l'irritait.

« J'ai eu père au téléphone, cet après-midi. Il m'a encore répété que si tu le voulais...

— Oh ! je t'en prie, Solange ! » gronda-t-il.

Elle s'interrompit et le considéra en fronçant les sourcils. Maurice n'avait jamais élevé la voix depuis qu'elle le connaissait. Son éclat paraissait aussi incongru que l'intrusion d'un cor anglais dans une sonate de Bach.

« Je sors », annonça-t-il.

Lorsqu'il se retrouva dans la rue, il réalisa qu'il n'avait même pas touché à son whisky. Il héla un taxi et lui donna l'adresse de Florence, rue des Saules, à Montmartre.

Ce soir-là, elle ne lui posa pas de questions. Elle se contenta de s'effacer pour le laisser entrer. A vrai dire, elle ne lui posait jamais de questions. Sans doute était-ce pour cela qu'il prenait plaisir à aborder avec elle des questions qu'il n'évoquait jamais avec Solange.

Un hélicoptère passa dans le ciel de Saigon. Le crépitement du rotor était assourdissant au point de couvrir les bruits de la rue et d'interrompre le fil des pensées de Chatrian.

Florence ne lui parlait jamais de son rapport à l'écriture. Etait-ce pour cela qu'il avait le sentiment qu'elle était la seule à le comprendre ? Il savait qu'elle lirait son nouveau roman, comme tous les précédents. Mais celui-ci, il n'était pas sûr qu'elle l'apprécierait autant. Il lui paraîtrait sûrement trop sombre. Trop désespéré. Elle comprendrait qu'il était l'expression de son propre désarroi. Un désarroi auquel lui-même serait bien en peine de fournir une explication.

Florence n'avait pas encore dîné et elle lui proposa de se joindre à elle. Il lui demanda un whisky qu'il sirota tandis qu'elle disparaissait dans la cuisine. Il alla à la fenêtre, écarta les rideaux et contempla les vignes, deux étages plus bas.

Devant un coq au vin, auquel il ne toucha pas, ou si peu, la jeune femme lui raconta sa journée. Elle était bibliothécaire à Sainte-Geneviève. C'était là qu'il avait fait sa connaissance.

« Tu n'as rien avalé. »

Il n'y avait pas de reproche dans la voix de Florence. Il prit un morceau de blanc entre ses doigts et dit :

« Ce n'est sans doute pas le genre de chair que je désirais déguster. »

Elle éclata de rire.

« Toi, alors ! »

Elle se leva, lui tendit la main et l'entraîna dans sa chambre. Elle aimait sa façon de rebondir sur les mots. C'était pour cela qu'il avait fait cet enchaînement, mais, en se retrouvant devant le lit défait, il réalisa qu'il n'avait pas envie de faire l'amour. Sa libido était assoupie ces derniers temps.

Les sons de la rue Jaccareo recouvraient à nouveau le crachotement sinistre de l'hélicoptère qui s'éloignait. Des mesures syncopées du *Kingdom of Swing* de Benny Goodman envahissaient la chambre du Sun-Wah.

Ne ferait-il pas mieux d'avouer à sa maîtresse qu'il n'avait pas envie d'elle, ce soir ? Il aurait aimé se blottir contre sa peau et rester là, immobile, sans plus penser à rien. Juste ressentir la chaleur rassurante de son corps et oublier cette sensation inconfortable de ne plus trouver sa place dans une existence privée de sens.

Seulement, même ce contact-là ne le rassurait plus, désormais. Il ne voulait pas encore le reconnaître, mais il n'était plus amoureux de Florence depuis plusieurs mois. Même s'il l'aimait encore.

Ils firent pourtant l'amour. Ses sens en éprouvèrent du plaisir, mais pas son cœur. Il sentit Florence jouir sous lui, mais pas avec lui.

Elle s'assoupit, un sourire content aux lèvres. Il l'observa longuement. Aux premiers temps de leur rencontre, il avait été ébloui par la perfection de ses seins. Dix ans plus tard, ils étaient toujours aussi généreux et fermes, avec une grâce presque juvénile. Pourtant, ce qu'il voyait, en ce moment, c'était des hanches trop pleines, un ventre un peu trop rebondi et une peau luisant d'une transpiration légèrement aigre.

Il ramena le drap sous le menton de Florence et se leva.

Sa montre indiquait trois heures du matin. Il soupira et regagna le salon où le couvercle du piano était resté ouvert. Il s'assit sur le tabouret et caressa les touches fraîches et lisses.

Pourquoi éprouvait-il une certaine rancœur envers Florence quand ils avaient fait l'amour ?

« Tu vas encore partir au milieu de la nuit, n'est-ce pas ? »

Elle se tenait derrière lui

« Je dois me lever tôt. »

Même à ses oreilles, cette réponse sonnait faux. Il nota que, pour la première fois, il y avait eu une nuance sinon de reproche du moins de tristesse dans la voix de sa maîtresse.

Elle appuya ses seins contre son dos et, passant les bras autour de son cou, elle lui caressa la poitrine. Il ne put réprimer un frisson.

« Tu devrais enfiler quelque chose. Tu vas prendre froid », murmura-t-il.

Mais Florence continuait de le caresser et lui de laisser ses doigts courir sur le clavier. Elle lui massa les épaules et la nuque en pressant son sexe contre le bas de son dos. Il le sentait encore humide de leurs ébats.

Il se mit à pianoter l'intro de *I'm Thru With Love*[1]. Machinalement. Il s'interrompit dès qu'il prit conscience de ce qu'il faisait. Il ne voulait pas blesser Florence. Elle n'était pas responsable de la sensation de vide qui avait pris possession de son être de manière si insidieuse qu'il lui avait fallu cet instant d'intimité non prémédité pour réussir à mettre un nom sur son malaise. Le vide !

Florence se mit à chantonner la suite de la chanson. Il se leva et lui fit face. Il voulait lui expliquer qu'elle n'était pour rien dans sa morosité.

Elle le regardait avec tendresse et envie. Elle n'avait pas besoin d'explication. Non pas qu'elle fût stupide ou indifférente, mais parce qu'elle avait une intelligence de l'âme de son amant qui rendait les mots superflus.

Et Chatrian se surprit à la désirer. Ils refirent l'amour. A même le piano. Au milieu d'une cacophonie qui faisait douloureusement écho à la confusion de ses sentiments.

« Je suis heureuse que tu aies achevé ce roman », murmura-t-elle après l'amour.

Il fronça les sourcils. Elle ajouta :

« J'ai presque peur de le lire. »

Chatrian était certain d'avoir pensé, à cet instant précis, qu'il ne la reverrait plus.

Il se rhabilla sans faire de commentaire, essaya de mettre de la tendresse dans son dernier baiser et fut incapable de répondre quand elle lui glissa à l'oreille :

1. J'en ai fini avec l'amour.

« Reviens vite, tu veux ? »

C'était la première fois qu'elle lui adressait pareille supplique. Car il s'agissait d'une supplique plus que d'une simple demande.

Le jour pointait à l'horizon. Depuis combien de temps n'avait-il pas regardé le soleil se lever ? Il longea les vignes sans un regard vers la fenêtre du deuxième étage, derrière laquelle il savait que Florence le regardait sortir de sa vie.

Entre deux allées de ceps, quelqu'un avait eu l'idée saugrenue de planter des tomates. Il poussa la porte d'une clôture basse à la peinture écaillée et alla s'asseoir à même la terre humide. Quelque part, dans un appartement anonyme, une radio diffusait une chanson d'André Claveau :

Sur toutes les pages du grand livre de la vie
Y a des images, des tas de personnages
Qui traversent les âges et s'enfuient

Chatrian arracha une feuille de tomate et la froissa entre ses doigts qu'il porta à son nez. Il aimait cette odeur aux relents d'enfance. Mais le parfum qui dominait était celui de la peau de Florence. De la moiteur de la peau de Florence. Agacé, il arracha de nouvelles feuilles gorgées de rosée et entreprit de s'en laver les mains avec la frénésie d'une lady Macbeth. Mais quel crime avait-il donc commis ?

Chantons la musique frénétique des beaux jours
Chantons la jeunesse, la tendresse de l'amour

La réponse s'imposa à lui comme une évidence. Il s'était laissé glisser dans une existence qui ne lui correspondait plus. Son couple n'était qu'une parodie dans laquelle chacun jouait un rôle convenu. Sa relation avec Florence s'en était trouvée contaminée et avait fini par se vider de sa substance.

Il venait de comprendre pourquoi il ne réussissait plus à s'abandonner avec sa maîtresse. Pourquoi la chaleur de son corps ne lui procurait plus de réconfort. Il lui en voulait de l'avoir laissé s'installer dans un confort hypocrite. D'avoir accepté ses compromissions. C'était injuste, mais il n'y pouvait rien.

Il s'engagea dans la rue Saint-Vincent, obliqua dans la rue de la Bonne et se retrouva bientôt sur le parvis du Sacré-Cœur. A ses pieds s'étendait l'immensité de Paris. Mais cette immensité lui apparaissait subitement trop étriquée pour ses aspirations nouvelles.

La sensation de vide s'était dissipée et même s'il ignorait encore de quoi serait fait ce qu'il percevait déjà comme une nouvelle existence, il savait qu'il avait accompli l'essentiel du chemin. Maintenant, il ne lui restait plus qu'à recevoir le petit coup de pouce du destin.

Ce fut à cet instant très précisément qu'un crieur de journaux fit son apparition sur le parvis. Chatrian l'appela. Il lui acheta l'édition du matin toute chaude sortie des presses et, sans même un regard pour les gros titres, il plia le quotidien et le glissa dans la poche de son trench.

13

L'animation du Sun-Wah, la musique qui s'échappait de l'Arc-en-Ciel ou encore la chaleur suffocante en dépit de l'heure avancée ne parvenaient plus à incommoder Maurice Chatrian. Il le tenait, enfin, ce point de non-retour qu'il cherchait de façon compulsive. Il se leva du lit où il s'était allongé en rentrant du poste de police et s'installa à sa table de travail. Il contempla les feuillets qui avaient tant intrigué le commissaire Van Luc. Il se souvenait d'avoir rédigé ces pages dans un restaurant de Cholon, un soir où, après s'être changé, il avait oublié d'emporter son carnet Moleskine. Il hésita, puis les plia et les déposa sur le coin droit du bureau improvisé.

Il saisit son stylo, ouvrit le carnet à couverture noire et se mit à écrire avec application.

« Ce matin-là, j'étais rentré chez moi sans ouvrir le journal. J'aurais été incapable d'expliquer pourquoi je l'avais acheté. J'avais perdu l'habitude de consulter la presse au lendemain de la guerre. Tout ce que j'y pouvais lire me paraissait tellement vide de sens après le drame des cinq dernières années. Le jour où j'avais pris la décision de me transformer en agent de renseignements, ce n'était pas par goût de l'héroïsme. Je ne suis même pas sûr que ce fut avec l'intention délibérée d'accélérer la fin de ces atrocités. Sur l'instant, j'avais été poussé par ce que je croyais être un sentiment de haine à l'encontre des salauds qui, Allemands ou Français, ramenaient l'Europe aux temps les plus sombres de la barbarie. Mais très vite, j'avais dû me rendre à l'évidence. Ma motivation n'était pas la haine mais la culpabilité.

Je ne parvenais pas à m'ôter de l'esprit la pensée que j'étais responsable de la mort de trois de mes étudiants. Si je n'avais pas milité dans les pages de *La Relève*, ils seraient peut-être encore vivants. C'est à ce moment-là que j'ai renoncé à l'écriture que Solange qualifiait de noble. Si j'ai opté, ensuite, pour le roman policier, c'est que ce genre de littérature me permettait de ne pas m'impliquer personnellement. J'imaginais des meurtres inspirés de faits divers qui m'avaient marqué au temps où je lisais régulièrement la presse et j'en tirais des aventures où mon personnage, Simon Carlisle, copié sur les privés américains, faisait triompher le bien au mépris de sa propre sécurité. Simon était un être aussi désabusé que moi. »

Maurice Chatrian interrompit son écriture et relut ces deux paragraphes. C'était la première fois qu'il s'autorisait à formuler aussi clairement ses motivations. Si, un jour, ces pages devaient s'intégrer au roman dont il n'avait pas encore conçu la trame, et si celui-ci trouvait un éditeur, Solange découvrirait la réponse à la question qui l'obsédait depuis son retour de Bordeaux.

Chatrian reprit son écriture. Le fait d'avoir confié son secret au papier le libérait d'un poids qu'il portait depuis trop longtemps.

« En poussant la porte de notre appartement de la rue du Bac, je réalisai que j'avais quitté Solange, la veille au soir, sur un mouvement d'humeur. C'était la première fois que je découchais sans l'en avoir informée au préalable.

Solange était installée à la table de la salle à manger. Elle buvait son café. C'est à peine si elle leva la tête au moment où je pénétrai dans la pièce. Je vins déposer un baiser sur son front et je murmurai :

— Excuse-moi pour hier soir. J'ai marché toute la nuit. J'ai regardé l'aube se lever du haut de la butte. Il y avait longtemps que cela ne m'était pas arrivé.

— Tu n'as pas à te justifier, dit-elle en prenant le quotidien qui dépassait de la poche de mon trench.

Elle déplia le journal et lut les gros titres tandis que j'allais accrocher mon pardessus dans l'entrée. Mathilde, la femme de ménage, m'avait servi une tasse de café lorsque je revins dans la salle à manger. Solange avait reposé le quotidien sur le coin de la table.

— Tu vas porter ton manuscrit à Germain, aujourd'hui ? demanda-t-elle.

— Je compte passer le voir en début d'après-midi. Pourquoi ?

— Tu n'oublies pas qu'on dîne chez mes parents ?

Je ne répondis pas. J'avais complètement oublié cette invitation. Je détestais ces soirées. Le père de Solange, Arnaud Delavigne, était éditeur et, comme d'habitude, il ne manquerait pas de me demander si je n'étais pas décidé à me remettre à écrire des œuvres sérieuses. Cela m'irriterait, et je ne me sentais pas disposé à me relancer dans ces éternelles discussions qui ne menaient à rien.

— Il a invité Michel Morin.

Solange avait deviné mes pensées et elle savait que Michel était l'un de mes rares amis dans le milieu de l'édition. Il avait été mon directeur littéraire au temps où j'avais failli décrocher le Goncourt et il était le seul à ne m'avoir jamais harcelé lorsque j'avais changé de maison d'édition en même temps que de genre littéraire. Je crois qu'il avait compris mes raisons sans jamais les avoir évoquées.

Un soir que nous dînions ensemble, au lendemain de la guerre, il m'avait dit :

“Le type qui écrivait dans *La Relève* sous le nom de Vallès, c’était toi, n’est-ce pas ?

— Qu’est-ce qui te fait croire ça ?”

Il avait souri.

“On a travaillé ensemble assez longtemps pour que je sois capable de reconnaître ton style, et je te pratique assez bien pour savoir quelles étaient tes idées à l’époque.”

J’avais souri moi aussi, mais je n’avais pas répondu à sa question. Il n’avait pas insisté et n’avait jamais plus abordé ce sujet avec moi. Je lui en avais su gré.

— Je serai rentré à temps pour me changer, dis-je.

— Je téléphonerai à père dans la journée pour lui demander de ne pas évoquer ton travail, fit-elle, perdue dans la contemplation des dessins que les marcs de café formaient dans le fond de sa tasse.

J’avais l’impression que c’était une façon de s’excuser de m’avoir posé sa sempiternelle question, la veille au soir.

J’allai prendre une douche. Lorsque je revins dans la salle à manger, Solange n’était plus là et Mathilde avait débarrassé la table. Je pris le journal et me rendis dans la cuisine. J’avais envie d’une autre tasse de café.

C’est à ce moment-là que je découvris la photo qui illustrait l’article consacré à l’explosion d’une grenade à la terrasse d’un café de Saigon. Je demeurai comme hypnotisé par le regard de la jeune femme qui fixait l’objectif du photographe. Elle était vêtue d’un *aodai* blanc tout éclaboussé de sang. Dieu qu’elle était belle ! Pourtant, avec le recul, je puis affirmer que ce n’est pas en raison de sa beauté que je tombai instantanément amoureux d’elle.

Cette inconnue avait dans le regard une lueur étrange qui me troublait et me séduisait sans que je puisse pour autant me l’expliquer.

— C’est terrible, ces attentats. Pas étonnant que cette malheureuse ait le regard aussi vide.

Je n'avais pas entendu Solange pénétrer dans la cuisine. Sa remarque provoqua ma colère.

— Du vide ? Tu vois du vide dans ce regard ? ne pus-je m'empêcher de rétorquer en lui faisant face, avant d'ajouter, hors de moi : C'est incroyable, mais ce regard est plein d'espoir, au contraire !

Je réalisai aussitôt que ma réaction était d'une violence que rien ne justifiait. Je réalisai également que le commentaire de Solange m'avait permis de définir ce qui me troublait dans le regard de cette inconnue.

Pendant la guerre, j'avais surpris le regard de tant de gens après un bombardement ou une fusillade ! Chez certains j'y avais lu le vide, en effet ; chez d'autres, le désespoir, la fureur, l'incompréhension, le refus de la réalité, la folie... mais aucun n'avait jamais été empli d'une telle puissance d'espérance.

Solange leva les sourcils devant ce nouvel éclat, qui me ressemblait encore moins que celui de la veille.

Moi, je me perdais en conjectures. Comment expliquer cette lueur d'espoir au milieu d'une scène aussi atroce ? Je me demandai si cette jeune femme ne voyait pas, au-delà de l'acte terroriste, la perspective de la fin d'une guerre dont personne n'imaginait comment la France réussirait à se sortir sans songer un instant au devenir de la population locale. Je crois que c'est cette foi insensée, qui ne correspondait peut-être à aucune réalité, qui me fit tomber amoureux de cette inconnue.

Je réussis à m'arracher à ma fascination et, revenant vers Solange, je la pris dans mes bras et la serrai contre moi. Pourquoi devais-je toujours me sentir coupable lorsque je laissais éclater ma colère ?

— Excuse-moi, dis-je.

— Tu es tellement tendu, Maurice ! C'est ton roman qui te met dans cet état ?

— Il n'est pas vraiment joyeux, répondis-je. Je ne crois pas avoir jamais écrit quelque chose d'aussi sombre.

— Je serais curieuse de le lire, dit Solange.

J'en fus surpris et je me demandai ce qui justifiait ce brusque intérêt pour ma prose. Se pouvait-il qu'elle sentît que je l'avais déjà quittée ?

La soirée chez les parents de Solange fut de loin la plus pénible qu'ils m'aient jamais imposée. Ma femme avait sûrement tenu sa promesse, mais son père fit plus fort que jamais.

Il commença par m'expliquer qu'il avait pris ses renseignements. Mes romans d'avant-guerre continuaient à faire l'objet de réimpressions régulières, lesquelles me rapportaient plus d'argent que mes navets actuels. Puis il m'avoua qu'il avait contacté mon ancien éditeur pour lui proposer de racheter tous mes droits. Celui-ci avait accepté ses conditions tout à fait raisonnables.

Devant mon expression ahurie, il m'assura qu'il n'avait pas agi à la légère. N'était-il pas homme d'affaires avant d'être éditeur ? S'il avait entrepris une telle démarche, c'est qu'il avait réussi à intéresser un de ses amis américains, producteur de cinéma, à mon dernier roman "sérieux", *Une femme sans importance*, un récit inspiré de la vie de Mary Shelley.

Il conclut sa tirade en me proposant des conditions particulièrement intéressantes si j'acceptais de signer avec lui un contrat portant sur trois nouveaux romans en cinq ans.

— Tu vois, Maurice, tu ne pourras pas dire que je te bouscule.

J'avais réussi à garder mon calme tout le temps de l'apéritif, de l'entrée et du plat principal, mais cette dernière réflexion me fit sortir de mes gonds. Par respect pour Solange, je ne laissai pas exploser ma colère. J'aurais été incapable de demeurer dans les limites de la décence.

Je me levai, posai ma serviette dans mon assiette et sortis sans un mot. Je n'avais pas fait dix pas dans la rue Saint-Jacques que Michel me rejoignait.

— Je me demandais à quel moment tu finirais par craquer, dit-il.

— Tu étais au courant pour le rachat de mes droits ? lui demandai-je.

— On me l'a appris ce matin. L'affaire a été conclue il y a trois jours, paraît-il, et je suis prêt à parier que si ton beau-père m'a invité aujourd'hui, c'était avec l'idée de me débaucher.

— Te débaucher ?

— Il sait combien tu appréciais de travailler avec moi. Je suis sûr qu'il attendait le dessert pour me proposer de venir bosser chez lui. Ce devait être son dernier argument pour te convaincre de lui donner satisfaction. Disons la cerise sur le gâteau !

Je m'arrêtai et, me tournant vers Michel, je lui demandai :

— Tu aurais accepté ?

Il éclata de rire.

— Je ne me suis même pas posé la question.

Il me saisit le bras et nous reprîmes notre marche. Il ne s'était jamais laissé aller à un tel geste d'intimité, auparavant. Il ajouta :

— Si tu avais accepté sa proposition, je crois qu'il m'aurait été encore plus facile de lui dire merde.

Je comprenais ce qu'il voulait dire.

Sans transition, je dis :

— Je dois partir à Saigon.

Il ne me demanda pas pourquoi, mais :

— Quand ?

— Le plus tôt possible.

— Et tu comptes partir seul, bien sûr ?

C'est drôle ; alors que nous étions amis depuis tant d'années, nous n'avions jamais eu de discussions vraiment personnelles. Pourtant, personne ne me comprenait aussi bien que Michel. Pas même Florence.

— Bien sûr, répondis-je.

— Je connais un type qui part pour Saigon dans quelques jours.

— Un de tes auteurs ?

En y repensant aujourd'hui, il me revient que Michel avait hésité avant de me répondre.

— Non. Raymond est une sorte d'homme d'affaires. Raymond Sorel.

En fait, la profession de ce Sorel m'importait peu à ce moment-là. Je ne retenais qu'une seule chose : il partait pour Saigon.

— Raymond a pas mal de relations. Je suis certain qu'il pourra te faciliter les démarches pour l'obtention de ton passeport.

— Quand puis-je le rencontrer ?

— Je lui téléphone demain et je te rappelle...

— Non, je passerai te voir au bureau.

Je ne voulais pas risquer que Solange surprenne notre conversation.

— Passe vers midi, on ira déjeuner chez Lipp.

Le lendemain, Michel m'annonçait que Raymond Sorel avait accepté de se joindre à nous.

Sorel me plut dès l'abord. C'était un homme ouvert et jovial, qui ne fit aucune difficulté pour m'aider.

— Avec la guerre, ils sont assez regardants sur l'octroi d'un passeport, surtout à des gens qui ont eu des accointances avec le Parti communiste, dit-il.

Je regardai Michel en fronçant les sourcils.

— Oui, j'ai dit à Raymond que tu avais collaboré à *La Relève*, mais que tu n'avais jamais eu ta carte du parti pour autant.

— Il a eu raison de m'en informer, s'empressa de dire Sorel comme s'il craignait que je ne reproche son indiscrétion à Michel.

— Bien sûr, fis-je en rassurant mon ami d'un sourire.

Je n'en voulais pas à Michel, bien au contraire. Les communistes militaient pour l'arrêt des hostilités en Indochine et je comprenais bien que mon passé aurait pu jouer contre moi. Je le lui dis. Je précisai aussi à Raymond que s'il avait des nouvelles pour moi, je lui demandais de me les communiquer de vive voix et de ne pas laisser de message à mon épouse ni à la femme de ménage.

Je mis à profit les quelques jours avant mon départ pour régler mes affaires avec un notaire choisi au hasard dans l'annuaire.

Je passai aussi au journal. Le rédacteur en chef, Guillaume Froment, me reçut très gentiment. Il aimait les nouvelles que je lui fournissais, pas assez souvent à son goût. Je voulais savoir qui avait pris la photo de l'attentat. Il me communiqua le nom et l'adresse d'Alain Leroy, en précisant que c'était un drôle d'oiseau. Il écrivait de bons papiers, mais il était incapable de vivre sans l'excitation de la guerre.

Je demandai à Froment de ne parler à personne de notre entretien, et surtout pas à ma femme ni à mon beau-père. Il fronça les sourcils.

— Vous me paraissez être sur le point de faire une bêtise, Maurice.

— Se rendre dans un pays en guerre est sûrement une bêtise, dis-je avec un petit rire.

— Vous comptez partir là-bas ?

— Le plus tôt possible.

— Vous n'êtes pas sérieux, Maurice !

— C'est possible, mais il me paraîtrait encore bien moins sérieux de rester, Guillaume. Vous comprenez, ma vie m'ennuie. J'ai raté un embranchement à un moment donné et il me semble que l'occasion vient de m'être offerte de replacer le train sur de meilleurs rails.

Il est resté un long moment silencieux.

— Je ne serais pas surpris que vous vous entendiez bien avec Leroy. Vous me paraissez aussi cinglés l'un que l'autre. Des folies très différentes, sûrement, mais entre dingues ça devrait coller.

Il perçait presque une pointe d'envie dans la voix de Guillaume Froment. Comme s'il regrettait de n'avoir pas en lui cette part de folie.

J'étais sur le point de prendre congé quand il me demanda :

— Pourquoi ne nous adresseriez-vous pas un article, de temps en temps ?

— Je n'ai pas l'âme d'un correspondant de guerre, objectai-je.

Il balaya ma remarque d'un revers de la main.

— Nous avons déjà ce qu'il faut de ce côté-là. Non, je pensais plutôt à des papiers sur la vie quotidienne des civils dans un pays en guerre. Un regard différent de celui des correspondants de guerre, justement.

Je réfléchis et répondis :

— Pourquoi pas ? Je ne vous promets rien, mais si je me sens inspiré... Pourquoi pas ?

L'idée commençait déjà à me plaire. Un autre regard !

Le jour où nous devions nous envoler, je m'arrangai pour que Solange soit absente de la maison. Je rangeai un minimum d'affaires dans mon sac de voyage et je partis en lui laissant un mot laconique sur sa coiffeuse. J'avais l'intime conviction qu'elle en serait secouée, mais qu'elle surmonterait rapidement son chagrin. L'annonce de sa liberté nouvelle la laisserait sûrement plus désemparée que mon abandon. Plus rien ne l'empêcherait désormais de vivre avec son amant, mais en avait-elle seulement envie ? Il lui faudrait sans doute du temps pour répondre à cette question.

Je n'informai pas Florence de mon départ. J'avais l'intime conviction qu'elle avait compris qu'elle ne me reverrait pas, la dernière fois que nous nous étions quittés. Peut-être cette conviction n'était-elle qu'un moyen de me déculpabiliser. »

Quand, dans son bureau de San Francisco, Maurice Chatrian relirait ces pages, de longs mois plus tard, il ne pourrait s'empêcher de sourire. Il vivait tellement en dehors de la réalité à l'époque où s'étaient déroulés ces événements qu'il n'avait pas pensé un seul instant que, en signant des articles dans un quotidien avec lequel il avait l'habitude de collaborer, il indiquerait forcément à tout le monde l'endroit il se trouvait. C'était pourtant la dernière chose qu'il souhaitait faire.

14

L'aube se levait lorsque Maurice Chatrian referma son carnet. Serait-ce là le point de départ d'un nouveau roman ? Il n'en savait encore rien, mais il éprouvait une sorte de soulagement d'avoir confié ses réflexions au papier. Il avait le sentiment de voir plus clair en lui. Il avait quitté Paris non seulement avec l'espoir de trouver sa belle inconnue mais aussi avec celui de se retrouver lui-même.

Même s'il ne devait jamais rencontrer cette jeune Vietnamienne, il lui était reconnaissant de l'avoir arraché à une torpeur dans laquelle il s'était laissé glisser par une sorte de paresse de l'âme qui lui ressemblait peu. Il en venait également à éprouver de la gratitude pour Raymond Sorel qui, même s'il l'avait manipulé pour une raison qui lui échappait toujours, l'avait plongé dans une réalité de beaucoup plus passionnante que toutes les fictions qu'il avait imaginées depuis la fin de la guerre.

Pour opaque qu'il puisse paraître, l'avenir prenait déjà des couleurs plus satisfaisantes pour son esprit friand de sensations nouvelles.

L'hôtel connaissait son animation habituelle, mais contrairement aux jours précédents la jeune boyesse édentée ne vint pas lui apporter son thé matinal.

Chatrian avait constaté un changement d'attitude manifeste chez les occupants de son étage. Changement quasiment imperceptible, mais qui l'avait amené à la conclusion que le moment était venu pour lui de quitter le Sun-Wah.

Personne, ici, ne lui pardonnerait l'intrusion des policiers et l'interrogatoire auquel ceux-ci avaient soumis les occupants des chambres voisines ainsi que les boys et boyesses et plus que probablement tout le personnel de l'hôtel.

Après avoir fait sa toilette, Chatrian, qui ne ressentait aucune fatigue malgré sa nuit blanche, repensa à son entrevue avec le commissaire Van Luc. Quel curieux personnage ! Jamais l'écrivain n'aurait imaginé pareille figure de policier dans l'un de ses romans.

« L'amour est la seule chose qui ne soit pas absurde dans ce monde. »

Cette remarque lui trottait dans la tête. Van Luc y croyait-il vraiment, ou n'était-ce qu'une formule pour endormir la méfiance de l'homme qu'il interrogeait ? Chatrian n'avait pas l'impression que le commissaire le soupçonnait sérieusement d'être impliqué dans la mort de Sorel. Il semblait plutôt intéressé par ce que le Français avait pu apprendre sur les activités de l'homme d'affaires.

De fait, il paraissait évident que le policier en savait plus sur Raymond Sorel qu'il ne voulait bien le laisser entendre.

Chatrian entreprit de ranger ses maigres possessions dans son unique sac de voyage. Le plus sage consistait à se rendre sans tarder chez Leroy pour étudier avec lui les possibilités de trouver un nouveau lieu de résidence, loin de l'hostilité sourde du Sun-Wah.

Dès qu'il sortit de sa chambre, les conversations dans le couloir s'interrompirent. Il était clair qu'on s'efforçait de lui faire comprendre qu'il était devenu indésirable. Chatrian chercha des yeux la jeune Shan, mais elle n'était visible nulle part. Il se demanda si les policiers avaient réussi à lui faire dire ce qu'elle avait vu le soir de la mort de Sorel et s'ils l'avaient emmenée au poste afin de la confier aux bons soins de l'élégant commissaire Van Luc.

C'était toutefois peu probable. Van Luc ne s'en était pas caché, il ne croyait pas que ces interrogatoires produiraient la moindre information utile. Quant à Shan, malgré son air d'animal effarouché, elle devait être le genre de personne à se fermer plutôt qu'à s'ouvrir en présence de représentants d'une forme quelconque d'autorité.

Il s'apprêtait à sortir de l'hôtel quand il se fit interpeller par le réceptionniste, celui-là même à qui il avait demandé d'aller chercher un médecin, quelques jours plus tôt. Les gestes du Chinois étaient assez explicites. Il voulait que son client paie ce qu'il devait et qu'il lui précise le nombre de jours qu'il entendait encore passer au Sun-Wah.

Un message on ne peut plus limpide.

En mettant le pied dans la rue, Chatrian s'entendit à nouveau interpeller. Cette fois, il s'agissait de Tien-tin, le cyclo-pousse qui l'avait conduit chez Leroy, lors de sa première visite au journaliste. Depuis ce jour, le petit Vietnamien l'attendait régulièrement à la porte de l'hôtel pour lui offrir ses services et s'assurer sa clientèle. A force, Tien-tin était en quelque sorte devenu le chauffeur attitré du Français. Au moment où celui-ci allait prendre place dans le petit véhicule, il aperçut Naiji. La fouine, qui se trouvait encore sur le quai Le Quang Liem, lui adressait de grands signes en courant vers lui.

— Attends-moi un instant, dit Chatrian au cyclo qui n'avait, de toute façon, aucunement l'intention de s'éloigner sans son client.

Naiji arborait un visage des mauvais jours.

— La police venue ici, annonça-t-il. Interrogé tout le monde. Pas bon, ça !

— Je n'y suis pour rien, répondit Chatrian sèchement. De toute façon, personne n'a rien vu lorsque mon ami s'est fait assassiner, n'est-ce pas ? ajouta-t-il sans chercher à masquer l'ironie de sa remarque.

— Personne, confirma la fouine. Rien vu du tout. Mais jamais bon quand police dans hôtel.

— Moi aussi j'ai eu droit à un interrogatoire en règle, mon vieux. Et en plus, on m'a emmené au commissariat. Sans l'intervention d'un officiel français, ils seraient sans doute encore en train de me cuisiner.

Chatrian était bien conscient d'en rajouter, mais il tenait à faire comprendre au Chinois que sa situation n'était pas plus confortable que celle des occupants du Sun-Wah.

La fouine voulut savoir ce que le Français avait raconté aux policiers.

— Rien de plus que ce que j'ai dit à l'agent venu ici, le soir de la disparition de mon ami.

La fouine insista pour savoir si le Français n'avait vraiment rien dit de plus. Il lui demanda également si le commissaire Van Luc – « un homme terrible et sans pitié » – ne lui avait rien appris sur son ami disparu.

Chatrian avait le sentiment que la disparition de Sorel intéressait le Chinois au-delà de ce qu'il voulait bien montrer. Il lui répondit que la police ne disposait, pour l'heure, d'aucun élément nouveau.

— Van Luc ne tardera sûrement pas à classer l'affaire, prétendit-il, tout en étant persuadé du contraire.

La moue de la fouine semblait suggérer qu'il n'y croyait pas plus que Chatrian et que cela le tracassait.

— Où est Shan ? demanda Chatrian, détournant la conversation, comme si la disparition de son ami était déjà une affaire classée en ce qui le concernait.

Naiji secoua la tête. Une lueur mauvaise s'était subitement allumée dans son regard.

— Partie ! lâcha-t-il brutalement. Plus de Shan ! Pas bien, ça.

— Partie ? répéta Chatrian, surpris. Elle va sûrement revenir. Bientôt.

— Quand fille comme elle partie, elle pas revenir. Peur de la police venue cette nuit, sans doute. Pas bien du tout, ça. Non, non ! Pas bon.

— Elle va te faire perdre beaucoup d'argent, pas vrai ? demanda Chatrian avec une pointe de mépris dans la voix.

La fouine haussa les épaules.

— Autres bonnes filles au Sun-Wah, dit-il. Mauvais pour elle. Personne pour s'occuper d'elle dehors. Ici, Naiji protéger Shan.

La fouine expliqua au Français que sans lui l'adolescente risquait de tomber entre les mains de la bande de Bay Vien, le patron de la pègre de Cholon. Elle n'aurait plus la belle vie comme au Sun-Wah. Il la ferait travailler dans ses tripots.

— Beaucoup plus travail. Pas bon travail. Pas bons clients. Pas bon argent. Naiji très inquiet pour Shan. Naiji doit la retrouver.

L'explication du Chinois ne satisfaisait pas Chatrian. Quelque chose dans son ton et dans l'expression de son visage ne cadrait pas avec ses propos. Il avait l'air en proie à un mélange d'inquiétude et de fureur. Chatrian se doutait bien que le Chinois se souciait peu des conditions de travail de l'adolescente. Il lui semblait également que, pour une raison qui lui échappait, la fouine le soupçonnait de n'être pas étranger à la disparition de l'adolescente.

S'il ne disposait d'aucun élément pour étayer sa réflexion, il n'en était pas moins convaincu que l'inquiétude de Naiji était liée à la disparition de Raymond Sorel. Shan avait dû voir ce qui s'était passé et la fouine avait peur qu'en échappant à sa « protection » elle n'en vienne, tôt ou tard, à parler des circonstances de la mort de l'homme d'affaires.

A qui ? A la police ? Non, il était impensable qu'elle aille d'elle-même s'adresser aux forces de l'ordre. A ce Bay Vien qui faisait la pluie et le beau temps dans la ville de tous les vices ? Avec la réputation dont il jouissait à Saigon, Bay Vien était sûrement une cause d'inquiétude plausible pour un maquereau de petite envergure comme Naiji. Mais le maître de Cholon était-il vraiment le genre d'homme vers qui une gamine fragile comme Shan voudrait se tourner ? Ne préférerait-elle pas s'adresser à quelqu'un comme Chatrian ?

C'était une autre possibilité. Seulement, aucune de ces pistes ne menait à rien. Sinon à le renforcer dans sa conviction que le Chinois en savait plus qu'il ne le disait, ce qui ne l'avançait pas davantage. Naiji était du genre à se faire arracher la langue plutôt que de parler.

Pour la première fois, Chatrian se demanda si la fouine n'était pas impliquée dans la mort de Sorel. Cela expliquerait la terreur de Shan ainsi que sa fuite, si elle avait assisté au meurtre. Cela expliquerait également l'inquiétude et la fureur du Chinois devant la disparition de l'adolescente.

— J'espère que tu la retrouveras, dit Chatrian. J'aimerais bien passer un autre moment avec elle.

Le Français prit un air lourd de sous-entendus grivois pour ne pas éveiller les soupçons de la fouine, mais celle-ci ne l'écoutait déjà plus.

Chatrian retourna vers son cyclo et donna à Tien-tin l'adresse de Leroy.

— Salut, vieux frère. Pas trop secoué par l'interrogatoire de Van Luc ?

Depuis qu'il avait arraché Chatrian aux griffes du commissaire, le journaliste affichait à son égard une attitude presque fraternelle. Comme si cette aventure avait tissé entre eux des liens nouveaux.

— A vrai dire, Van Luc ne s'est pas montré désagréable, précisa Chatrian. Au contraire. Et puis lui, au moins, il croit à la disparition de mon ami et il n'a pas l'intention de lâcher le morceau.

— C'est une bonne chose qu'il ait décidé de prendre l'affaire en main lui-même, déclara Leroy. C'est un tenace, sous ses allures de dandy. Cela dit, si j'en crois ce que vous m'avez raconté, il ne dispose pas d'éléments susceptibles de faire beaucoup progresser son enquête. Je suppose qu'il a fait interroger la clientèle et le personnel du Sun-Wah ?

— Ces gens sont des tombes.

— Les Chinois ne sont pas très causants, confirma Leroy avec un petit sourire entendu.

— Je crois que cette descente de police ne m'a pas rendu très populaire à l'hôtel, précisa Chatrian. Il serait bon que je trouve au plus tôt un nouveau lieu où poser mon barda...

— J'ai chargé Vinh de se mettre en chasse dès mon retour, déclara le journaliste. Je l'ai entendu sortir à la première heure et je ne serais pas surpris que ses recherches aboutissent avant la fin de la journée.

Leroy ne se trompait pas. Les deux hommes bavardaient depuis moins d'une heure quand le précieux collaborateur du journaliste revint annoncer à son patron qu'un appartement était libre tout de suite, rue Paul-Blanchy, une artère parallèle à la rue Catinat.

Chatrian ne perdit pas de temps. Tien-tin l'attendait, allongé dans son véhicule comme dans un hamac. Il le pria de le ramener au Sun-Wah. Là, le Français solda son compte, récupéra ses affaires, sans oublier la mallette de Raymond Sorel. Il n'avait pas encore pris la peine d'examiner les documents que celle-ci contenait et il se promit de le faire dès qu'il serait installé dans son nouvel appartement.

La fouine traînait dans le couloir. De toute évidence, il avait surveillé le retour du Français et il s'empressa de lui demander :

— Vous partir ?

— Oui, répondit Chatrian, sans s'arrêter. Je crois que ça vaut mieux pour tout le monde, non ?

Naiji ne répondit pas. Il avait emboîté le pas au Français en fronçant les sourcils.

— Shan partie. Maintenant, vous parti, fit-il, comme s'il voyait un lien entre les deux départs.

— Eh oui, dit Chatrian avec un petit sourire narquois, c'était un si bon coup que je n'arrive plus à m'en passer.

Le Chinois ouvrit la bouche, mais il se reprit aussitôt et éclata de rire.

— Vous, très drôle, commenta-t-il.

Ses yeux ne riaient pas le moins du monde.

Chatrian, qui se sentait soulagé de quitter l'enclave de Cholon et de n'avoir plus à subir les intrusions de la fouine, ajouta en franchissant la porte de l'hôtel :

— Je me demande même si je ne vais pas l'épouser, cette délicieuse petite Shan.

Et ce fut à son tour d'éclater de rire. Il ne se retourna pas et ne put voir l'expression du Chinois, laquelle n'aurait pas manqué de l'inquiéter.

Naiji ne l'avait pas suivi dans la rue. Il était resté dans l'entrée du Sun-Wah, à surveiller les préparatifs de départ de Chatrian. L'homme serviable qui avait tenu à satisfaire les moindres désirs du Français, à son arrivée, n'existait plus. Il avait cédé la place à un homme rongé par la haine.

Tien-tin s'occupait de charger le bagage de son client dans le cyclo. Comme Sorel avant lui, Chatrian ne lâchait pas la mallette, dans laquelle il avait remisé le petit Browning récupéré dans le bureau de Van Luc. De l'autre côté du trottoir, il aperçut Thanh, la jeune taxi-girl, qui allait prendre son service à l'Arc-en-Ciel. Il l'appela. Elle lui adressa un petit signe de la main et traversa la rue, un sourire éclatant aux lèvres.

Chatrian lui annonça qu'il quittait le Sun-Wah.

— Vous ne viendrez plus danser avec moi, alors ?

— Je ne suis pas sûr d'avoir très envie de remettre les pieds à Cholon, dit-il. Il s'est passé des choses...

Il s'interrompit. Il était inutile de mêler la jeune fille à ses problèmes.

— Vous voulez parler du meurtre de votre ami ? demanda Thanh.

— Vous êtes au courant ?

Elle sourit.

— Les nouvelles circulent vite à Cholon.

— C'est vrai, dit Chatrian, et puis j'oubliais que le commissaire Van Luc est un habitué de l'Arc-en-Ciel et qu'il est de vos amis.

— Le commissaire Van Luc fréquente beaucoup d'endroits, il connaît beaucoup de gens, mais il a très peu d'amis, précisa la taxi-girl. Je vais vous regretter, ajouta-t-elle en baissant la tête.

— Moi aussi, dit Chatrian. Pourquoi ne viendriez-vous pas me rendre visite de temps en temps ? Je vais m'installer rue Paul-Blanchy. Au numéro 27. Vous serez toujours la bienvenue.

La jeune fille fit la moue.

— C'est très loin.

— Prenez donc un cyclo ou un taxi. Je réglerai la course pour vous.

Il marqua un temps avant d'ajouter :

— Vous êtes la seule personne que je connaisse à Saigon. Ma seule amie, désormais. Ne m'abandonnez pas.

Elle rit.

Avant de la quitter, Chatrian ajouta :

— Je vous en prie, Thanh, ne communiquez mon adresse à personne. Sauf au commissaire Van Luc, s'il venait à vous la demander.

— Dans mon métier, on parle tout le temps avec nos cavaliers mais, vous savez, on ne dit jamais grand-chose.

La jeune taxi-girl déposa un baiser sur la joue du Français et tourna les talons. Chatrian la regarda s'éloigner de son pas gracile et dansant. Il lui lança encore :

— Promettez de venir me rendre visite, Thanh !

Elle ne ralentit pas, mais répondit :

— C'est promis, Maurice !

Chatrian grimpa dans le cyclo, le cœur plus léger, et quitta Cholon pour un appartement qu'il était anxieux de découvrir et dans lequel il espérait se plaire, car il comptait y demeurer aussi longtemps que les Français seraient tolérés à Saigon.

Il était tellement accaparé par ses projets d'avenir qu'il ne vit pas la fouine sortir de l'hôtel, héler un cyclo et lui donner l'ordre de suivre le véhicule de Tien-tin.

15

L'appartement de la rue Paul-Blanchy, du nom d'un ancien maire de Saigon, était situé au dernier étage de l'immeuble. Chatrian le trouva beaucoup plus vaste qu'il ne s'y était attendu. En le visitant, l'écrivain songea qu'il n'aurait pu espérer trouver un lieu plus agréable, tant pour y vivre que pour y travailler. Si la cage d'escalier, dépourvue d'ouvertures sur l'extérieur, de manière à maintenir la chaleur hors des murs, était relativement sombre, l'appartement, lui, était on ne peut plus lumineux.

La porte ouvrait sur un couloir donnant sur une grande pièce aux plafonds hauts, qui faisait office de salon ou de salle de réception. Le couloir menait à gauche vers une cuisine doublée d'une salle à manger et à droite vers une pièce au volume aussi impressionnant que le salon et aménagée en bureau. Au fond du couloir, à droite, une chambre au lit garni d'une moustiquaire, avec une armoire de style normand et une porte ouvrant sur une vraie salle de bains avec baignoire ; à gauche, une pièce plus petite qui, pour l'heure, faisait office de débarras.

— Je vous conseille de garder les volets fermés pendant la journée, dit Vinh, qui lui faisait visiter les lieux. Sinon vous risquez de souffrir de la chaleur. Il y a des ventilateurs dans toutes les pièces, mais ils vous paraîtront probablement insuffisants. Dans la chambre, un ancien locataire a installé un appareil de climatisation.

Le salon ouvrait sur une terrasse qui courait sur toute la longueur de l'appartement et de laquelle on avait une vue dégagée d'un côté sur les tours de la cathédrale et, de l'autre, sur les eaux de la rivière Saigon et les balcons aux rambardes dorées de l'hôtel Majestic, sis à l'angle de la rue Catinat et du quai Le Myre-de-Vilers.

— Vous avez fait du bon boulot, Vinh, déclara Chatrian. Je sens que je vais me plaire ici.

— Le loyer n'est pas bon marché, précisa l'assistant de Leroy.

Mais quand il eut annoncé le prix, Chatrian sourit en pensant aux prix des loyers parisiens.

— L'appartement est meublé, ajouta Vinh. J'ai pensé que ce serait plus simple pour vous.

— Vous avez bien fait. C'est tout simplement parfait.

Le Français parla de verser une commission à Vinh, à titre d'intermédiaire dans la négociation, mais le Vietnamien ne voulut rien entendre.

— Ça me fait plaisir d'être agréable à monsieur Leroy. C'est un bon patron.

Chatrian, qui avait décidé de prendre lui-même ses affaires en main, montra à Vinh la photo de son inconnue.

— Je connais, répondit celui-ci. Monsieur Leroy m'a déjà demandé de la retrouver pour vous. Ne vous inquiétez pas. C'est une affaire de quelques jours encore. J'ai des informateurs sérieux. Vinh est une vraie mine de renseignements pour monsieur Leroy.

Quand il se retrouva seul, Chatrian chercha le meilleur endroit où dissimuler la mallette de Sorel. Un placard de la cuisine lui parut, en définitive, un lieu plus sûr que l'armoire de la chambre à coucher ou un tiroir du bureau. Avant de la glisser derrière une pile de linge de maison, il la posa sur la table et l'ouvrit. Il glissa pour commencer le Browning dans la poche de son pantalon, puis il étala les différents dossiers devant lui. Chacun renfermait une demi-douzaine de documents portant le chiffre du ministère de l'Intérieur.

Chatrian s'assit et les examina un à un avec la plus grande attention. Tous ces papiers étaient codés et, par conséquent, dépourvus de sens pour qui n'en possédait pas la clé. Il n'en fut pas autrement surpris. Il en était logiquement venu à la conclusion que la qualité d'homme d'affaires de Sorel n'était qu'une couverture servant à dissimuler des activités occultes. Légales ou non.

Même si la présence du chiffre du ministère de l'Intérieur sur les documents ne garantissait pas que Sorel travaillait pour un département quelconque de la Sûreté – ils avaient fort bien pu être dérobés par un fonctionnaire véreux –, le fait qu'au moment de mourir il ait demandé à Chatrian de les porter à un membre du commissariat de la République plaidait dans ce sens.

L'écrivain eut beau appliquer les différentes grilles de lecture qu'il lui avait été donné d'utiliser pendant la guerre, il ne réussit pas à décrypter ces textes. C'était à prévoir, il avait travaillé avec les services secrets américains et ceux-ci devaient recourir à des codes différents des services français ; et puis, sept années s'étaient écoulées et les experts du chiffre avaient probablement trouvé de nouveaux systèmes encore plus sûrs.

Il remisa donc les papiers dans leurs dossiers respectifs et rangea ceux-ci dans la mallette, qu'il glissa derrière le linge de cuisine. Il se dirigea, ensuite, vers le balcon en se promettant de porter dès le lendemain matin la mallette au dénommé Charles Duluc, de l'ambassade de France, conformément à ce que lui avait demandé Raymond Sorel. Lequel avait bien ajouté : « mais surtout... pas avant d'avoir... » ; seulement, il n'avait jamais eu l'occasion d'achever sa phrase et il serait désormais impossible de savoir à quoi il avait voulu faire allusion.

Duluc, lui, saura ce qu'il convient de faire de ces documents, songea Chatrian, qui rangea la question au second plan de ses préoccupations.

Il se pencha par-dessus la rambarde du balcon et regarda dans la rue. Il sourit en voyant Tien-tin en grande discussion avec d'autres cyclo-pousse. Chatrian avait confié à son chauffeur attitré une série de copies de la photo de son inconnue en lui demandant de les faire circuler parmi ses collègues dans l'espoir que l'un d'eux la reconnaisse.

Si la jeune femme habitait Saigon, ce qui était probable, il n'était pas impossible qu'elle ait eu recours aux services d'un cyclo-pousse. L'un d'eux avait pu la ramener chez elle ou la conduire à son bureau. Si c'était le cas, il s'en souviendrait peut-être.

D'où il se trouvait, il lui était impossible de reconnaître l'homme qui, du fond de son pousse, ne perdait pas un mot de ce que disait Tien-tin. Naiji regrettait de n'avoir pas accordé plus d'attention à cette jeune femme lorsque le Français lui avait demandé de la retrouver. En ce temps-là, celui-ci n'était guère qu'un client potentiel aux yeux de la fouine.

Plusieurs mois allaient s'écouler avant que Chatrian n'apprenne que, s'étant procuré une copie de la photo, Naiji était allé retrouver un homme, connu dans les milieux interlopes de Cholon sous le nom de Roland, et lui avait remis le cliché.

Roland avait dit en souriant :

« Bientôt, cette fille sera la seule à Saigon à ne pas savoir qu'un homme est venu de Paris pour faire sa connaissance. Garde un œil sur ce Français, Naiji. Si un jour nos affaires devaient mal tourner, il ferait un parfait bouc émissaire. Quant à cette jeune fille... je m'en charge. »

DEUXIÈME PARTIE

Saigon

16

Après avoir rangé l'automatique dans un tiroir du bureau, Chatrian était sorti. Il avait acheté un journal à un crieur et était allé s'installer à la terrasse du Continental. Il était ravi d'avoir trouvé un appartement où il se sentait chez lui. Cela lui procurait la sensation d'avoir posé un nouveau pas sur le chemin qui le mènerait à sa belle inconnue. Il n'était plus un simple voyageur de passage. Il prenait ses marques dans une ville où il espérait réussir à ancrer sa nouvelle existence.

Ayant commandé un thé, il songea que Sorel avait eu raison en affirmant qu'il ne pourrait rester étranger à la situation politique du pays. S'il voulait devenir un membre à part entière de la communauté indochinoise, il devait s'intéresser au devenir du pays. Ce n'était sans doute pas un hasard si la première personne qu'il avait rencontrée à Saigon, Thanh la taxi-girl, lui avait parlé des craintes que lui inspirait l'avenir.

Pour avoir une chance de gagner le cœur de sa belle inconnue, pénétrer l'âme de l'Asie était indispensable mais pas suffisant ; encore fallait-il acquérir une appréciation correcte de la réalité de son quotidien dans ce qu'il avait de plus concret. En l'occurrence, cela impliquait de prendre en compte les circonstances particulières de cette sale guerre.

Chatrian ouvrit le journal, parcourut les gros titres et songea que ce n'était sans doute pas le moyen le plus fiable pour s'informer de l'évolution du conflit. Leroy lui avait fait comprendre à demi-mot que les autorités militaires manipulaient l'information. Certes, le Service de presse et d'information mis sur pied par le général de Lattre de Tassigny peu de temps après son arrivée à Saigon, en décembre 1950, emmenait les correspondants étrangers sur le terrain, mais toujours à l'occasion d'un succès français. Or, certains officiers ne pouvaient s'empêcher de laisser libre cours à leurs inquiétudes.

Chacun s'accordait à reconnaître que le Viêt-minh était un animal blessé. Il avait cru tenir la victoire au lendemain de ses succès à Lang Son et Cao Bang, lesquels n'avaient pas été étrangers à la nomination du roi Jean. Mais il avait commis une grave erreur en voulant renouveler ces opérations aux abords de Hanoi. En terrain plat, les troupes de guérilla de Giap n'étaient pas de taille face aux forces françaises requinquées par un de Lattre présent sur tous les fronts. Le Viêt-minh avait subi des pertes matérielles importantes et son moral avait été sérieusement atteint – il en irait ainsi pendant toute l'année où le commandement militaire français serait assumé par le roi Jean.

Cet infatigable guerrier avait rendu l'espoir à ses hommes. Il avait également accompli un tour de force en mettant sur pied une armée composée d'éléments vietnamiens. Conscient que Paris attendait plus que des victoires défensives, il avait, en outre, réussi à prendre Hoa Binh, une ville située à quatre-vingts kilomètres de Hanoi, en plein cœur du pays mong. Ce faisant il avait, selon sa propre expression, pointé « un pistolet au cœur de l'ennemi ».

Mais le roi Jean était mort et l'une des premières mesures prises par son successeur, le général Salan, avait été d'ordonner aux troupes françaises de se retirer de Hoa Binh devenue intenable. Chatrian n'avait pu manquer d'entendre des soldats revenus du Tonkin chanter : « Ah, i'fallait pas, i'fallait pas qu'y aille. Ah, i'fallait pas, i'fallait pas y aller... »

Levant le nez de son journal, il aperçut Graham Greene. Cet homme au regard acéré serait sûrement en mesure de lui donner un aperçu sérieux de la situation. Le romancier britannique était un observateur intelligent qui n'avait pas la réputation de manier la langue de bois.

Chatrian s'apprêtait à replier son journal pour rejoindre Greene quand un entrefilet retint son attention dans la section des faits divers : « Hier, un membre du commissariat de la République a trouvé la mort dans un accident de la circulation. Charles Duluc, attaché de presse, a été renversé, rue Chasseloup-Laubat, par un chauffard qui a pris la fuite. Il était près de vingt et une heures quand monsieur Duluc, quittant son bureau après une réunion tardive... »

L'écrivain reposa le journal. Ainsi, l'homme auquel il devait remettre les documents que lui avait confiés Sorel avait connu le même sort que l'homme d'affaires. Peut-être s'agissait-il d'un simple hasard, mais Chatrian ne croyait pas à ce genre de coups du sort.

Bien loin de l'accabler, la nouvelle réveilla en lui l'instinct de survie du combattant de l'ombre qui lui avait permis de passer pendant quatre années à travers les mailles des filets nazis. Il songea que si les ennemis de Sorel avaient réussi à identifier son contact officiel, il était probable qu'ils avaient également appris que Chatrian possédait, désormais, des documents susceptibles de compromettre leur sécurité. Il devenait donc la cible potentielle d'ennemis inconnus.

Chatrian prit le temps de réfléchir à sa situation. Il ne disposait d'aucun élément pour remonter jusqu'aux meurtriers de Sorel et de Duluc. Ceux-ci possédaient, par conséquent, un avantage sérieux sur lui. Il ne pouvait adopter qu'une attitude défensive. Il regretta d'avoir rangé l'automatique de son ami dans le tiroir du bureau et se promit de le récupérer au plus tôt et de ne plus s'en séparer.

Pour l'heure, il n'entendait pas renoncer à avoir un entretien avec Graham Greene. Les deux meurtres avaient eu lieu après la tombée de la nuit et il était peu probable que ses ennemis s'en prennent à lui en plein jour.

Il abandonna le journal sur la table et traversa le hall où il avait vu disparaître le romancier britannique. Il se dirigeait vers le jardin quand il songea que si les assassins de Sorel avaient réussi à identifier son contact au sein du commissariat de la République, il était à craindre qu'ils ne disposent d'un informateur parmi le personnel diplomatique. Il ne pouvait donc courir le risque de se séparer du contenu de la mallette sans avoir, au préalable, identifié la brebis galeuse. « Pas avant d'avoir identifié le traître » : était-ce là le terme de la phrase laissée en suspens par Sorel ?

L'écrivain ressentit au niveau de la nuque une sorte de crispation qui lui était familière. Elle avait été sa compagne chaque fois qu'il lui avait fallu rencontrer l'un de ses contacts à Paris pour lui remettre les informations sur les mouvements des troupes allemandes qu'il avait obtenues en jouant un double jeu auprès de l'attaché culturel de la Kommandantur. Mais, en ce temps-là, il connaissait ses adversaires. Un avantage appréciable, par rapport à sa situation actuelle.

Il aperçut Graham Greene qui écrivait dans un petit carnet semblable au sien sous la partie couverte du patio. Chatrian l'approcha tout en se demandant s'il pouvait faire confiance au commissaire Van Luc ou s'il devait également se méfier du policier. La corruption était un mal endémique au sein de l'administration locale. Il remit la résolution de ce problème à plus tard. Pour l'heure, il convenait de se méfier de tout le monde.

Graham Greene leva la tête et un large sourire illumina son visage quand il aperçut le Français qui approchait de sa table.

— Monsieur Chatrian ! s'exclama-t-il. Quel plaisir de faire la connaissance de l'auteur d'*Une femme sans importance* !

Chatrian fut surpris et flatté par l'entrée en matière d'un auteur dont il admirait la prose et l'art de ne jamais écrire deux fois le même roman. Il le lui dit et Greene l'invita à s'installer à sa table. Les deux hommes ne tardèrent pas à se lancer dans une discussion sur les mérites de leurs écrits respectifs. Pendant près d'une heure, la réalité de la situation indochinoise ainsi que celle, particulière, de Chatrian restèrent à l'arrière-plan de préoccupations nettement plus légères et littéraires.

Greene était la première personne à parler à Chatrian de ses romans policiers sans les considérer comme des œuvres mineures. Une phrase toucha particulièrement le Français :

— S'il est vrai que, comme le dit Chandler, Hammett a sorti le roman policier du vase vénitien pour le jeter dans la rue, vous lui avez insufflé une dimension véritablement tragique.

En définitive, le Britannique ramena la discussion vers des considérations plus actuelles :

— Vous êtes ici en tant que journaliste ou comme romancier, monsieur Chatrian ?

— Le quotidien auquel il m'arrive de fournir des nouvelles m'a demandé de lui adresser des papiers d'humeur. Et vous-même ?

Greene tendit la main vers ses notes et dit :

— *Paris-Match* m'a commandé un long récit sur cette guerre qui en cache une autre. Je viens tout juste d'en trouver le titre : *L'Indochine, couronne d'épines de la France d'outre-mer*.

— Que pensez-vous de la situation ?

Le romancier britannique soupira.

— L'Indochine n'est déjà plus le problème. Si elle tombe, la Corée se trouvera isolée. La théorie des dominos exposée par votre général de Lattre correspond à la réalité du terrain. Les Américains ne peuvent qu'y être sensibles.

— Croyez-vous qu'ils vont s'engager dans ce conflit ? demanda Chatrian.

— Il y a peu de chances qu'ils envoient des troupes. Ils finiront par assumer l'essentiel des fournitures matérielles, mais s'ils décident d'agir sur le terrain, ils le feront en sous-main. Les Français n'en seront même pas avertis.

Greene sourit.

— La politique américaine est une suite de contradictions qui frisent l'absurde, poursuivit-il. Ce sont de grands enfants inconséquents. Il y a quelques années, ils finançaient Ho Chi Minh, aujourd'hui, ils le vouent aux gémonies, car il a tombé le masque du communisme. Pour l'heure, ils cherchent à développer une « troisième force » dans la région.

Chatrian avait appris par Leroy que cette notion de « troisième force » était le cheval de bataille du romancier britannique.

— Croyez-vous que les Français ont encore une chance de remporter la guerre ?

Greene fit la moue.

— Le Viêt-minh contrôle la majeure partie du Tonkin et de l'Annam, précisa-t-il. En Cochinchine, ses forces sont composées de partisans. Ici, la guerre est une guérilla. Toutes les routes qui partent de Saigon sont gardées par les tours de défense élevées à chaque kilomètre... Le trafic y est interrompu chaque soir à dix-huit heures et, dès que la nuit tombe, les rizières adjacentes deviennent une sorte de no man's land. Dans Saigon, c'est une guerre d'assassinats au hasard, de grenades jetées dans les cafés, les boîtes de nuit et les cinémas... A moins d'un coup de malchance, tout ce qu'on perçoit de la guerre est une petite explosion lointaine qui, après tout, pourrait être le raté d'un moteur d'auto. Tout de même, depuis qu'une fille du cru s'est fait sauter avec une partie d'un bateau de guerre dans la rivière de Saigon, on vous déconseille d'emmener une Cochinchinoise dans votre chambre.

— Vous n'êtes guère optimiste.

— L'Europe a le plus urgent besoin des troupes que les Français maintiennent en Indochine ; mais ce retour dépend en grande partie de la réalisation d'un espoir : l'armée vietnamienne... Quand l'heure de l'évacuation sonnera, il y aura beaucoup de Vietnamiens pour regretter la langue qui les fit communier avec l'art et la foi de l'Occident. Les injustices commises par des hommes harcelés, épuisés et ignorants seront oubliées et les noms de bien des Français, prêtres, soldats, administrateurs, resteront gravés dans la mémoire des Vietnamiens : un fort, un croisement de routes, une église délabrée. Vous rappelez-vous ces jours avant le départ des légions romaines[1] ?

Les propos de Graham Greene ramenaient Chatrian aux inquiétudes de Thanh, la taxi-girl.

— J'ai lu l'article que vous avez fait paraître il y a quelques jours dans votre quotidien, enchaîna le romancier britannique. Nous nous rejoignons sur ce qui concerne les sentiments de la population locale. Les communistes leur feront impitoyablement payer leur collaboration avec les Français, vous pouvez en être certain.

— Les malheureux, ils se trouvent pris entre le marteau et l'enclume, observa Chatrian.

— En vérité, poursuivit le romancier britannique, les Vietnamiens ne veulent pas du communisme. Ils veulent une ration de riz suffisante. Ils ne veulent pas recevoir de

1. Tous ces propos sont tirés d'un article publié par Graham Greene dans *Paris-Match*, 5-12 juillet 1952.

coups de fusil. Ils veulent que chaque instant soit à peu près semblable aux précédents[1].

Greene secoua la tête et demanda, en guise de conclusion :

— Le monde serait-il dans le même gâchis où il est, monsieur Chatrian, si nous étions fidèles à l'amour au lieu d'être fidèles à des patries ?

Les deux hommes restèrent un long moment silencieux. Chatrian finit par raconter à son compagnon les circonstances de la mort de Sorel et sa découverte, dans le journal du matin, de l'accident de Charles Duluc. Greene l'écoutait avec attention. Quand le Français eut terminé son récit, il observa :

— La guerre permet à un grand nombre de combines véreuses de se donner libre cours. Quand des hommes sont tués par milliers sur le champ de bataille au nom d'une cause impersonnelle, certains, qui n'auraient jamais franchi le pas en temps de paix, s'arrogent le droit de tuer pour une cause personnelle. Sont-ils plus criminels que les militaires ? Tout dépend peut-être de la « cause personnelle »...

Il y avait quelque chose de désabusé dans le ton du Britannique. Chatrian nota que son haleine empestait l'alcool. De fait, il avait pas mal éclusé pendant leur échange. Sa voix était devenue légèrement pâteuse, mais, hormis cela, il conservait le même maintien impeccable et flegmatique. Le Français estima le moment venu de prendre congé.

— Nous aurons sûrement l'occasion de nous revoir, Maurice, dit Greene en lui serrant la main. En attendant, débarrassez-vous de ces documents et faites-le savoir autour de vous. Cela pourrait vous tirer d'embarras.

Chatrian allait répondre, mais Greene poursuivait :

— Ou alors, conservez-les précieusement et faites-le savoir également. Prétendez que vous êtes sur le point de

1. In *Un Américain bien tranquille*, Robert Laffont, Paris, 1955, p. 127.

déchiffrer le code, que vous avez adressé une copie des papiers à un ami qui travaille pour les services de renseignement américains, ou britanniques, parce que vous savez qu'il y a une brebis galeuse au sein du personnel du commissariat de la République. Cela donnera de la crédibilité à vos assertions. Ensuite, ne dormez plus que d'un œil et gardez toujours une arme à portée de la main. Vous aurez poussé le loup à sortir du bois, et vous aurez fait de vous-même un appât de premier choix.

Chatrian éclata de rire.

— Je crois quand même que je préfère cette seconde solution !

Il hésita avant d'ajouter :

— Il se trouve que j'ai collaboré avec les services secrets américains pendant la dernière guerre. Cela aussi, je devrais le faire savoir ; une telle information donnerait encore plus de poids à mes assertions.

— Voilà un point commun de plus entre nous, Maurice. Soyez prudent.

— Merci de m'avoir accordé un peu de votre temps, Graham.

— Oh, vous savez, le temps n'est pas une denrée aussi rare qu'on se plaît à le dire. Surtout sous ces latitudes.

17

Chatrian sortait de l'hôtel au moment où Leroy y pénétrait. Il saisit aussitôt le bras du journaliste et l'entraîna vers une table en terrasse.

— Cette ville est décidément bien petite, observa-t-il. J'ai un nouveau service à vous demander, Alain.

Le journaliste sourit.

— Toujours ravi de pouvoir vous être agréable, vieux frère.

— Je souhaiterais me rendre sur le terrain des opérations, annonça Chatrian.

Leroy le considéra avec surprise.

— Je croyais que vous deviez rédiger des articles sans rapport direct avec la guerre...

— C'est exact, mais j'aimerais acquérir une meilleure appréhension de la réalité de ce conflit. Cela m'aiderait à mieux comprendre ce qui peut se passer dans la tête des gens du cru.

Le journaliste se gratta le menton, ombré par une barbe de trois jours.

— Je ne suis pas sûr que ce soit très sage, dit-il. Sur le terrain, nous sommes toujours à la merci d'une balle perdue, vous savez. Pour nous, cela fait partie des risques du métier, mais en ce qui vous concerne...

— Vous savez bien que j'ai assumé des risques autrement plus grands pendant la dernière guerre.

— Je le sais, mais s'il devait vous arriver quelque chose, je me sentirais responsable. Non, je ne voudrais pas avoir votre mort sur la conscience.

— Si vous ne m'aidez pas, Alain, je me tournerai vers quelqu'un d'autre, déclara Chatrian sur un ton décidé.

Le journaliste secoua la tête.

— Vous êtes un sacré cabochard. Cela ne me surprend pas vraiment, mais... j'ai une nouvelle qui devrait vous faire réfléchir.

Le cœur de l'écrivain se mit subitement à battre en accéléré. Sans transition apparente, Alain Leroy lui demanda :

— Etes-vous libre samedi... euh, non pas celui qui vient, le suivant ?

— Toutes mes soirées sont libres, déclara Chatrian. D'ailleurs, maintenant que j'y pense, toutes mes journées le sont également, ajouta-t-il avec une pointe d'amertume.

— Eh bien, voilà au moins une de vos soirées qui ne l'est plus, enchaîna le journaliste. Le commissaire de la République en Cochinchine organise une soirée. Il y aura là toutes sortes de personnalités du monde intellectuel et scientifique. Je nous ai obtenu une invitation...

— Et... ? insista Chatrian, qui se demandait s'il ne s'était pas réjoui trop tôt.

— Et votre inconnue sera présente ! enchaîna Leroy, ravi de son effet. Enfin, en principe, car il semble que ce soit une personne relativement farouche. Elle n'aime guère prendre part aux réjouissances officielles. En l'occurrence, il est cependant peu probable qu'elle nous fasse faux bond, car elle est l'une des personnalités en l'honneur de qui cette réception est organisée. Quoi qu'il en soit, présente ou non, elle n'est plus une inconnue.

— Vous avez donc réussi à l'identifier ?

Leroy sortit un papier d'une poche de poitrine de son gilet reporter.

— Elle se nomme, lut-il, Tran Thi Huong. Elle dirige un service de recherche médicale à l'institut Pasteur. Un vrai cerveau, à ce qu'il paraît. Elle aurait mis au point un vaccin contre une maladie endémique qui sévit depuis toujours dans les hauts plateaux du Centre. Ne me demandez pas laquelle, je n'en ai pas la moindre idée. C'est en tout cas ce qui lui vaut, ainsi qu'aux membres de son service, la distinction qui lui sera remise, samedi prochain, par un membre de l'institut des Sciences venu spécialement de Paris pour la circonstance.

Chatrian songea que son inconnue, travaillant pour les Français, appartenait à cette frange de la population qui vivait dans la crainte d'une victoire des communistes. Une angoisse soudaine lui étreignit le cœur. Maintenant qu'il était sur le point de rencontrer la femme pour qui il avait traversé la moitié du monde, il prenait toute la mesure de la folie d'une pareille entreprise. Comment l'aborder ? Que lui dire ? Que penserait-elle d'un homme qui abandonne son épouse pour se lancer à la conquête d'une parfaite inconnue ? Comment elle, fille de cette terre d'Asie, se situerait-elle par rapport à un étranger appartenant à la race des envahisseurs de son pays ?

— Vous ne pouvez toujours pas me dire pourquoi cette fille vous intéresse ? demanda Leroy.

Chatrian s'arracha à ses sombres pensées :

— Je puis bien vous l'avouer, maintenant, Alain. J'ai parcouru plus de dix mille kilomètres pour la seule raison que je suis tombé amoureux de la jeune femme dont vous avez réalisé le portrait par le plus grand des hasards.

Le front du journaliste se plissa.

— Vous vous moquez de moi ? demanda-t-il.

— Je savais que vous réagiriez ainsi. C'est pourquoi je ne vous ai pas donné mes vraies raisons plus tôt.

Leroy l'observait en s'efforçant de pénétrer derrière le sourire ingénu de l'écrivain.

— Ou vous êtes sincère, observa-t-il, ou vous êtes très fort. Et si vous êtes sincère, vous êtes cinglé. Je crois que je préfère encore croire que vous vous payez ma tête.

Chatrian posa une main sur l'épaule de son ami et, sans se départir de sa bonne humeur, dit :

— N'en doutez pas, Alain, je suis cinglé. A l'heure qu'il est, je me trouve dans la ligne de mire d'un tueur et je ne songe qu'à une seule chose : trouver les mots pour convaincre cette femme que je ne suis pas un dément.

Le journaliste recula. La barre qui marquait son front se creusa un peu plus.

— Quelqu'un cherche à vous tuer ? Que racontez-vous là, vieux frère ?

Chatrian lui fit le même récit qu'à Graham Greene quelques instants plus tôt. Il conclut :

— Vous comprenez que j'en sois venu à penser que mon nom est le prochain sur la liste des tueurs...

Leroy laissa échapper un petit sifflement impressionné.

— Vous devriez vous débarrasser de ces documents. Si vous le voulez, je connais des gens sûrs, je pourrais les leur remettre.

Chatrian eut un bref instant d'hésitation avant de demander :

— Ne trouvez-vous pas que je fais une belle chèvre pour le loup, Alain ? Ne me demandez pas pourquoi, mais... je crois que je préfère les conserver, pour l'instant. Par une sorte de loyauté envers Raymond Sorel, peut-être. Quoi qu'il en soit, ils sont bien à l'abri et je crois que l'expérience acquise par « Vallès » entre 40 et 44 devrait me permettre de les déchiffrer dans un temps plus ou moins court. Lorsque je saurai ce qu'ils contiennent, alors, je saurai également ce qu'il convient d'en faire.

Leroy secoua la tête.

— C'est vrai que vous avez eu l'occasion de vous familiariser avec les secrets du chiffre. Cela dit, je crois que vous jouez avec le feu.

Chatrian haussa les épaules.

— Voilà qui devrait vous convaincre que je suis cinglé et, par conséquent, que je vous ai donné mes vraies raisons de vouloir rencontrer cette jeune femme.

Leroy secouait toujours la tête. Il paraissait plongé dans une réflexion profonde. Il finit par dire :

— Quoi qu'il en soit, n'hésitez pas à faire appel à mes services. Vous savez, Maurice, je risque ma vie chaque fois que je mets les pieds dans un avion pour aller couvrir une énième opération. Un correspondant de guerre est un cinglé. D'une autre façon que vous, sans doute, mais c'est un cinglé.

Il marqua un temps et ajouta :

— A ce propos, pour votre demande d'aller sur le terrain… Je vais voir ce que je peux faire. Après tout, puisque vous aimez jouer avec le feu, pourquoi ne vous emmènerais-je pas avec moi ?

Chatrian sourit.

— Merci pour tout, Alain.

— Ne me remerciez pas, vieux frère. Ne me remerciez pas !

18

Un mois s'était écoulé depuis l'arrivée de Maurice Chatrian à Saigon. Le Français avait le sentiment qu'en quittant Paris il avait ouvert une boîte de Pandore, d'où il lui était encore impossible d'imaginer ce qui sortirait.

Depuis qu'il avait appris le décès « accidentel » de Charles Duluc, il ne se déplaçait plus sans le Browning de Sorel. Il ne se terrait pas pour autant chez lui. Bien au contraire. Il était devenu un habitué du Continental, où les correspondants de guerre l'avaient adopté presque comme l'un des leurs. Un journaliste américain, en particulier, Andrew Blake, s'était intéressé à son histoire. En effet, suivant la suggestion de Graham Greene, Chatrian racontait à qui voulait l'entendre qu'un de ses amis avait été assassiné à Cholon et qu'il lui avait remis des documents confidentiels avant de s'évaporer mystérieusement.

Blake était un passionné de littérature. Il avait l'ambition de se nourrir de son expérience en Indochine pour écrire un grand roman consacré au déclin des empires coloniaux.

— Nous autres, Américains, avons une position assez hypocrite, reconnaissait-il. Nous condamnons l'attitude colonialiste de la France, mais nous ne nous gênons pas pour intervenir dans toutes les parties du monde et régenter la politique des gouvernements. Cette ingérence n'est-elle pas une forme détournée de colonialisme ?

Quand il n'était pas envoyé couvrir l'une ou l'autre opération, Blake aimait passer du temps avec Chatrian, et les deux hommes s'étaient rapidement liés d'amitié.

Le Français savait que dès lors qu'il donnait de la publicité aux circonstances de la mort de Raymond Sorel et qu'il émettait des doutes quant au caractère fortuit de l'accident de Duluc, les instances officielles ne manqueraient pas d'en avoir vent. Il décida donc de prendre les devants et se présenta de son propre chef au commissariat de la République.

Il ne s'était pas trompé. Son histoire y était connue et à peine fut-il informé de la présence de l'écrivain dans les bâtiments de la rue Chasseloup-Laubat qu'un membre du service de sécurité, un certain Jacques Lefort, le fit appeler dans son bureau. Lefort ne se perdit pas en formules de politesse. Il fit sèchement observer qu'en détenant par-devers lui des documents confidentiels, Chatrian enfreignait la loi. Si, en plus, ces documents étaient de nature militaire, il risquait de se trouver traduit devant une cour martiale avant d'avoir eu le temps de réaliser ce qui lui arrivait.

— Au cas où vous l'ignoreriez, nous sommes en guerre, monsieur Chatrian, lâcha-t-il avec hauteur.

Lefort enjoignit à l'écrivain de lui faire parvenir au plus tôt la mallette que lui avait confiée Raymond Sorel avant de mourir.

— Faute de quoi, je me verrai dans l'obligation de faire procéder à votre arrestation.

Chatrian expliqua à son interlocuteur que l'accident dont avait été victime Charles Duluc l'incitait à penser que les assassins de Sorel possédaient des accointances au cœur même des services officiels.

— Sinon, comment auraient-il su que le titre d'attaché de presse de monsieur Duluc n'était qu'une couverture pour des activités plus… occultes ?

Il précisa qu'il ne tenait pas vraiment à se mêler d'une affaire dont il était bien conscient qu'elle ne le regardait pas, mais il ne souhaitait pas non plus courir le risque de voir disparaître des documents qu'il devinait importants en les remettant à une personne qui s'empresserait de les faire disparaître.

— Comme vous le faites justement remarquer, cette affaire ne vous concerne en rien, monsieur Chatrian, rétorqua Lefort. Ce n'est pas parce que vous écrivez des romans policiers que vous devez jouer les détectives privés. S'il y a des fuites dans nos services, nous saurons remédier à la situation. J'entends que vous m'apportiez la mallette de monsieur Sorel au plus tôt.

— Ne serait-il pas préférable que vous fassiez le ménage avant que...

Lefort explosa. De quel droit... ? Qui était Chatrian pour... ? L'officier de sécurité paraissait se nourrir de sa propre colère.

Il n'en demeurait pas moins que l'écrivain perdait peu à peu de son assurance. L'affaire prenait une telle ampleur qu'il voyait approcher le moment où on lui signifierait, dans le meilleur des cas, qu'il était devenu persona non grata en Indochine. Ce qui signifierait qu'il perdrait toute chance de faire la connaissance de son inconnue, alors qu'il était à quelques jours de la rencontrer. Il se demandait si le moment n'était pas venu pour lui de passer la main. Après tout, il n'avait aucune raison formelle de s'accrocher à ces documents. Peut-être était-il effectivement préférable de laisser aux autorités françaises le soin de faire le ménage dans leurs services.

Il était sur le point de céder aux injonctions de l'officier de sécurité quand la porte du bureau de Lefort s'ouvrit. Un homme de haute stature, aux sourcils ébouriffés, fit signe à l'officier de sécurité de sortir.

— Laissez-nous, ordonna-t-il d'un ton qui n'admettait pas de réplique.

— Monsieur... risqua Lefort en se levant.

— Laissez-nous ! répéta le nouveau venu, encore plus cassant.

Lefort serra les dents. Il allait sortir du bureau quand l'autre lui lança :

— Je reprends l'affaire à mon compte. Ne vous en occupez plus.

Lefort gronda :

— A vos ordres, monsieur.

Chatrian songea qu'il venait de se faire un ennemi.

Quand la porte se fut refermée, l'homme aux sourcils ébouriffés alla prendre place dans le siège libéré par l'officier de sécurité. A peine fut-il installé que son visage s'éclaira d'un large sourire à l'intention de l'écrivain.

— Ces jeunes ont tendance à toujours en faire trop, observa-t-il.

Chatrian, décontenancé, lui rendit son sourire.

Sans se lever, l'autre lui tendit la main par-dessus le bureau.

— Armand, dit-il.

Chatrian se demanda s'il s'agissait de son nom ou de son prénom.

Il serra la main qui lui était tendue en disant :

— Enchanté.

— Comment avance votre enquête ? demanda Armand, en s'enfonçant dans le fauteuil.

Chatrian demeura un long moment sans voix. Dans quel sens devait-il entendre la question du nouveau venu ?

— Pour l'instant, je ne dispose d'aucun élément me permettant d'adopter une attitude... offensive, répondit-il en s'efforçant de demeurer aussi vague que possible. J'essaie donc de faire sortir le loup du bois en attachant une chèvre à un piquet.

Armand ne souriait plus. Son expression était grave, ce qui avait pour conséquence d'amener ses sourcils à se rejoindre au milieu de son front en une masse sombre encore plus indisciplinée.

— Et bien sûr, la chèvre c'est vous, observa-t-il. Une tactique risquée, mais qui peut s'avérer payante.

Il saisit un crayon sur le bureau et se mit à en tapoter un agenda ouvert à la page du jour.

— On vous aura dit que je n'étais pas favorable à votre arrivée ? demanda Armand, sur un ton qui impliquait qu'il ne doutait pas de la réponse. J'aurais préféré confier l'enquête à l'un de mes hommes. Ils possèdent tous une meilleure connaissance du terrain qu'un agent de la Métropole. Mais on m'a fait comprendre que puisque personne ne vous connaît ici, vous jouirez d'une plus grande liberté de mouvement. Je me suis rendu à cet argument.

Il eut une moue dédaigneuse.

— On ne m'a pas vraiment laissé le choix, à vrai dire. Je connais vos états de service. Je sais que vous êtes un enquêteur hors pair. Si vous avez besoin de mon aide, n'hésitez pas. Les besoins du service passent avant mes sentiments personnels.

L'homme à la haute stature se leva.

— En ce qui concerne la brebis galeuse, nous ne tarderons pas à l'identifier. Duluc était l'un de mes meilleurs agents. Le salaud paiera, soyez-en sûr.

Armand traversait le bureau. Il avait la main sur la poignée de porte quand il demanda :

— Qui était ce Sorel ?

— Un… un homme d'affaires, répondit Chatrian, qui savait de moins en moins quelle attitude adopter.

— Hum, fit l'autre. Un paratonnerre idéal. Dommage qu'il ait attiré la foudre aussi vite. Au moins, vous savez à quoi vous en tenir. Vos adversaires ne sont ni patients ni tendres.

Armand ouvrit la porte. Il dévisagea une dernière fois Chatrian et conclut :

— Vous avez une manière d'agir très différente des nôtres. Peut-être est-elle valable. L'avenir seul nous le dira. En tout cas, elle me déconcerte. Je ne sais pas encore ce qu'il convient d'en penser.

L'homme aux sourcils ébouriffés sortit et Chatrian se retrouva seul dans le bureau de Jacques Lefort. Il ne parvenait pas à détourner son regard de la porte. Jamais fiction et réalité ne s'étaient mêlées aussi intimement dans sa vie. Armand n'avait pas pris la peine de se présenter. Il devait supposer que son interlocuteur savait à qui il avait affaire. Le diplomate, s'il en était un, le prenait de toute évidence pour un autre. Il ne lui avait guère laissé l'occasion de dissiper le malentendu et Chatrian devait admettre que lui-même n'avait rien fait pour le détromper.

Ainsi, il se retrouvait dans la peau d'un enquêteur dont il ignorait totalement à quel service de police il appartenait et dont la mission lui demeurait parfaitement étrangère. Le jeu prenait, décidément, une tournure qui ne lui plaisait pas du tout. Où tout cela risquait-il de le mener ? A connaître le même sort que Raymond Sorel et Charles Duluc ? Probablement. La réaction sage consisterait à rappeler Armand et à tomber le masque.

La porte s'ouvrit et un Lefort encore plus revêche que précédemment retourna s'installer à son bureau.

— J'ai l'impression d'être un pion qu'on déplace sur un échiquier au gré des humeurs des uns et des autres, déclara-t-il sans chercher à dissimuler sa rancœur à l'encontre de ses supérieurs et son hostilité envers Chatrian. Si vous pouviez me laisser, maintenant, ajouta-t-il. J'ai un emploi du temps chargé et puisque je n'ai pas à m'occuper de cette affaire, nous n'avons plus rien à nous dire.

L'officier de sécurité jeta un regard rapide à son agenda et ajouta, en revenant à l'écrivain :

— J'aimerais vraiment savoir qui vous êtes... en réalité, monsieur Chatrian. Quand je pense qu'aucun de ces imbéciles ne prend la peine de s'assurer que vous êtes bien celui que vous prétendez être...

Chatrian le coupa :

— Ai-je prétendu quoi que ce soit ?

L'autre plissa les yeux.

— Ce n'est pas mon problème, n'est-ce pas ? dit-il. Cela vaut peut-être mieux pour vous, somme toute. Allez, laissez-moi.

Chatrian éprouva une soudaine sympathie pour cet homme qui tenait des propos parfaitement sensés. Il se remémora une réflexion du commissaire Van Luc, dans sa chambre du Sun-Wah : « La fiction et la réalité, n'est-ce pas ? Mêlées à ce point-là, ne trouvez-vous pas que c'est assez impressionnant, monsieur Chatrian ? » Le policier n'imaginait pas à quel point il avait eu raison.

— Je suis désolé, monsieur Lefort, dit-il en sortant du bureau.

L'idée d'aller trouver Armand pour lui dire la vérité avait fait long feu, supplantée par le désir de voir où cette aventure le mènerait.

19

Tien-tin n'était pas resté inactif. Le cyclo s'était attaché à la personne de Chatrian et il avait multiplié les efforts pour s'acquitter de la mission que le Français lui avait confiée. Ses recherches avaient fini par payer.

Un matin, il vint frapper à la porte de l'écrivain et s'excusa de le déranger.

— Vous ne me dérangez pas, Tien, dit celui-ci, qui avait pris l'habitude de simplifier le nom de son chauffeur. Voulez-vous du thé ?

Le Vietnamien n'osait accepter, aussi Chatrian lui remplit-il une tasse en l'invitant à le suivre sur la terrasse, où il avait installé une table et des chaises.

— Asseyez-vous, Tien. Mettez-vous à l'aise.

Son visiteur ne savait pas vraiment comment répondre à l'invitation de celui qu'il appelait « patron ». Les Français l'avaient habitué à la condescendance, quand ce n'était pas au mépris, et il était toujours déconcerté par la bienveillance dont Chatrian faisait montre à son endroit, même si celle-ci ne le surprenait plus vraiment de la part de cet homme.

Tien buvait son thé, les fesses en équilibre sur le bord de son siège.

— J'ai retrouvé la jeune femme que vous cherchez, patron, annonça-t-il sans plus attendre.

L'écrivain sourit. Soucieux de ne pas minimiser l'aide du cyclo, il ne précisa pas qu'il avait lui-même retrouvé la trace de la jeune femme par un autre biais.

— Vous savez où elle vit ? demanda-t-il.

L'autre hocha la tête. Un sourire radieux illuminait son visage. Il paraissait littéralement heureux de pouvoir apporter son aide à Chatrian.

— Un ami la conduit régulièrement à son travail. C'est une personne très convenable, précisa-t-il. Elle habite pourtant dans un quartier assez pauvre. Rue Bao-Ho-Thoai. Et elle se rend tous les matins à l'institut Pasteur. Elle rentre tard chez elle. Elle ne sort pas beaucoup.

Chatrian n'avait aucune idée de l'endroit où se situait la rue Bao-Ho-Thoai.

— Je vais vous conduire si vous voulez. Aujourd'hui, dimanche, elle est chez elle.

Chatrian hésita. Il était impatient de faire la connaissance de son inconnue, mais il lui serait plus facile de l'aborder à l'occasion de la réception chez le commissaire de la République en Cochinchine que dans la rue. Par ailleurs, s'il se rendait rue Bao-Ho-Thoai, il n'était pas forcément obligé de l'aborder. Il pourrait se contenter de l'observer, de la regarder aller et venir sans se manifester. La perspective était assez tentante.

— Nous sommes effectivement dimanche, Tien. Vous désirez peut-être aller retrouver votre famille…

Le front du Vietnamien s'assombrit.

— Je n'ai plus de famille, patron. Tout le monde a été tué.

Chatrian réalisa qu'il ne savait pas grand-chose de cet homme qui était devenu l'un de ses plus fidèles compagnons depuis son départ de Cholon.

— Pas de femme, pas d'enfants ? demanda-t-il.

Le cyclo hocha la tête.

— Je suis trop pauvre pour faire vivre une femme et des enfants.

— Parle-moi de toi, veux-tu, Tien ? demanda Chatrian. D'où viens-tu ?

Le cyclo le considéra un instant, surpris, de toute évidence, qu'un Français puisse s'intéresser à son sort.

— Vous n'êtes pas comme les autres, vous, patron, observa-t-il.

L'écrivain éclata de rire.

— On me l'a souvent dit, mais ce n'était pas toujours un compliment.

Craignant d'avoir été mal compris, Tien précisa :

— Pour moi, c'est un compliment, patron. Vous êtes un homme bon et généreux.

— Oh, ça je ne sais pas, Tien. Mais, je commence vraiment à aimer ce pays. Quand je suis arrivé ici, tout m'horrifiait. Aujourd'hui, j'ai l'impression que je pourrais difficilement me passer de...

Il hésita, ne sachant comment terminer sa phrase. Un petit sourire se dessina sur son visage quand il conclut :

— Je pourrais difficilement me passer de l'Asie.

Sorel ne s'était pas trompé quand il affirmait : « Cette terre et son âme faisaient partie de vous bien avant que vous ne posiez le pied à Saigon. » Comment avait-il pu le percevoir alors que Chatrian lui-même l'ignorait ? Son mystérieux compagnon avait eu raison également en prétendant que le jour où Chatrian en prendrait conscience, il serait prêt à rencontrer son inconnue. L'écrivain se prit à regretter que Sorel ne fût plus là pour pouvoir lui dire qu'il avait bel et bien parcouru le chemin qui le séparait de celle dont il connaissait maintenant l'adresse, la profession et le nom.

Chatrian songea qu'il lui serait bientôt donné d'apprécier dans quelle mesure il avait parcouru ce fameux chemin. Serait-il autorisé à franchir le seuil de la maison de Huong ou resterait-il, désespérément, à la porte ? La jeune femme, dont le prénom signifiait « parfum », le prendrait-elle pour un fou ou saurait-elle le comprendre ?

Il réalisa que Tien avait parlé mais, perdu dans ses pensées, il n'avait pas compris le sens de ses paroles et il dut lui demander de répéter ce qu'il venait de dire.

— Je ne sais pas si vous pourrez profiter de l'Asie autant que vous le souhaitez, patron, répéta le cyclo.

— Le Viêt-minh, n'est-ce pas ? demanda Chatrian.

Tien fit la grimace.

— Les communistes vont gagner la guerre, patron, déclara-t-il comme s'il énonçait une évidence. Malheureusement ! Ici, on ne veut pas d'eux. Seulement, les Français ont commis trop d'erreurs. Vos dirigeants n'ont jamais su ce qu'ils voulaient. Un jour, ils nous envoyaient quelqu'un qui parlait avec la voix de la sagesse. Mais ils ne tardaient pas à le remplacer par un autre qui ne savait qu'aboyer et menacer. Les progrès de l'un étaient vite balayés par l'autre. Et puis, ils n'ont jamais essayé de nous comprendre. Ils n'ont pas mesuré l'importance de *hieu* pour nous.

— *Hieu* ? fit Chatrian, qui entendait ce mot pour la première fois.

— *Hieu* est l'un des principes sur lesquels se fonde notre société. Un peu comme la piété filiale. Rien n'est plus important pour un Vietnamien. Les enfants apprennent très tôt qu'ils ont une dette morale immense envers leur père. C'est la même chose au niveau de la société. Contrairement à vous, nos enfants n'apprennent pas la valeur de l'indépendance et de l'égalité, mais le respect de la hiérarchie. L'ordre naturel repose sur la hiérarchie, et s'opposer à l'ordre naturel est dangereux. Pour nous, la soumission est source de reconnaissance. Si vos chefs l'avaient compris, le peuple vietnamien les aurait respectés, mais ils n'ont pas su. Ils se sont comportés en tyrans. Ils ont voulu nous obliger à travailler pour eux, mais leurs demandes étaient excessives. Seule la modération peut conduire à l'harmonie, qui est le ciment de la société, de la famille et de l'homme lui-même. Les gens qui ne connaissent pas la modération sont les artisans de leur propre malheur.

C'était la première fois que Tien s'exprimait de la sorte. Chatrian était impressionné tant par le vocabulaire du cyclo que par la hauteur de vue des réflexions qu'il exprimait. Il le lui fit observer. Le Vietnamien sourit.

— Ma famille était riche, patron. Des paysans, oui, mais nous possédions beaucoup de terres dans la région de Cu Chi[1]. J'ai fait mes études dans une institution dirigée par des religieux de chez vous. J'ai appris beaucoup de choses, notamment à parler votre langue, mais j'ai aussi appris que seules nos âmes intéressaient vos jésuites. Ils voulaient en récolter autant que possible, comme un avare entasse des pièces d'or. Mais ils se souciaient peu de notre bien-être terrestre. Pourquoi aurions-nous dû connaître le bonheur dans cette vie, puisqu'il nous était assuré dans l'au-delà si nous adoptions la doctrine du Christ ?

Il s'interrompit un instant, comme s'il cherchait à mettre de l'ordre dans ses pensées ou comme si cette évocation lui était douloureuse.

— Et puis, les Français nous ont volé nos terres.

Tien plongea alors son regard dans celui de Chatrian. Il lui sondait le cœur, mais il savait déjà ce qu'il convenait de penser de ce Français pas comme les autres.

Il poursuivit :

— Les Français réquisitionnaient les paysans pour exécuter toutes sortes de corvées, comme de construire des routes. Nous n'avions plus le temps de travailler dans les champs, et si on délaisse la terre, elle ne peut plus nous nourrir. Alors, nous avons commencé à creuser des tunnels. Quand les contremaîtres approchaient de nos villages, des guetteurs nous avertissaient et les hommes allaient se cacher sous terre pour échapper aux corvées. Au fil des ans, nous avons construit une vraie

1. Cu Chi est située à soixante-quinze kilomètres au nord de Saigon.

petite ville souterraine, qui nous permet d'échapper à la corvée et de nous mettre à l'abri pendant les combats... ou encore d'organiser la résistance.

Haussant les épaules, il ajouta :

— S'ils avaient été raisonnables, modérés, nous les aurions respectés comme des pères, mais leur attitude allait à l'encontre de l'ordre naturel. Quel gâchis !

— Vous avez dit que votre famille a été tuée...

Tien soupira.

— Nous étions riches, nous sommes devenus pauvres. Mon frère est venu à Saigon. Il a acheté un cyclo avec le peu d'argent qui nous restait. Il espérait ainsi gagner de quoi nous aider à vivre plus décemment. Nous avions prévu, lui et moi, de nous relayer, car nous n'avions pas les moyens d'acheter deux cyclos. Il travaillait ici pendant deux mois, puis je venais prendre sa place et lui rentrait à la maison. Un jour, au terme des deux mois, il n'est pas venu me remplacer. Il y avait eu des accrochages entre troupes françaises et Viêt-minh. Les communistes ont cru que notre village aidait les Français. Ils ont massacré tout le monde.

Un sourire triste plissa les lèvres de Tien.

— Si nous aidons les Français, le Viêt-minh nous tue. Si nous ne les aidons pas, les Français nous tuent.

Chatrian voulut intervenir, mais Tien poursuivait déjà :

— Vous savez, les Français et les communistes utilisent les mêmes procédés.

Chatrian ne répondit pas. Non, il ne savait pas. Il avait de la peine à imaginer que les soldats de la République puissent massacrer des innocents.

— Où vis-tu, maintenant, Tien ? demanda-t-il.

L'autre sourit.

— Dans mon cyclo, patron. Comme ça, pas besoin de payer de loyer. C'est très bien ainsi. Quand il pleut, je me mets à l'abri sous un porche. De toute façon, il fait toujours trop chaud ici, alors dormir à la belle étoile, c'est bien.

Il hésita avant de dire :

— A propos des tunnels, patron...

— Ne t'inquiète pas, le coupa Chatrian.

— Je sais, fit le Vietnamien, vous avez *tin*. Vous êtes quelqu'un de sincère et de fiable. Je l'ai bien compris.

Il se leva.

— Merci pour le thé, patron. Si vous voulez aller rue Bao-Ho-Thoai, je serai en bas.

— Tien, le rappela Chatrian. N'hésite jamais à monter ici. Il y aura toujours du thé pour toi.

Le cyclo sourit sans répondre. Quand la porte se referma derrière lui, Chatrian songea que Tien ne répondrait probablement pas à son invitation. Cela lui paraîtrait aller à l'encontre de l'ordre naturel.

20

La rue Bao-Ho-Thoai était une artère populeuse au sol de terre battue qui rappelait plus le Cholon que connaissait Chatrian que les environs de l'hôtel Continental, avec ses boutiques coquettes et les arcades de la rue Catinat, lesquelles n'étaient pas sans évoquer la rue de Rivoli, à Paris. Tien l'avait déposé devant la maison de Tran Thi Huong, une bâtisse à la façade lépreuse dont le rez-de-chaussée abritait un petit restaurant à l'aspect simple mais accueillant.

L'écrivain se sentait ridicule tandis qu'il examinait les fenêtres aux volets branlants. Derrière l'une d'elles vivait la jeune femme dont il était tombé amoureux. Mais laquelle ? Au premier étage, les volets étaient fermés ; au second, des vêtements pendaient à un fil – vêtements de femme, d'homme et d'enfant. Au troisième, la fenêtre était ouverte et il s'en échappait des cris, une scène de ménage sans doute. Il n'y avait pas de quatrième étage.

Si son inconnue le surprenait à l'épier de la sorte, que penserait-elle de lui lorsqu'il lui serait présenté, six jours plus tard ? Il fit signe à Tien d'aller l'attendre plus loin et se dirigea vers le marché qui faisait l'angle avec le boulevard Gallieni. Un marché qui proposait des produits sur lesquels il était désormais capable de mettre un nom. Un rat lui fila entre les jambes sans même le faire sursauter.

En sortant de chez lui, l'écrivain avait rencontré Andrew Blake. Le journaliste américain discutait avec Vinh, l'assistant de Leroy. Les deux hommes avaient des allures de comploteurs. D'ailleurs, lorsqu'il l'avait aperçu, Blake avait hésité à le saluer, mais il s'était en définitive résigné à rejoindre son ami, tandis que Vinh s'esquivait sans adresser un regard au Français. Après avoir serré la main de Chatrian, Blake avait glissé :

« Si vous voyez Alain, ne lui parlez pas de notre rencontre, Maurice. Il s'imaginerait que j'essaie de débaucher Vinh, ce qui est absurde. Il ne comprendrait pas. »

Blake n'avait pas précisé ce que Leroy ne comprendrait pas, mais il avait ajouté, comme s'il ressentait la nécessité de se justifier :

« Je ne cherche pas à soutirer à Vinh des informations qui pourraient être utiles à mon journal. Je n'essaie pas de voler un scoop à Alain. Les renseignements que je demande à son assistant sont d'un tout autre ordre...

— Votre roman », avait suggéré Chatrian.

Et l'autre de sourire. Il avait une curieuse tendance à rougir quand il était mal à l'aise.

« Oui, avait-il confirmé, mon roman. Il est si difficile de pénétrer l'esprit de ce peuple, n'est-ce pas ?

— Vous devriez vous entretenir avec Tien, mon cyclo, lui avait conseillé Chatrian. Ce garçon est surprenant. En dépit des apparences, il est issu d'une famille aisée, il a fait des études et il vous aidera à mieux comprendre les siens.

— Je vous remercie, Maurice, avait répondu l'Américain. Vous êtes un vrai ami. »

Blake avait alors voulu savoir où se rendait Chatrian et celui-ci avait bafouillé qu'il s'offrait une balade dans un quartier qu'il ne connaissait pas. Il désirait recueillir de la documentation pour son roman, lui aussi. Il redoutait que Blake ne lui propose de l'accompagner, mais l'Américain avait paru, au contraire, soulagé d'apprendre que le Français avait des projets pour le reste de la journée et ne comptait pas l'accaparer davantage.

Tout en s'éloignant dans son cyclo, Chatrian avait pu constater que le journaliste filait dans la direction empruntée par Vinh. L'assistant de Leroy avait peut-être trouvé le moyen d'arrondir ses fins de mois en servant deux maîtres à la fois. Chatrian ne pouvait le lui reprocher, pas plus qu'il n'entendait tenir rigueur à l'Américain de puiser à la même source d'informations que Leroy. Vinh n'était la propriété de personne. En outre, le journal de Blake, le *Chicago Tribune*, n'était pas distribué en France ; les deux hommes n'étaient donc pas à proprement parler des concurrents.

Chatrian s'arrêta devant un étal de fruits et acheta une mangue juteuse qu'il entreprit de manger tout en poursuivant sa balade. Il dut interrompre sa marche et se pencher vers l'avant afin d'éviter que le jus du fruit ne dégouline sur sa chemise. Il venait de jeter le noyau au milieu d'autres détritus quand son regard fut attiré par Tien.

Son chauffeur faisait de grands signes de la main pour attirer son attention. De toute évidence, le cyclo cherchait à lui montrer quelque chose. En suivant son geste, Chatrian aperçut une jeune femme vêtue d'une ample tunique bleue sur un pantalon noir informe et des sandales plates.

— Huong ! murmura-t-il.

Sa belle inconnue se trouvait à moins de cinq mètres de lui. Elle discutait avec une vieille marchande de poissons tout en soupesant deux crabes. Les deux femmes souriaient en négociant probablement le prix des crustacés. Il dut se rapprocher et tendre l'oreille pour parvenir à entendre la voix de Huong, qu'il ne voyait que de profil.

Contrairement à la plupart des femmes qui faisaient leur marché, la jeune chercheuse de l'institut Pasteur parlait sans crier. Chatrian estima qu'elle avait une voix de soprano. Douce, avec quelque chose d'aimable dans l'intonation. D'ailleurs, la marchande de poissons paraissait sous le charme, au point qu'elle-même s'exprimait sans élever le ton.

En définitive, la vieille dame enveloppa les crabes et, après lui avoir payé son achat, Huong s'éloigna d'un pas léger dans une allée latérale. Le Français poursuivit sa route de manière à pouvoir l'observer de face sans se faire remarquer. La jeune femme acheta encore des épinards d'eau, des épices et un durian, qu'elle soupesa soigneusement. Elle venait de ranger le durian dans un panier en osier quand, levant la tête, elle croisa le regard du Français, qui ne put détourner les yeux, tout en se disant qu'il avait commis là une maladresse.

Huong reprit sa route. Chatrian crut voir se dessiner un petit sourire sur ses lèvres, mais il se pouvait fort bien que celui-ci fût destiné à la marchande de fruits ou à quelque autre commerçant. Le cœur du Français s'était emballé. Son inconnue était encore plus fascinante que sur la photo de Leroy. Elle était belle, certes, mais guère plus que bien des jeunes Vietnamiennes qu'il croisait régulièrement dans les rues de Saigon. Guère plus que Thanh, la taxi-girl. Pourtant, il émanait d'elle quelque chose de plus envoûtant encore que la beauté.

Incapable de bouger, il la regardait s'éloigner en direction de la bâtisse à la façade lépreuse où elle vivait. Elle marchait avec une telle légèreté qu'elle paraissait flotter au-dessus de la terre battue de cette rue populeuse. Ses longs cheveux de jais dansaient sur ses épaules et, en dépit de la simplicité de sa mise, elle avait des airs de princesse.

Chatrian savait maintenant qu'il n'avait pas quitté Paris pour une chimère.

Avant de disparaître à sa vue, la jeune femme échangea quelques mots avec la restauratrice qui occupait le rez-de-chaussée de son immeuble. Il la vit rire en tournant la tête dans sa direction. Il eut l'impression que le regard de Huong l'avait retrouvé au milieu de la foule et, cette fois, il se détourna précipitamment.

Il s'empressa de retrouver Tien et lui demanda de le conduire au jardin botanique. Il était sous le charme.

— Elle est très belle, observa le cyclo.

Il ne répondit pas.

— Elle est pareille à vous, ajouta Tien.

Intrigué, Chatrian interrogea son chauffeur du regard.

— On sent chez elle quelque chose de bon et de généreux, précisa Tien.

Le jardin botanique, qui fermait la perspective de l'avenue Palanca, au niveau de la rue du Docteur-Angier, avait été inauguré en 1864. Il était l'œuvre du docteur Germain et du botaniste Pierre. Ce dernier était l'auteur de *Flore forestière de l'Indochine*, un ouvrage de référence désormais, auquel il avait consacré vingt années de sa vie. La valeur de son travail et la richesse incontestable de son apport scientifique ne l'avaient pas empêché de mourir dans la misère, dans l'indifférence et l'incompréhension générales.

Au fil des ans, le jardin s'était enrichi d'un zoo où les oiseaux tropicaux voisinaient avec les plus beaux représentants de la faune asiatique, enfermés dans des cages d'une esthétique raffinée à laquelle ils paraissaient parfaitement insensibles.

Aujourd'hui, le jardin botanique et le zoo n'étaient plus que l'ombre de leur splendeur passée. La plupart des volières étaient vides et l'unique tigre, le fameux *Ong Cop*[1], paraissait bien anémié.

Chatrian arpentait les allées d'un pas lent, sans accorder beaucoup d'attention aux tristes spécimens offerts à la curiosité des quelques familles qui venaient encore

1. « Monsieur Tigre » : les Vietnamiens éprouvent un respect tout particulier pour ce félin.

accomplir ici leur promenade dominicale. Il avait oublié son altercation avec Jacques Lefort, l'attaché de presse de l'ambassade. Oublié Armand et sa méprise. Oublié le Browning qui déformait la poche du veston qu'il portait négligemment jeté sur son épaule sans autre raison que de conserver l'automatique à portée de main. Oublié également les raisons pour lesquelles il ne sortait plus qu'armé, désormais.

Et si le souvenir de Raymond Sorel venait par instants lui traverser l'esprit, c'était uniquement en raison des propos qu'il avait tenus concernant le chemin que Chatrian devrait parcourir pour espérer rencontrer sa belle inconnue.

Tout en marchant, il s'efforçait d'imaginer sa prochaine rencontre avec Huong. Il bâtissait divers scénarios les uns après les autres. Cela ne lui était guère difficile. Il avait l'habitude d'imaginer des histoires. Lorsqu'il écrivait un roman, il lui arrivait d'hésiter entre plusieurs options possibles. Mais le choix n'était jamais aussi épineux qu'à présent. Si plusieurs orientations pouvaient mener un roman vers des dénouements aussi valables les uns que les autres, il en allait tout autrement dans la vraie vie.

— C'est sans doute pour cela que je préfère la fiction à la réalité, dit-il à voix haute.

Un homme en costume sombre lui jeta un regard interloqué, mais il n'y prêta pas attention et l'autre poursuivit sa route en secouant la tête avec désapprobation.

— Un mot maladroit risque de rendre impossible toute possibilité de la revoir, poursuivit-il sans se soucier des passants. Je dois me garder de la bousculer. Ne pas chercher à brûler les étapes. Dois-je lui dire d'emblée que je suis encore marié ou dois-je attendre d'apprendre par le notaire que Solange a demandé le divorce ? Et si elle ne le demande pas ? Ne devrais-je pas écrire au notaire pour lui demander d'engager la procédure ?

Pour chaque éventualité, il s'efforçait de bâtir un nouveau scénario et d'en évaluer les évolutions possibles. Mais il ne parvenait à se satisfaire d'aucun.

— La vie n'est pas un roman, Maurice, conclut-il. Il ne sert à rien de chercher à l'écrire à l'avance. Il faut laisser s'accomplir le destin.

Mais cela n'avait rien de rassurant.

Un gardien vint lui annoncer que le jardin allait fermer ses portes. Il regarda sa montre et constata qu'il n'avait pas vu passer le temps. Il retrouva Tien qui l'attendait à l'entrée du zoo et lui demanda de le conduire à Cholon. Il ne voulait pas rentrer chez lui d'aussi bonne heure. Il craignait de se retrouver seul avec des pensées qui ne le mèneraient nulle part. Il ne désirait pas plus courir le risque de rencontrer l'une ou l'autre de ses nouvelles connaissances en allant dîner dans l'un des restaurants qu'il avait pris l'habitude de fréquenter depuis son installation dans le quartier français de la ville. Il aurait été incapable de faire la conversation.

A Cholon, il ne connaissait plus personne, hormis Thanh, qui ne lui avait pas encore rendu la visite qu'elle lui avait promise. L'idée de revoir la taxi-girl n'était pas pour lui déplaire. Elle était sûrement la personne avec qui il pourrait se sentir le plus proche de sa belle inconnue. Elle était née à Saigon, y avait fait ses études ; peut-être avait-elle fréquenté le même établissement scolaire que Huong. Il éprouva une sorte de bien-être en songeant que s'il l'amenait à parler de son enfance, cela pourrait le rapprocher de Huong et l'aider à patienter.

21

Il demanda une table près de la piste de danse. Il eut beau parcourir la salle des yeux, il ne vit pas Thanh. Pendant qu'il passait sa commande, il s'informa pour connaître l'heure à laquelle la taxi-girl devait arriver. La serveuse répondit qu'elle n'en avait pas la moindre idée et l'adressa à la femme élégante qui les avait accueillis, Raymond Sorel et lui, lors de leur première soirée à Saigon.

— Thanh ne viendra pas, dit sèchement la dame.

— C'est son jour de congé, je suppose...

— Pas jour de congé, précisa la femme avec une moue revêche. Thanh partie. Un jour pas venue, puis plus revenue. Pas prévenir. Pas fille sérieuse. Si vous voulez autre fille, pas de problème, proposa-t-elle.

— Non, merci, répondit Chatrian, dépité.

Il se demanda si la taxi-girl avait rencontré un Français qui lui avait offert la possibilité de quitter l'Indochine avant le jour redouté où les communistes auraient remporté la guerre. Il le lui souhaitait. C'était une fille sensible et il espérait que son cavalier de quelques danses ne la décevrait pas.

L'idée de manger seul ne lui disant rien, il demanda à la femme élégante :

— Mon cyclo-pousse m'attend devant la porte. Il se nomme Tien-tin. Pouvez-vous lui faire demander de venir me rejoindre ? J'aimerais l'inviter à dîner.

La femme se redressa et, les lèvres serrées, déclara :
— Cyclo pas dîner ici. Endroit pas pour miséreux.
— Tien n'est pas un miséreux, riposta le Français. C'est mon chauffeur. Et puis c'est moi qui paie.
— Arc-en-Ciel pas pour cyclo, gronda la femme d'un ton sans appel.
Elle tourna les talons et retourna vers la petite table sur laquelle étaient posés les tickets donnant droit à une danse, à une part de rêve.
— Ça aussi, c'est l'Asie, commenta le commissaire Van Luc, debout en face de Chatrian.
Le Français lui fit signe de prendre place.
— Je préfère quand vous n'imposez pas votre présence, comme le soir de notre rencontre, dit-il.
L'autre rit en glissant une américaine dans son éternel fume-cigarette.
— Je crois que je vous aime bien, monsieur Chatrian, observa-t-il. Vous ne vous laissez pas impressionner facilement, n'est-ce pas ?
— Ça dépend, dit le Français. Je croyais que vous m'en voudriez... à cause de l'intervention de monsieur Léonard et de mon ami Alain Leroy, l'autre soir.
Le policier haussa les épaules.
— Ces gens se croient chez eux et agissent en conséquence, dit-il sans aménité. Ils n'ont pas encore tort, mais ils n'ont déjà plus tout à fait raison.
Puis, sans transition, il demanda :
— Avez-vous des nouvelles de votre ami, monsieur Sorel ?
— Aucune, répondit Chatrian. Il semble s'être dématérialisé.
Puis ce fut son tour d'ajouter sans transition :
— Avez-vous eu vent de la mort « accidentelle » d'un attaché de presse du commissariat de la République en Cochinchine ? Un certain monsieur Duluc.
Le commissaire fronça les sourcils.
— Un rapport avec monsieur Sorel ? demanda-t-il.

— Oui, répondit le Français, laconique.

Van Luc ne lui demanda pas plus de précision, mais Chatrian devina qu'il avait enregistré l'information et se promettait de creuser la question. De quelle façon ? C'était son problème.

— Vous êtes toujours décidé à retrouver le meurtrier de Sorel ? demanda l'écrivain.

— Je n'ai pas pour habitude de renoncer, monsieur Chatrian. D'ailleurs, plus on cherche à me mettre des bâtons dans les roues, plus je m'obstine.

Un garçon apporta à Chatrian des crevettes épicées, du riz, des petits légumes qui ressemblaient à des brocolis et une bouteille de vin.

— Voudriez-vous nous apporter un deuxième verre ? demanda l'écrivain.

— Il semble que nous ayons enterré la hache de guerre, fit Van Luc, avec un petit sourire amusé.

— On cherche à entraver votre enquête, commissaire ? demanda le Français.

Van Luc opina de la tête, mais lui non plus ne fournit pas de précisions supplémentaires.

— Savez-vous ce qu'est devenue Thanh ? demanda Chatrian.

Le policier secoua la tête en signe de dénégation avant d'ajouter :

— J'espère qu'elle n'a pas connu le sort des gens qui vous fréquentent, monsieur Chatrian. Qu'elle ne s'est pas… dématérialisée.

— Croyez-vous que je sois impliqué dans la disparition de Raymond Sorel ?

— Ne vous ai-je pas déjà répondu que je suis persuadé que vous n'y êtes pour rien ?

Chatrian reposa subitement son verre de vin. Une idée venait de lui traverser la tête.

— Depuis le début, vous savez parfaitement qui est Sorel, commissaire Van Luc. Notre rencontre ici n'était pas le fait du hasard. Vous m'avez envoyé danser avec Thanh pour pouvoir discuter librement avec lui.

Le policier éclata de rire.

— Vous n'êtes pas aussi naïf que je le croyais, monsieur Chatrian.

— S'il avait rendez-vous avec vous, pourquoi Sorel a-t-il tenu à ce que je l'accompagne, ce soir-là ?

— Il souhaitait peut-être sabler le champagne en votre compagnie. Rien de plus.

— Quelque chose semblait l'inquiéter, poursuivit Chatrian sans se soucier de l'interruption du policier. Oui, bien sûr... Il craignait, en vous rencontrant dans un lieu public, d'être identifié pour ce qu'il était : un flic français venu enquêter sur... je ne sais quoi.

Une réflexion d'Armand lui revint en mémoire. Il ne l'avait pas comprise sur l'instant, mais elle lui paraissait limpide, désormais : « Un paratonnerre idéal. Dommage qu'il ait attiré la foudre aussi vite. »

— Je devais jouer le rôle du paratonnerre, n'est-ce pas ? Malheureusement, vos adversaires ne sont pas tombés dans le panneau et c'est lui qui s'est fait descendre...

— Sorel ne voulait pas mettre votre vie en danger. Il espérait seulement gagner du temps en faisant douter ses « adversaires », comme vous dites. Ceux-ci avaient connaissance de l'arrivée d'un agent des services secrets français, mais ils ignoraient à quoi celui-ci ressemblait. Je suppose que vous avez deviné que Sorel était un nom d'emprunt. Au sein des services de police, il est connu sous une autre identité.

Chatrian comprenait mieux la méprise d'Armand. Si tant est qu'il se fût agi d'une véritable méprise.

— Ainsi, si nous avons franchi ensemble les contrôles de police à l'aéroport, c'était déjà pour semer le doute dans l'esprit de certaines personnes qui risquaient de surveiller l'arrivée de notre avion, n'est-ce pas ?

Van Luc posa une main sur le bras du Français.

— Vous savez que je ne vous en dirai pas plus, monsieur Chatrian ?

— Mais pourquoi, bon sang ? Au point où j'en suis...

— Monsieur Chatrian, vous êtes en Asie. Ici, quand un truand veut obtenir une information, il sait se montrer très... persuasif. Il vaut mieux que vous ne cherchiez pas à en savoir plus.

Van Luc serra plus fort le bras du Français pour l'empêcher de l'interrompre.

— Je n'étais pas d'accord avec l'idée de Sorel de créer un leurre. Il ne mesurait pas le danger qu'il faisait planer sur votre tête. Et si vous m'en croyez, monsieur Chatrian, débarrassez-vous d'une manière ou d'une autre des documents qu'il vous a confiés.

— Je vous ai dit que je les avais remis...

Le policier le coupa à nouveau :

— Monsieur Chatrian, il y a ce que vous m'avez dit et il y a ce que vous avez fait.

Sans laisser au Français le temps de réagir à sa remarque, Van Luc orienta la conversation sur l'un de ses sujets préférés : les taxi-girls. Quand Chatrian eut terminé son repas, les deux hommes se séparèrent.

— Chatrian... lança le commissaire comme celui-ci se dirigeait vers la sortie, c'est toujours un plaisir de discuter avec vous.

Le Français secoua la tête.

— Un plaisir partagé, commissaire, dit-il. Un jour, j'aimerais que nous reparlions de votre conception de l'amour.

Tien attendait fidèlement son patron à la porte de l'Arc-en-Ciel.

— On rentre à la maison ? demanda-t-il.

— On rentre, confirma Chatrian.

Pendant tout le trajet de retour, il ne put s'empêcher de songer aux propos du commissaire Van Luc. Il avait, désormais, deux sujets de réflexion qui promettaient de lui faire passer une nuit blanche. L'affaire Sorel et la vision de la belle Tran Thi Huong.

Le temps s'était rafraîchi et Tien lui dit qu'il ne serait pas surpris qu'un orage éclate avant le lever du jour. Chatrian, qui avait posé sa veste à côté de lui sur le siège du cyclo, fut rassuré de sentir contre sa hanche le contact du Browning.

Il venait d'atteindre le premier palier de son immeuble quand des pas précipités le firent se retourner vivement. Tout en pivotant, il ramena sa veste vers lui et glissa la main dans la poche qui renfermait l'automatique. Son poing se referma sur la crosse de l'arme, mais dans le mouvement celle-ci lui échappa et tomba avec un bruit sourd sur le sol.

Il se baissa pour la ramasser. Le bout d'une chaussure vernie la fit glisser hors de sa portée.

22

Chatrian se redressa d'un bond. La jeune femme qui se tenait devant lui fixait le Browning avec une expression terrifiée. Dans la semi-pénombre de la cage d'escalier, il discernait mal ses traits, mais elle paraissait très jeune, vêtue avec élégance, ses cheveux maintenus noués au-dessus de sa tête par un peigne en corne. A la main, elle tenait une sorte de baluchon qui contrastait avec son apparence soignée.

— Qui êtes-vous ? demanda le Français. Que me voulez-vous ?

Sans réussir à détourner son regard de l'automatique, la jeune femme ouvrit la bouche, mais ne parvint pas à émettre le moindre son. Chatrian s'approcha d'elle, lentement. Elle recula d'un pas.

— Ne craignez rien, dit-il. J'ai eu aussi peur que vous. Je croyais qu'on voulait m'agresser. C'était idiot. Qui êtes-vous ? Vous habitez ici ?

Elle fit non de la tête et, retrouvant un peu d'assurance devant l'attitude apaisante du Français, elle parvint à bafouiller :

— C'est moi… Shan. Vous vous souvenez ?

— Shan ! s'exclama Chatrian, incrédule.

Il était difficile de reconnaître la petite sauvageonne aux pieds sales dans cette jeune fille élégante.

— Vous m'avez donné de l'argent pour m'acheter une nouvelle robe.

Elle écarta les mains pour faire admirer le résultat. Dans son regard, il y avait toujours cette expression d'animal effarouché qui avait frappé Chatrian le soir où il l'avait découverte tapie dans un coin de l'hôtel, juste avant de trouver Sorel agonisant dans sa chambre. Mais un léger sourire flottait maintenant sur les lèvres de l'adolescente. Elle reprenait courage.

— Ne restons pas là, dit Chatrian.

Il se baissa, ramassa le Browning et le rangea dans la poche de sa veste. Puis il entreprit de monter les escaliers en se retournant pour s'assurer qu'elle le suivait.

— Comment m'as-tu retrouvé ?

Elle haussa les épaules.

— Pas très difficile, dit-elle sans fournir plus d'explications.

— Où avais-tu disparu ? demanda Chatrian, en ouvrant la porte de l'appartement.

Shan ne répondit pas. Elle laissa choir son baluchon sur le sol et avança dans le salon en posant un regard émerveillé sur le mobilier de la vaste pièce. Chatrian se rendit dans la cuisine et revint avec deux verres et une bouteille de vin entamée.

— Du bourgogne, dit-il. Je crois que ça va nous faire du bien.

Shan posa ses lèvres au bord du verre et avala une petite gorgée. Elle sourit.

— C'est bon, dit-elle.

— Tu n'avais jamais bu de vin avant ce soir ?

Elle fit non de la tête tout en se dirigeant vers la terrasse. Elle frissonnait dans l'air rafraîchi. Chatrian rangea le Browning dans un tiroir du guéridon et alla poser sa veste sur les épaules de l'adolescente.

— Naiji n'était pas content de ta disparition, observa-t-il. Il s'inquiétait pour toi.

Elle rit, mais ne fit pas de commentaire.

— Il craignait que tu n'aies été enlevée par les hommes de Bay Vien et qu'ils t'aient contrainte à travailler dans un de leurs tripots. Il voulait absolument te retrouver. Enfin, c'est ce qu'il prétendait, mais je crois surtout qu'il était furieux d'avoir perdu une bonne travailleuse.

Il s'en voulut de cette expression qui manquait de délicatesse.

— Où avais-tu disparu ? demanda-t-il à nouveau.

Elle lui saisit les mains et demanda :

— Je peux rester ici ?

— Que se passe-t-il, Shan ? fit Chatrian, surpris.

— J'ai peur, murmura-t-elle.

— Tu as vu quelque chose ce soir-là, dit-il comme s'il énonçait une évidence.

Elle fit la moue et demanda :

— Quel soir ?

Mais elle savait bien de quel soir il parlait.

— Si tu veux que je t'aide, tu dois me faire confiance, Shan. Tu as vu l'assassin de mon ami, n'est-ce pas ? insista Chatrian.

Elle baissa la tête et la secoua faiblement de bas en haut.

— C'est Naiji ?

Elle fit non.

— Ecoute, je ne veux pas jouer aux devinettes avec toi. Il faut que tu me répondes.

— Ce n'est pas Naiji qui a tué ton ami. J'ai vu son assassin, mais je ne le connais pas.

— Raconte-moi comment cela s'est passé.

Elle lui tendit son verre vide et il le remplit.

— Je quittais un... client...

Elle s'interrompit et serra les mains du Français avec plus de force.

— Mais c'est fini, tu sais, je ne veux plus tailler des pipes à ces sales types.

Chatrian ne put s'empêcher de sourire.

— Personne ne t'y obligera plus, Shan, affirma-t-il.

Elle parut rassurée et vida son verre à moitié.

— En passant devant la chambre de ton ami, j'ai entendu des voix d'hommes. Ils parlaient fort... en français, mais je n'ai pas réussi à comprendre ce qu'ils disaient. Brusquement, la porte s'est ouverte. J'ai aperçu un des hommes. Un Vietnamien. Il avait un couteau à la main. Et puis j'ai vu ton ami. Il est sorti en se tenant le bas du ventre. J'ai couru vers le palier et je me suis laissée tomber sur le sol. Je me suis caché le visage pour faire comprendre au tueur que je n'avais rien vu, que je ne dirais rien. J'ai entendu des pas dans l'escalier. C'était toi, mais je ne le savais pas encore. Le tueur devait hésiter. Ensuite, un autre homme est sorti de la chambre de ton ami. Je ne l'ai pas regardé, lui. Il a aussi entendu tes pas et il a dit au tueur qu'il fallait filer. Ils se sont sauvés par l'arrière. Ton ami s'est traîné jusqu'à ta chambre. Tu es arrivé quelques instants après.

— Et tous ces gens qui s'agitent en permanence dans le couloir... Ils ne sont pas venus à son aide...

— Il n'y avait personne. A part moi.

— C'est impossible, voyons ! s'écria Chatrian. Il y a toujours...

— Pas quand des hommes de Bay Vien viennent traiter des affaires. Alors, tout le monde s'en va pour ne pas avoir d'ennuis. Celui qui ne voit pas ne sait pas et celui qui ne sait pas ne risque pas de disparaître.

— Donc, l'assassin de Sorel fait partie de la bande de Bay Vien...

— A Cholon, Bay Vien dirige tout.

— Nous devons aller voir le commissaire Van Luc. C'est un ami, il...

— Je ne veux pas avoir affaire à lui. A Cholon, les flics, c'est tous des pourris !

— Pas Van Luc, assura Chatrian.

— Tu ne peux pas en être sûr, affirma Shan avec véhémence.

Le Français n'insista pas.

— Il ne faut pas que Naiji me retrouve, murmura-t-elle, en frissonnant à nouveau.

— Naiji travaille pour Bay Vien ?

— Je t'ai dit que Bay Vien est le maître de Cholon. Il règne sur tout, là-bas… même sur les flics. Tu veux bien que je reste ici, dis ?

— Où étais-tu passée ?

Elle haussa les épaules.

— Ici et là, mais je ne peux pas continuer comme ça. Ils vont finir par me retrouver. Naiji sait que j'ai vu le visage de l'assassin. Il va essayer de me tuer. C'est sûr.

Shan avait retrouvé son expression de petit animal effarouché.

— Rassure-toi, dit Chatrian. Tu peux rester ici aussi longtemps que cette affaire n'aura pas été élucidée.

— Je m'occuperai bien de toi, tu sais ?

Elle s'empressa d'ajouter :

— Je veux dire que je ferai le ménage et la cuisine.

Le Français éclata de rire.

— Tu m'as fait peur, dit-il.

Puis, se reprenant, il ajouta :

— Ce n'est pas ce que je voulais dire.

— Je ne me prostituerai plus jamais, affirma Shan. Je n'avais pas le choix, tu sais ?

— Ne t'inquiète pas, dit Chatrian avec douceur, je ne te juge pas, Shan. Je suis sûr que tu es une fille bien. Et ne t'en fais pas pour Naiji. On finira par retrouver l'assassin de Sorel. Ensuite, tu seras tranquille.

Shan vida son verre et murmura :

— Tu ne les connais pas. Ils sont impitoyables. Je ne serai plus jamais en sécurité. Tout ce que j'espère, c'est gagner un peu de temps en restant ici.

— Dis-moi, que s'est-il passé pendant que j'allais chercher de l'aide ? demanda encore Chatrian. Qu'ont-ils fait du corps de mon ami ?

— Le tueur est revenu. J'étais toujours prostrée sur le sol, mais je regardais derrière mes cheveux. Il a fait sortir des hommes de leurs chambres et leur a ordonné de porter le corps à l'extérieur.

Elle hésita avant d'ajouter :

— Je crois que ton ami était mort. J'ai froid.

Chatrian emmena Shan dans la pièce qui faisait office de débarras lorsqu'il avait pris possession de l'appartement. Après son installation, il l'avait fait vider et y avait installé un deuxième lit, une armoire et une table de chevet.

« Ainsi, je disposerai d'une chambre d'ami. On ne sait jamais », avait-il annoncé à Leroy lors de la première visite du journaliste.

Ce jour-là, le Français n'avait pas imaginé que la pièce accueillerait un jour la petite prostituée du Sun-Wah.

— Tu peux dormir ici, si tu veux, dit-il.

L'adolescente regarda la pièce et déclara :

— Une chambre à moi ? Il y a si longtemps que je n'ai pas connu ça.

Puis elle posa un baiser sur la joue du Français, qui lui donna du linge de toilette et un peignoir.

— Il y a une salle de bains, précisa-t-il, mais il faut traverser ma chambre. Tu peux l'utiliser, si tu veux. Je ne vais pas me coucher tout de suite.

— Merci, Maurice, murmura Shan.

Chatrian retourna sur la terrasse. Il songeait qu'il s'en était fallu de quelques minutes qu'il ne surprenne les tueurs de Sorel. Et de quelques minutes de plus pour que son ami ne se fasse pas assassiner. Il était malheureusement inutile de chercher à réécrire l'histoire.

Quand il regagna sa chambre, Shan avait quitté la salle de bains. Il prit une douche froide et se coucha. Il n'avait pas eu le temps de céder au sommeil que la porte s'ouvrit. Shan se glissa dans le lit à côté de lui.

— Je peux rester ici, cette nuit ? demanda-t-elle.

— Ecoute, Shan… commença-t-il.

— Ne me renvoie pas, je t'en prie. J'ai peur, murmura-t-elle.

Il soupira et la prit dans ses bras.

— Tu es une enfant, dit-il.

Elle rit.

— Pour cette nuit, précisa-t-il. Rien que cette nuit ! D'accord ?

— D'accord.

Elle tremblait. Après un moment, elle dit d'une voix à peine audible :

— Je n'ai pas vu le Français qui était avec le tueur dans la chambre de ton ami, mais je suis sûre que je reconnaîtrais sa voix.

Elle n'avait pas tardé à s'endormir et il était resté allongé à côté d'elle, incapable de trouver le sommeil. Il songeait à ce qu'elle lui avait appris ; il songeait aussi aux propos du commissaire Van Luc, et il finit par s'endormir après avoir réussi à visualiser le visage de sa belle inconnue lorsqu'elle lui était apparue au milieu du marché de la rue Bao-Ho-Thoai.

Pendant les jours qui suivirent, Shan tint sa promesse. Elle s'occupa d'assurer le ménage et de faire la cuisine, mais elle ne quittait jamais l'appartement. Sauf le premier matin. Elle n'était pas restée absente bien longtemps. Elle était revenue avec une femme entre deux âges.

— Elle s'appelle Ngoc. Tous les matins, elle ira faire le marché pour nous, annonça-t-elle au Français. Je ne veux pas sortir. C'est trop dangereux. Et tu sais, ça ne te coûtera presque rien.

— C'est très bien, avait dit Chatrian, je te fais confiance.

Puis il s'était replongé dans le nouvel article qu'il rédigeait en s'inspirant de sa conversation avec Tien-tin.

23

Le samedi de la réception chez le commissaire de la République en Cochinchine arriva enfin. Pour l'occasion, Chatrian s'était fait confectionner un nouveau smoking chez Lucien Berthet, aux Nouveautés-Catinat, « vieille maison, bon renom ». Au fil des jours, Shan avait peu à peu retrouvé sa sérénité et son rire résonnait souvent dans l'appartement. Chatrian avait fini par lui avouer les raisons de sa venue à Saigon, et elle le taquinait souvent sur ses rêves de romance. La bonne humeur de l'adolescente réussissait presque à faire oublier à son compagnon qu'ils se trouvaient tous deux dans la ligne de mire de tueurs.

Dès lors que Chatrian lui avait parlé de Huong, Shan n'avait plus cherché à se glisser dans son lit. L'écrivain avait le sentiment qu'elle en avait éprouvé de la déception, mais il se gardait d'aborder la question avec elle. Son comportement était celui d'un grand frère et il évitait de laisser s'installer la moindre ambiguïté entre eux. De son côté, l'adolescente n'avait plus évoqué ses craintes de Naiji, mais lorsqu'on sonnait à la porte de l'appartement elle s'empressait de disparaître dans sa chambre, dont elle ne se décidait à sortir qu'après que Chatrian fut venu lui annoncer le départ de son visiteur.

« Tu n'as dit à personne que j'étais là, hein ? s'était-elle inquiétée le lundi soir, alors qu'il venait de rendre une visite à Leroy pour lui rappeler sa promesse de l'emmener sur le terrain.

— Bien sûr que non, petite sotte », l'avait-il rassurée.

Leroy lui avait affirmé qu'il n'avait pas oublié son engagement, mais qu'il convenait de trouver une occasion propice :

« Et puis, je pense qu'il vaudrait mieux attendre la semaine prochaine. Tu imagines qu'un de ces Viets te farcisse le crâne de plomb... tu mourrais sans avoir jamais rencontré ta belle. »

Il ne restait plus que deux heures et demie à tuer avant la réception et Chatrian regardait Shan qui repassait son tout nouveau smoking. L'adolescente avait tenu à ce qu'il soit impeccable.

— Vos tailleurs laissent toujours des faux plis. Tu verras, quand j'en aurai fini avec ta jaquette, tu seras le plus élégant de la soirée.

On sonna à la porte d'entrée et elle se précipita dans sa chambre. Chatrian, que cette réaction commençait à amuser, alla ouvrir et se trouva face à un policier vietnamien.

— Monsieur Chatrian, le commissaire Van Luc vous attend, annonça celui-ci.

Le Français reconnut l'un des deux hommes qui accompagnaient le commissaire lors de sa visite au Sun-Wah.

— Maintenant ? C'est impossible, répondit-il. Je dois me rendre chez...

— Le commissaire a dit tout de suite, le coupa le policier, toujours aussi peu amène.

— Ecoutez, mon vieux...

Mais l'autre posa ostensiblement la main sur la crosse de son revolver.

— Vous, vous m'écoutez, dit-il. Le commissaire a dit tout de suite, alors vous venez.

Chatrian réalisa qu'il serait vain d'insister.

— Un instant, dit-il.

Il referma la porte et alla annoncer à Shan qu'il devait sortir.

— Une convocation officielle, précisa-t-il. Ne t'inquiète pas. Je serai vite de retour.

L'adolescente, qui avait entendu les propos du policier, lui murmura :

— Sois prudent. Il ne faut jamais faire confiance aux flics de Cholon.

— Van Luc est un ami.

— Van Luc n'a pas d'amis !

Chatrian lui répéta de ne pas s'en faire et referma la porte de la chambre. Il songea que Shan avait peut-être raison. Que savait-il, somme toute, du commissaire ? Celui-ci n'avait-il pas été le seul à connaître la véritable identité de Sorel ? S'il était à la solde de Bay Vien, il pouvait fort bien avoir lui-même désigné le policier français à ses tueurs. Chatrian avait de la peine à y croire, mais il ne pouvait se permettre d'exclure la moindre éventualité. Il alla récupérer le petit Browning dans le tiroir du guéridon, où il avait pris l'habitude de le ranger depuis l'arrivée de Shan, et il le glissa dans la poche de sa veste qu'il enfila prestement avant de sortir.

— Vous risquez d'avoir chaud, habillé comme ça, lui dit le policier dans un sourire malicieux.

Chatrian haussa les épaules et descendit les escaliers d'un pas rapide. Arrivé dans la rue, le policier lui indiqua une voiture dans laquelle il l'invita à monter. Du coin de l'œil, l'écrivain aperçut Tien et le vit adresser un signe de la main à un taxi.

Il sourit, à moitié rassuré, en voyant que son chauffeur le suivait à distance.

La voiture gagna le quai Le Myre-de-Vilers, obliqua à droite et remonta le quai de Belgique jusqu'à l'endroit où l'arroyo chinois et le canal de dérivation mêlaient leurs eaux. Chatrian eut beau demander au policier ce qui motivait cette convocation impromptue, l'autre ne desserra pas les dents. La voiture franchit l'arroyo, le longea quelques minutes sur l'autre rive avant de s'en éloigner pour gagner le canal de dédoublement.

Elle s'engagea bientôt dans un étroit chemin de terre et s'arrêta au bord du Bassin-aux-Bois. Là, une autre voiture attendait, garée au milieu d'un amas de planches brutes. Assis sur le capot, le commissaire Van Luc tirait sur une de ses sempiternelles américaines, fichée dans son fume-cigarette en ivoire. Il paraissait perdu dans la contemplation des jacinthes du Japon qui obstruaient le canal.

Il ne daigna s'arracher à sa rêverie que lorsque le Français l'eut rejoint.

— En 1905, commença-t-il, après que Tsushima eut remporté une victoire éclatante sur les Russes, nos intellectuels ont demandé le soutien des Japonais pour les aider à renverser le gouvernement annamite du protectorat. Les Japonais ont toujours soutenu les efforts de nos nationalistes. Alors, soucieux de rendre hommage à Tsushima, nos braves concitoyens se sont mis à planter des jacinthes bleues dans les eaux du Tonkin. Le résultat était assez joli, ma foi. Mais, voyez ! Ces fleurs sont devenues si envahissantes qu'elles représentent, aujourd'hui, un véritable fléau. Elles étouffent la rivière et bientôt les poissons n'auront plus assez d'air pour subsister. Moralité : les meilleures intentions ont parfois des conséquences dramatiques.

— Charmant endroit pour faire disparaître un gêneur, observa Chatrian, sans relever la réflexion du commissaire.

— Vous trouvez aussi ? fit le commissaire sans un regard pour le Français. En fait, ces canaux s'enchevêtrent de façon bien curieuse. Mais en fin de compte, leurs eaux aboutissent toutes dans la rivière Saigon. De là, elles gagnent les bouches du Mékong et vont se jeter dans la mer de Chine orientale. Et de là… Imaginez que nous lancions un bateau en papier, ici même. Où le retrouverions-nous ? Dans l'océan Indien ou dans le

Pacifique ? Partons du principe qu'il se retrouve dans l'océan Pacifique... croyez-vous qu'il ait une chance de passer, un jour, sous le Golden Gate Bridge de San Francisco ?

— C'est une interrogation d'ordre géographique ou d'ordre philosophique, Van Luc ? demanda Chatrian, agacé. A moins qu'il ne s'agisse d'une angoisse ontologique...

Le commissaire ne répondit pas. Il paraissait absorbé par son examen des eaux du bassin.

— Ecoutez, Van Luc, reprit Chatrian avec un soupir excédé, votre bateau n'aurait pas parcouru vingt mètres qu'il sombrerait corps et biens. Il se désagrégerait et n'aurait pas la moindre chance d'atteindre ne fût-ce que le canal de dérivation. Alors le Golden Gate Bridge... ! Maintenant, si j'ai répondu à votre question et si j'ai réussi à apaiser votre angoisse métaphysique, puis-je rentrer chez moi ? Je dois assister à une réception, ce soir.

Le commissaire se tourna, enfin, vers le Français. Il souriait.

— Vous avez raison, Chatrian. Mon exemple était mal choisi. Oublions le bateau en papier et remplaçons-le, voulez-vous, par quelque chose de plus solide. Un cadavre, par exemple. Qu'en dites-vous ?

Un frisson parcourut le dos du Français, qui tourna les yeux et ne vit aucune trace du taxi de Tien.

— Si je dois, un jour, me rendre à San Francisco, dit-il en s'efforçant d'affecter une certaine désinvolture, je préférerais emprunter la voie des airs. Lorsque je reste trop longtemps dans l'eau, mes oreilles finissent par devenir douloureuses.

Van Luc le dévisageait en secouant la tête.

— Décidément, Chatrian, j'aime beaucoup votre sens de la répartie. Seulement, vous n'y êtes pas du tout. Je ne tiens aucunement à vous envoyer à San Francisco ni nulle part ailleurs. Et encore moins sous la forme de cadavre. Allons, venez. Vous arriverez à temps à votre réception.

Il monta dans sa voiture et, se penchant par-dessus le siège passager, il ouvrit l'autre portière.

— Venez, Chatrian, répéta-t-il.

L'écrivain alla s'installer à côté de Van Luc. Il n'était pas mécontent de quitter cet endroit sinistre.

Le policier longea la rive jusqu'à la rue du Bassin-aux-Bois, franchit l'arroyo chinois et se retrouva bientôt à proximité du Sun-Wah, mais il poursuivit sa route jusqu'au poste de police où, sans avoir fourni plus d'explication à son passager, il l'entraîna dans les sous-sols.

Là, dans une pièce glaciale, une masse relativement informe reposait sur une table métallique.

Le corps, qui n'avait plus grand-chose d'humain, était gonflé comme une outre. En dépit d'un état de décomposition avancée, Chatrian n'eut aucun mal à deviner qu'il avait devant lui les restes de Raymond Sorel. Son ventre avait triplé de volume, distendu à en craquer par un mélange de sang et d'eau.

— Il a séjourné plusieurs semaines dans les flots putrides de l'arroyo, annonça Van Luc. Ainsi que vous pouvez le constater, on devine encore la trace d'une plaie au ventre. Un joli coup asséné d'une main sûre. Le meurtrier ne voulait sûrement pas que sa victime pisse le sang. Hémorragie interne, presque pas d'écoulement vers l'extérieur. Du joli travail. Les poissons ont fait le reste.

Chatrian avait appliqué un mouchoir sur sa bouche et son nez. L'odeur qui régnait dans la pièce lui soulevait le cœur autant que la vision du corps mutilé de son ami.

— Oui, ce sont les poissons qui ont dévoré ses globes oculaires, poursuivit Van Luc, sans se départir de son sang-froid.

— Je suppose que son corps a été retrouvé à l'endroit où vous m'attendiez, murmura le Français à travers la toile de son mouchoir.

Il réprima un haut-le-cœur avant de réussir à ajouter :

— Il ne serait jamais parvenu jusqu'à San Francisco, commissaire Van Luc. La faune aquatique de l'océan aurait sûrement fini le travail.

Le commissaire sourit.

— Ne restons pas ici, dit-il. Cette odeur m'incommode autant que vous.

— Pourquoi avez-vous tenu à m'imposer ce spectacle, Van Luc ? demanda Chatrian lorsqu'ils se retrouvèrent dans le bureau du commissaire.

— Pour vous faire passer l'envie de jouer les détectives, Chatrian. Je vous l'ai dit : je vous aime bien et je ne voudrais pas, un jour, retrouver votre cadavre dans un tel état.

— Je ne joue pas les détectives.

— Alors, disons que vous jouez les francs-tireurs. Pourquoi laisser croire au major Armand que vous êtes un agent secret ?

— Vous l'avez détrompé ? demanda le Français.

— Ce n'est pas à moi de le faire. Pourquoi ne pas lui avoir remis les documents que vous a confiés votre ami ?

— Parce qu'il y a une brebis galeuse dans ses services et que je ne voudrais pas que ces papiers disparaissent avant d'avoir pu être utiles à...

— Croyez-vous qu'entre vos mains ils sont utiles à qui que ce soit ?

Chatrian fit la grimace.

— Je vous accorde ce point.

— Ecoutez, poursuivit le policier. Ces documents ne vous apprendraient pas grand-chose, même si vous réussissiez à les décrypter.

— Je suis sûr qu'ils ne précisent pas le nom des meurtriers de Raymond Sorel, mais au moins pourraient-ils m'informer sur ce qu'il cherchait ici.

Le commissaire alla se laver les mains dans un petit cabinet de toilette attenant à son bureau.

— Certains exploitent les circonstances de la guerre pour se livrer à un trafic particulièrement rentable, dit-il en haussant la voix de manière à couvrir le bruit de l'eau. Ils profitent, par exemple, d'opérations militaires à la frontière du Laos pour introduire de l'opium à Saigon.

— Qu'ils revendent, ensuite, à Bay Vien, compléta Chatrian.

Le commissaire regagna son bureau en s'essuyant les mains à une serviette blanche.

— Dans ce cas précis, Bay Vien ne nous intéresse pas le moins du monde. Il ne reçoit qu'une partie infime de la marchandise. Et encore n'est-ce qu'une façon pour les trafiquants de le maintenir hors du coup. Des quantités beaucoup plus importantes d'opium quittent le pays à destination de Marseille puis de San Francisco. Là, elles sont transformées avant d'être revendues dans la rue. Les autorités militaires se soucient peu de ce trafic. Pour l'heure, elles ont bien d'autres chats à fouetter avec le harcèlement que leur imposent les troupes de Giap – le Viêt-minh a repris du poil de la bête depuis la mort du général de Lattre. J'ai eu beau faire, je n'ai jamais obtenu l'autorisation d'aller mener mon enquête sur le terrain.

Le commissaire sourit avant de poursuivre :

— La police de Cholon a vraiment très mauvaise réputation, Maurice. C'est pour cela que Sorel a été envoyé ici. Dès le lendemain de son arrivée, il se rendait à la frontière laotienne. Il y est retourné à plusieurs reprises dans les jours suivants. Je sais qu'il y a découvert quelque chose, mais il n'a pas eu l'occasion de m'en faire part.

— Peut-être que dans les documents en ma possession… commença Chatrian.

— Possible, mais peu probable, l'interrompit le commissaire.

— Pourquoi tenait-il, alors, à ce que je fasse parvenir ces papiers au commissariat de la République ?

— Pour que son successeur dispose de tous les éléments qu'il avait réussi à accumuler. Ils concernent, je suppose, la filière française, voire l'américaine.

— Avant de mourir, il m'a demandé de les apporter à un certain Charles Duluc...

— Qui a été renversé par une voiture, compléta Van Luc. Merci pour l'info. J'ai fait ma petite enquête. Duluc travaillait pour les services secrets. Son statut d'attaché de presse n'était qu'une couverture.

— Sorel voulait ajouter quelque chose, mais je ne lui ai pas laissé le temps de terminer sa phrase. « Mais surtout... pas avant... »

Le commissaire alluma une cigarette.

— Pas avant que la brebis galeuse, comme vous dites, ait été identifiée. C'est probablement cela qu'il cherchait à vous dire.

— Mais comment aurais-je pu savoir si elle l'avait été ou non ?

— Vous savez, il se vidait de son sang et ne devait plus être tout à fait lucide.

Chatrian proposa alors au commissaire de lui apporter la mallette de Raymond Sorel. Le policier sourit et lui dit qu'elle était probablement aussi en sécurité rue Paul-Blanchy qu'entre ses mains.

— Et puis, il serait préférable que vous puissiez la remettre aux autorités françaises, dès que celles-ci auront fait le ménage chez elles.

— Ecoutez, Van Luc, moi aussi, j'ai quelque chose pour vous.

Et l'écrivain informa le commissaire du récit que lui avait fait Shan.

— Elle se méfie de vous, conclut-il. Enfin, de la police de Cholon, en général.

— Elle n'a pas tort, dit le policier avec gravité. Il y a beaucoup de corruption dans nos rangs. Pour l'instant, il est inutile que je l'interroge. Je n'en tirerais sûrement pas grand-chose de plus que vous.

— Que dois-je faire ? demanda Chatrian.

— Si je vous disais de laisser tomber ? suggéra le commissaire.

Le Français haussa les épaules.

— Je crains que les meurtriers de Sorel et Duluc ne l'entendent pas de cette oreille. J'ai joué avec le feu et même si je me désintéresse désormais de cette histoire, il sera difficile de les en convaincre. Je serai plus rassurant, pour eux, mort que vivant. Et puis, ils sont après Shan.

— Pourquoi ne pas rentrer en France ?

— Il n'en est pas question. Pas maintenant. Je devrais peut-être dire la vérité à Armand pour que Paris se décide à envoyer un autre agent. Un vrai, celui-là.

Van Luc se leva.

— Vous allez être en retard à votre réception. En ce qui me concerne, je ne dirai rien à Armand. Je vous l'ai dit, ce n'est pas à moi de le faire. Je vous laisse prendre vos décisions vous-même. Au moins, maintenant, vous connaissez les risques que vous encourez.

— Pourquoi agissez-vous ainsi, Van Luc ?

— Pourquoi ? fit le commissaire en souriant. Parce que tant que nos adversaires s'imaginent que vous êtes dangereux pour eux, vous faites un bel appât. Cela les poussera peut-être à commettre une faute. Que voulez-vous que j'espère d'autre, puisqu'on me refuse l'accès au terrain ?

— En fait, vous êtes un beau salaud, Van Luc, observa Chatrian, décontenancé.

— C'est vous qui vous êtes placé dans cette situation, conclut le commissaire en raccompagnant le Français jusqu'à la rue. C'est vous, également, qui avez les moyens d'en sortir : un billet d'avion pour Paris, Londres, Zanzibar ou Tombouctou. Si vous vous obstinez, pourquoi ne chercherais-je pas à en tirer le meilleur parti ?

Chatrian aperçut Tien, appuyé à un taxi devant le poste de police.

— Je vais demander à l'un de mes hommes de vous raccompagner, proposa Van Luc.

— C'est inutile, mon chauffeur m'attend, dit Chatrian en s'éloignant.

Il était ravi de pouvoir démontrer au policier qu'il n'était pas aussi vulnérable que celui-ci l'imaginait.

— Des ennuis, patron ? demanda le cyclo.

— Pas vraiment, Tien, dit-il. Enfin, pas de la part du commissaire Van Luc. Mais je te remercie de m'avoir suivi. Avec ces flics, on ne sait jamais. Maintenant, on rentre et pied au plancher.

Le cyclo transmit les instructions du « patron » au chauffeur de taxi.

24

De retour rue Paul-Blanchy, Chatrian s'enferma dans la cuisine. Il ouvrit l'armoire, écarta le linge de table et contempla la mallette de Sorel en se grattant le menton. Et s'il la remettait à Armand à l'occasion de la cérémonie donnée en l'honneur de Huong ? Il secoua la tête. Ainsi qu'il l'avait dit à Van Luc, cela ne résoudrait rien. Il replaça le linge devant la mallette et referma l'armoire. Quand le vin est tiré, il faut le boire, songea-t-il.

Lorsque Chatrian arriva chez le commissaire de la République en Cochinchine, la remise des décorations avait déjà eu lieu. Dans le grand salon, des groupes d'hommes et de femmes en tenue de soirée péroraient avec cette insouciance que les heureux du monde savent si bien afficher en pareilles circonstances, surtout lorsque l'univers s'écroule autour d'eux.

Chatrian se souvenait d'avoir participé à de semblables festivités peu avant la capitulation de la France ou encore à la veille de l'évacuation de la capitale par les forces d'occupation allemandes. Comme à chaque fois, il avait l'impression que les banalités échangées constituaient une sorte de rituel destiné à éloigner les démons d'un échec annoncé.

Dans un coin de la pièce, un groupe d'hommes en uniforme et au visage grave cherchaient à se persuader que l'inéluctable n'était rien de plus que l'expression du défaitisme des lâches.

Un verre de champagne à la main, il parcourait des yeux l'assistance dans l'espoir d'apercevoir sa belle inconnue, Tran Thi Huong. Il croisa le regard de Jacques Lefort, l'officier de sécurité, qui lui adressa un salut froid et qu'il gratifia d'un sourire aimable. Armand était entouré d'individus aux mines importantes ; il aperçut Chatrian et se détourna comme s'il ne le connaissait pas.

Le commissaire de la République vint serrer la main de l'écrivain. Il paraissait ravi de pouvoir lui exprimer la satisfaction que lui avait procurée la lecture de l'article inspiré des confidences de Tien-tin.

— J'étais un de vos fidèles lecteurs au temps où...

Il n'acheva pas sa phrase, comme cela arrivait si souvent aux gens qui avaient aimé la prose de Chatrian à l'imparfait. Celui-ci remercia son hôte en feignant de n'avoir pas perçu le sous-entendu de son non-dit. Il était passé maître dans l'art d'ignorer les reproches que renfermait implicitement ce genre de commentaire. Cela lui évitait d'aborder la question qui brûlait les lèvres de ses interlocuteurs, celle que sa femme était la seule à avoir osé formuler, régulièrement, de façon directe.

Chatrian pria le commissaire d'excuser son retard.

— J'ai raté la remise des décorations et je le regrette vivement, dit-il.

Le commissaire pinça les lèvres et, l'entraînant à l'écart des oreilles indiscrètes, lui confia :

— C'est bien le moins que nous pouvions faire pour cette équipe de chercheurs. Les travaux de mademoiselle Tran Thi Huong sont un bienfait pour son peuple mais aussi pour nos soldats.

— Si l'on m'a bien informé, elle a trouvé un vaccin contre une maladie endémique qui fait des ravages dans la région des hauts plateaux, glissa Chatrian, heureux de parler de son inconnue avec quelqu'un qui paraissait la connaître et l'apprécier.

— Il n'y a pas que le palu, vous comprenez ? s'enthousiasma son hôte. Ce serait trop simple. Ces régions sont de véritables nids à microbes. Imaginez qu'ils nous ont coûté presque autant d'hommes que le Viêt-minh ! Quand je pense…

Il s'interrompit et saisit deux coupes de champagne sur un plateau en argent qu'un Vietnamien en livrée blanche faisait circuler entre les groupes de convives. Il en tendit une à son interlocuteur et celui-ci ne l'avait pas encore portée à ses lèvres que le commissaire avait déjà vidé la moitié de la sienne.

— Vous me paraissez contrarié, votre Excellence, observa l'écrivain. Pourquoi dites-vous que c'est bien le moins que vous puissiez faire pour ces chercheurs ?

Le diplomate baissa encore la voix.

— Cette jeune femme… Tran Thi… elle est cochinchinoise, monsieur Chatrian. Cochinchinoise ! Comme un certain nombre de ses assistants. Ce sont donc des indigènes, comprenez-vous ? Et…

Il pinça un peu plus les lèvres avant d'ajouter :

— Combien de temps pourrons-nous encore bénéficier de leurs compétences ?

— Craignez-vous qu'ils ne passent à l'ennemi ? demanda l'écrivain, subitement soucieux.

— S'ils le font jamais, ce sera bien notre faute, gronda le diplomate. Certains estiment que les indigènes ne sont pas des gens fiables, monsieur Chatrian. Plus la situation se complique pour nous, plus ils deviennent suspects. Si, un jour, nous devions nous passer de leurs services, au moins posséderont-ils une médaille pour leur rappeler que leurs apports à la science ont su être appréciés et reconnus à leur juste valeur par la France. Maintenant, si vous voulez bien m'excuser…

Le commissaire se dirigea vers un groupe de dames qui exhibaient fièrement les derniers modèles en vogue rue Catinat. Il retrouva aussitôt son sourire de circonstance. Quant à Chatrian, il demeura songeur. Se pouvait-il que la position de Tran Thi Huong et de ses collègues fût menacée uniquement en raison de leurs origines ?

Une main se posa sur son épaule.

— Alors, vieux frère, je vous croyais plus impatient de rencontrer votre inconnue. Vous avez raté le moment le plus important. Croyez-moi, la décoration faisait merveille sur sa poitrine !

Il sourit en découvrant les visages hilares d'Alain Leroy et d'Andrew Blake.

— Un contretemps bien indépendant de ma volonté, dit-il. Vous vous en doutez. En fait, la police de Cholon a retrouvé le corps de Raymond Sorel dans les eaux d'un arroyo.

Après le premier mouvement de surprise, Blake observa :

— C'était à prévoir.

— Avez-vous appris quelques détails sur les raisons de son meurtre ? demanda Leroy.

— Plus qu'il n'en faut pour compromettre ma sécurité, répondit Chatrian.

Leroy lui posa une autre question, mais il ne l'entendit pas.

Derrière ses deux amis, une porte-fenêtre donnait sur une terrasse menant au jardin. A l'extérieur, le vent s'était levé et les rideaux qui faisaient office de moustiquaires s'agitaient en une sorte de danse des voiles non dépourvue de grâce. En s'écartant, l'un d'eux venait de lui permettre d'apercevoir la silhouette élancée d'une femme. A la manière dont son cœur s'emballa, il sut que même s'il lui était impossible de distinguer précisément la personne et encore moins ses traits, il ne pouvait s'agir que de Tran Thi Huong.

Il bafouilla quelques paroles d'excuse à l'intention de ses compagnons et se dirigea tel un zombie vers la porte-fenêtre.

Un nouveau mouvement des rideaux révéla un *aodai* blanc sur lequel s'épanouissait une ample chevelure de jais dans laquelle était accrochée une fleur d'un rouge éclatant. Sa belle inconnue était appuyée des deux mains au muret de pierre qui courait tout au long de la terrasse.

Elle avait tout d'une apparition.

Il alla se placer à côté d'elle.

— Je n'étais pas présent lorsqu'on vous a remis votre décoration, dit-il d'une voix mal assurée, mais je tiens à vous féliciter pour...

Elle se tourna vers lui et, lorsque son regard croisa celui du Français, le reste de sa phrase demeura coincé au fond de sa gorge.

— Mon travail ? suggéra-t-elle.

— Euh... c'est ça, oui. Pour votre travail.

Une petite lueur espiègle brillait dans les yeux de la jeune femme et il se sentit stupide.

— Mademoiselle Tran, lança Leroy en les rejoignant. Permettez-moi de vous présenter monsieur Maurice Chatrian, une de nos plus belles plumes.

Elle sourit à l'écrivain sans daigner accorder un regard au journaliste.

— Monsieur Chatrian ? dit-elle. Oh ! mais alors, permettez-moi également de vous féliciter pour la qualité de vos articles.

— Vous... vous les avez lus ?

Il prit aussitôt conscience de l'absurdité de sa question.

— Si ce n'était pas le cas, je ne vous féliciterais pas pour leur qualité, déclara-t-elle.

Toujours cette lueur espiègle dans ses yeux.

Leroy éclata de rire.

— Monsieur Chatrian est ému, dit-il. Il faut le comprendre, il a parcouru plus de dix mille kilomètres dans le seul espoir de faire votre connaissance. Maintenant qu'il se trouve en votre présence, il perd tous ses moyens.

Chatrian le fusilla du regard.

— Alain ! dit-il, sèchement.

— Pardonnez-moi, vieux frère, mais je suis sûr que vous n'auriez jamais osé le lui avouer vous-même.

— Monsieur Chatrian y aurait sans doute mis un peu plus les formes, observa Huong sur un ton légèrement cinglant.

Il sourit. Il lui était reconnaissant de sa remarque.

— Monsieur Leroy a pourtant raison, confessa-t-il.

Elle le regarda, intriguée.

— Ne me dites pas que ma renommée a déjà atteint la France, monsieur Chatrian. Je ne vous croirais pas.

— Votre renommée pas encore, c'est exact, confessa-t-il, mais votre portrait, si.

— Oh, je vois, fit-elle.

— Croyez-vous au coup de foudre, mademoiselle Tran ? demanda Leroy.

Chatrian voua son ami aux gémonies. Si seulement il pouvait se taire et les laisser seuls !

— Ce n'est sûrement pas la notion la plus détestable que votre peuple ait introduite dans mon pays, monsieur Leroy, répondit Huong. Sans coup de foudre, des œuvres aussi admirables que *Le Rouge et le Noir* ou *Madame Bovary* n'auraient sans doute jamais vu le jour.

Elle s'éloigna vers les marches de la terrasse et les descendit en relevant entre deux doigts les pans de sa tunique pour leur éviter de traîner sur le sol. Elle se dirigeait vers le jardin sans plus se soucier des deux hommes. Chatrian fit signe à Leroy de rester où il était et de ne plus se mêler de rien, puis il s'empressa de rejoindre Huong.

— Il me semble que nous nous sommes déjà vus, monsieur Chatrian, dit-elle alors que celui-ci arrivait à sa hauteur.

Il se sentit rougir comme un adolescent, ce qui ne manqua pas de la faire rire.

— C'était dimanche dernier, reprit-elle en suivant le cours de sa pensée. J'ignorais alors qui vous étiez, mais j'avais déjà remarqué l'intérêt que vous paraissiez me porter et...

Elle baissa la voix pour ajouter :

— Et vous rougissiez déjà.

Il ne put s'empêcher de rire à son tour.

— Habituellement, je ne suis pas aussi empoté que ce soir, dit-il en s'efforçant d'adopter un ton désinvolte.

— Ne croyez-vous pas qu'il est plus courageux d'exprimer ses sentiments que de chercher à les masquer ?

Elle marchait à côté de lui, la tête bien droite et le regard dirigé devant elle. Ils baignaient dans l'odeur des frangipaniers, pourtant il remarqua bientôt qu'une subtile fragrance d'ilong-ilong venait s'y mêler. Le parfum de Huong. Pas une fois, les yeux de la jeune femme ne se tournèrent dans sa direction et il lui était impossible de savoir si elle se moquait de lui ou s'il lui fallait prendre ses propos au premier degré.

— Monsieur Leroy a dit vrai, murmura-t-il en la regardant en coin.

— Sans doute, mais votre ami manque totalement de délicatesse.

— Oh, fit-il, ce n'est pas un mauvais bougre, dans le fond. Malheureusement pour lui, c'est un cynique. Une déformation professionnelle, je suppose.

Elle ne commenta pas sa défense du journaliste et il en vint à la conclusion qu'elle exprimait franchement ce qu'elle ressentait. Cela le rassura.

Il trouva alors le courage de lui raconter les circonstances dans lesquelles son visage lui était apparu, l'impression qu'il avait produite sur lui et les sentiments qu'il lui avait aussitôt inspirés. Il parla d'une traite, sans presque s'autoriser à respirer. Il ne fit aucune allusion au fait qu'il était marié et, il eut beau se le reprocher, il ne se sentait pas la force d'un tel aveu.

— Et vous avez tout quitté sans rien savoir de moi, observa-t-elle quand il se fut tu.

— Je ne le regrette pas, dit-il.

— Vous n'en savez toujours pas beaucoup plus sur moi.

— Je sais que vous êtes passionnée par votre métier et que vous êtes la meilleure dans votre discipline…

Elle rit.

— La meilleure ? Ne croyez-vous pas que ce soit là une conclusion un peu hâtive ?

Et sans lui permettre de répondre, elle enchaîna :

— Vos articles sont empreints d'une grande sensibilité, monsieur Chatrian.

Pour la première fois depuis qu'elle avait quitté la terrasse, elle se tourna dans sa direction et lui sourit.

— Ils sont à votre image, à vrai dire.

Cette remarque le troubla et, pour se redonner contenance autant que pour s'assurer une chance de la revoir, il demanda :

— Accepteriez-vous que je consacre mon prochain article à vos travaux ?

— J'accepte bien volontiers de vous revoir, monsieur Chatrian.

Quelque chose dans son ton donnait à entendre qu'elle ne se leurrait pas sur ses motivations premières.

— J'admire sincèrement votre travail, mademoiselle Tran, dit-il.

— C'est toute ma vie, monsieur Chatrian.

— Quand pouvez-vous m'accorder un entretien ?

— Voulez-vous demain ? A dix heures ?

— A l'Institut ?

— Cela me semble tout à fait indiqué.

Elle tourna les talons et regagna le salon de réception sans presser le pas. Il resta un moment à la regarder s'éloigner de cette démarche dansante qui lui donnait l'air de ne pas toucher le sol. Il ne chercha pas à la suivre. Il paraissait clair qu'elle ne le désirait pas. Il continua à déambuler au milieu des frangipaniers et des tamariniers en songeant qu'il la reverrait dans quelques heures à peine.

Lorsqu'il revint dans le salon, des couples dansaient sur des airs nostalgiques qui rappelaient la France. Huong avait déjà dû s'éclipser, car il ne la retrouva nulle part.

Leroy le rejoignit alors qu'il s'apprêtait à quitter à son tour la résidence, après avoir pris congé de leur hôte.

— Alors, vieux frère, comment ça se présente ?

— Vous ne manquez pas d'air, Alain ! s'exclama-t-il.

Le journaliste rit et déclara :

— Ce n'était, sans doute, pas très... fin, j'en conviens, mais cela vous a permis de gagner du temps en vous évitant de devoir tourner autour du pot. Et puis, vous faire passer pour un amoureux transi de manière aussi... brutale a sûrement contribué à endormir ses soupçons.

Chatrian réalisa soudain que le journaliste était toujours persuadé que son ami lui cachait ses vraies motivations concernant Huong.

— Vous ne croyez toujours pas que je suis venu à Saigon parce que je suis tombé amoureux d'elle, n'est-ce pas ?

Leroy lui adressa un petit clin d'œil sournois.

— Bien sûr que si, vieux frère, et c'est aussi parce que vous êtes amoureux d'elle que vous enquêtez sur la mort de votre ami Sorel, pas vrai ?

Il poussa un soupir.

— Sorel était un ami, c'est vrai, dit-il, et j'aimerais savoir pourquoi on l'a supprimé. J'aimerais aussi que ses meurtriers soient châtiés, mais je ne mène aucune enquête.

— Bien sûr, fit Leroy, toujours moqueur. Au fait, remettez à l'occasion mes amitiés au major Armand.

Et sans donner à l'écrivain le temps de réagir, il enchaîna :

— Au fait, mercredi je vous emmène sur le terrain, puisque vous y tenez tant. L'armée prévoit une opération du côté de Lai Chau, au nord-ouest de Hanoi. J'ai obtenu une autorisation spéciale pour accompagner l'équipe du Service de presse et d'information. Je passerai vous prendre de bonne heure.

— Et combien de temps serons-nous absents ?

Leroy rit :

— Ah ! maintenant qu'il a trouvé sa belle, l'aventure lui paraît déjà moins séduisante, pas vrai ? Allons, ne vous en faites pas. Au pire, nous serons absents entre deux et cinq jours.

25

A peine rentré chez lui, Chatrian dut raconter à Shan sa soirée par le menu. L'adolescente voulait qu'il lui décrive dans les moindres détails la résidence du commissaire de la République et plus particulièrement le salon où s'était déroulée la réception, ainsi que les vêtements des invités, surtout ceux des femmes, du commissaire et des officiels français.

Il s'efforça de satisfaire la curiosité de sa protégée avant de déclarer :

— Laisse-moi tranquille, maintenant, Shan. J'ai besoin d'écrire, tu comprends ?

— Je comprends, dit-elle.

Mais elle continua à le questionner sur sa belle inconnue. L'avait-il rencontrée ? Etait-elle aussi belle que sur la photo ? Comment était-elle habillée ? Comment l'avait-elle accueilli ? Comptait-il la revoir ?

Il dut se fâcher et l'envoyer se coucher. Tout en se précipitant vers sa chambre, elle lui lança :

— En voilà une qui a bien de la chance ! D'abord, elle n'a pas des tueurs à ses trousses et puis tu ne la traites pas comme une gamine, elle !

Avant de se rendre à la réception chez le commissaire de la République et tout en enfilant son smoking, Chatrian avait pris le temps d'informer l'adolescente des raisons pour lesquelles le commissaire Van Luc l'avait fait convoquer. Shan avait été saisie d'une soudaine crise d'angoisse et il avait dû s'employer à l'apaiser avant de la quitter.

Quand elle fut couchée, il s'installa à son bureau et écrivit le récit de sa rencontre avec Huong.

Le lendemain, Chatrian se rendit au rendez-vous que lui avait accordé Huong. Il arriva à l'institut Pasteur avec près de trois quarts d'heure d'avance et fit les cent pas devant l'entrée avant de se décider à se faire annoncer. La jeune femme l'attendait et lui proposa de visiter les locaux du département de recherche. Elle lui expliqua que l'Institut avait été fondé à la fin du XIXe siècle par Albert Calmette, à la demande de Louis Pasteur, qui répondait lui-même à une injonction du sous-secrétaire d'Etat aux Colonies.

— C'est Calmette qui a centré les travaux de l'Institut sur la recherche pratique plutôt que spéculative, expliqua la jeune femme. Il a mené, ici, nombre de recherches sur le choléra, la dysenterie, mais aussi sur les venins de serpents. A vrai dire, je crois que c'est la devise de Pasteur et du Corps de santé colonial qui m'a donné envie de faire ce métier : « Etre toujours au contact et au service des hommes, en particulier des plus démunis et des plus exposés. » Et puis, le fait aussi que ma mère soit morte parce que nous ne connaissions pas les moyens de nous prémunir contre les effluves mortels des marais du Delta.

Hormis cette brève digression personnelle, la jeune femme concentra ses propos sur la nature de ses recherches, ainsi que sur les conditions de travail des membres de l'Institut. Elle n'hésitait jamais à signaler que telle ou telle avancée n'avait été possible que grâce à l'ingéniosité de tel ou tel de ses collaborateurs.

Chatrian aurait aimé donner un tour plus personnel à leur entretien, mais il craignait de heurter Huong en l'amenant à croire que cet article n'était rien de plus qu'une excuse pour la revoir. La chercheuse ne lui avait pas caché qu'elle l'avait percé à jour, mais il tenait à lui démontrer que tout ce qui la concernait l'intéressait sincèrement. Y compris son travail.

Quand ils furent arrivés au terme de l'interview, Chatrian déclara :

— Dès que j'aurai rédigé mon article, je vous le soumettrai, mademoiselle Tran. Ainsi, s'il y a lieu d'y apporter quelque correction...

Elle le coupa aussitôt :

— Monsieur Chatrian, sachez que si vous désirez me revoir, vous n'avez besoin d'aucune excuse.

Les manières directes de la jeune chercheuse le décontenançaient. Il se risqua, toutefois, à lui demander :

— Dans ce cas, accepteriez-vous de dîner avec moi un jour prochain ?

— Cela me donnera l'occasion d'apprendre à vous connaître à mon tour, dit-elle. Vous êtes un si curieux personnage. Dans vos articles, vous faites montre d'une grande finesse d'analyse, mais face à moi vous paraissez perdre tous vos moyens. Je ne suis pas une icône et je n'aimerais pas que vous me traitiez comme telle.

Il fit la grimace et demanda :

— Demain ?

Elle sourit.

— Nous ne sommes pas non plus obligés de précipiter ainsi les choses, monsieur Chatrian.

— Appelez-moi Maurice, voulez-vous ?

Elle souriait toujours.

— D'accord, Maurice. Appelez-moi Huong.

— Un bien délicat parfum[1], glissa Chatrian.

Ce fut au tour de la jeune femme de grimacer.

— Là, Maurice, vous devenez franchement niais, déclara-t-elle.

1. Huong signifie « parfum », en vietnamien.

— Vous êtes toujours aussi directe ? demanda-t-il en éclatant de rire.

— Ce doit être ce que vous appelez une déformation professionnelle. Voyez-vous, dans mon travail, il importe de se montrer précis jusque dans le choix des mots. Dans le vôtre aussi, non ?

— C'est vrai, mais je suppose que, nous autres écrivains, nous disposons d'une plus grande latitude en matière de licence poétique.

— Alors, soyez poète, Maurice, et pas fleur bleue.

Il aurait aimé lui demander s'il y avait un homme dans sa vie, mais il craignait qu'elle ne lui retourne la question, or il n'était toujours pas prêt à aborder avec elle cet aspect de sa vie.

— Mercredi, je quitte Saigon avec des journalistes qui vont couvrir une opération dans la région de Lai Chau. Je ne sais pas combien de temps je serai absent.

— Alors, appelez-moi à votre retour, Maurice.

Elle se leva et, tout en le reconduisant vers la sortie, elle lui demanda :

— Qu'allez-vous donc faire à la frontière laotienne ? Vous ne m'aviez pas dit que vous étiez également correspondant de guerre…

— A la frontière laotienne ? s'étonna-t-il en songeant à ce que lui avait appris le commissaire Van Luc au sujet de la source du trafic d'opium.

— Oui, à Lai Chau ! C'est bien là que vous vous rendez, n'est-ce pas ?

— J'ignorais que cela se situât si près du Laos. Il semblerait qu'une opération militaire s'y prépare, dit-il. J'aimerais en profiter pour m'entretenir avec les soldats qui sont sur le terrain, histoire de savoir comment ils vivent cette situation. Malheureusement, je n'aurai pas l'occasion de recueillir l'opinion des deux camps…

— Soyez prudents, Maurice, glissa Huong en lui serrant la main.

— Je vous appelle dès mon retour, dit-il.

En quittant l'Institut, Chatrian se rendit au Continental pour rédiger son article et l'adresser à son journal. Il ne voulait pas être harcelé de questions par Shan.

En rentrant à l'appartement de la rue Paul-Blanchy, il trouva une lettre qui lui avait été adressée par l'intermédiaire du journal. Sur l'enveloppe, il reconnut aussitôt l'écriture de son beau-père.

Arnaud Delavigne ne mâchait pas ses mots. Il lui reprochait vertement son abandon du domicile conjugal et lui faisait savoir qu'il jugeait son attitude tout bonnement inqualifiable. Comment avait-il osé quitter Solange sans un mot d'explication ? Il annonçait également son intention d'engager un prince du barreau afin d'obtenir le divorce aux torts de son gendre. « Quand j'en aurai fini avec vous, Maurice, il ne vous restera plus que vos yeux pour pleurer. Je compte demander pour ma fille une pension alimentaire qui vous laissera sur la paille. Par ailleurs… »

Arnaud Delavigne poursuivait ses récriminations pendant deux pages incendiaires. Chatrian jeta la lettre dans le caniveau. Il comprenait la fureur de son beau-père et ces menaces ne le surprenaient pas, de la part d'un tel homme. La situation de sa fille lui importait sûrement, mais bien moins que l'humiliation qu'il ressentait personnellement à l'idée de la désertion de son gendre.

Chatrian renonça à remonter à l'appartement. Il tourna les talons. Tien s'approcha et lui demanda s'il pouvait le conduire quelque part. Le Français hésita et finit par annoncer :

— Au bureau de poste, Tien.

Là, il demanda le numéro de l'appartement de la rue du Bac. Il était près de quinze heures à Saigon, il devait être aux environs de dix heures à Paris.

Solange décrocha à la troisième sonnerie.

— J'ai reçu la lettre de ton père, annonça-t-il sans se perdre dans de longs préambules.

— Il m'en a parlé après l'avoir envoyée, dit Solange. Je lui ai dit que ce n'était pas son problème, mais le mien.

— Il n'a pas dû apprécier.

— Je lui ai expliqué que ton départ m'avait causé un choc, c'est vrai, mais qu'il m'avait également soulagée d'un poids. Tu as eu le courage de faire ce que moi je n'osais pas faire depuis mon retour de Bordeaux, par peur des conventions.

— Voilà qui a au moins le mérite d'être franc, dit-il.

— Nous savons fort bien à quoi nous en tenir, Maurice. Nous avions chacun notre vie de notre côté et ce n'était sûrement pas la meilleure des solutions.

— Tu comptes demander le divorce ? demanda-t-il.

— C'est déjà fait.

Il en éprouva un pincement au cœur. C'était ce qu'il espérait depuis son départ de Paris, mais en entendant Solange lui annoncer avec un tel sang-froid que la procédure était engagée, il ne put s'empêcher de songer que sa femme n'avait vraiment pas perdu de temps.

Une pure réaction d'orgueil, dut-il admettre.

— Tu vas pouvoir vivre avec ton… ami, maintenant.

— Non, Maurice, j'ai d'ailleurs rompu avec lui. Il aurait aimé… bénéficier de la situation, mais ton départ m'a aidée à réaliser que j'avais besoin de me trouver, moi, avant d'envisager de m'engager dans une nouvelle relation. Eric n'a pas voulu l'entendre ainsi. Tant pis pour lui !

Il y eut un blanc dans la conversation, puis Solange reprit :

— Je me suis mariée trop jeune, Maurice. Je n'imaginais pas ce qu'était une vie de couple. Je vais prendre le temps de tirer la leçon de ce que nous avons vécu.

— Je suis impressionné, dit-il.

Elle rit.

— Tu n'as pas été un mauvais mari. Bien au contraire. Seulement, nous n'étions pas faits l'un pour l'autre. Je réalise aujourd'hui que je t'ai reproché pendant sept ans ta nouvelle orientation littéraire sans jamais chercher à la comprendre vraiment.

— Il faut dire que je ne t'ai pas non plus beaucoup aidée sur ce point.

— Cela aurait été à moi de t'aider, mais j'étais beaucoup trop influencée par mon père. Si je replongeais, aujourd'hui, dans une nouvelle relation, il y a gros à parier que je commettrais les mêmes erreurs. Je dois commencer par couper le cordon ombilical.

— Je suis heureux que tu prennes les choses ainsi, Solange, dit Chatrian. J'aurais dû t'appeler plus tôt.

— Nous nous serions balancé des horreurs à la tête et cela m'aurait, sans doute, empêchée de parcourir le chemin que ton silence m'a permis d'emprunter. Ne regrettons rien. Est-ce que tu es heureux, Maurice ?

Il hésita longuement et finit par déclarer :

— Il est sans doute un peu tôt pour le dire, mais au moins j'ai donné à ma vie une orientation plus en accord avec mes désirs.

— C'est bien.

Un nouveau blanc sur la ligne. Puis Solange :

— Florence Ribaud m'a téléphoné. Elle voulait savoir si j'avais eu de tes nouvelles. Je l'appellerai quand nous aurons raccroché.

— Que pourras-tu lui dire ?

— Que tu es là où tu désires être.

— C'est une bonne formule.

— Elle prend les choses beaucoup plus mal que moi, tu sais ? Elle dit que tu as agi comme un salaud envers moi, mais je crois qu'elle voulait parler d'elle. Ne t'inquiète pas, Maurice. Nous sommes les seuls artisans de notre malheur ou de notre bonheur. Mais quand nous sommes malheureux, en blâmer les autres nous évite d'avoir à nous blâmer nous-mêmes.

Chatrian écoutait sa femme et réalisait qu'il ne la connaissait pas. A vrai dire, au lieu de les rapprocher, le fait de vivre ensemble les avait empêchés d'aller à la rencontre l'un de l'autre.

Ah, les mystères de la vie à deux !

— J'espère que nous ne commettrons plus les mêmes erreurs, dit-il.

— Je nous le souhaite, Maurice. Prends bien soin de toi et ne t'inquiète pas pour le délire de Père. J'ai demandé à mon avocat de nous trouver un arrangement à l'amiable. Je n'aimerais pas l'idée de vivre à tes crochets. Je possède assez d'argent du simple fait d'être une fille à papa.

— Merci, Solange. Pas pour l'argent, mais...

— Je comprends, Maurice. Donne-moi de tes nouvelles de temps en temps.

— Promis.

— Maurice... une chose encore. J'ai lu tes articles. C'est bien, tu sais ? C'est vraiment très bien.

Quand il eut raccroché, Chatrian se sentit plus léger. Il réalisa qu'en fait il était heureux.

Puis il se rappela qu'il se rendait à la frontière laotienne dans les deux jours et une angoisse l'étreignit. Avant de partir, il devait absolument accomplir une dernière démarche. Sortant du bureau de poste, il adressa un signe à Tien et lui demanda de le ramener à l'institut Pasteur.

Tran Thi Huong fut déconcertée par cette visite imprévue du Français, mais elle accepta de le recevoir.

— Je ne pourrai malheureusement pas vous accorder beaucoup de temps, Maurice, dit-elle en l'entraînant vers son bureau.

La jeune femme avait relevé ses cheveux en chignon au-dessus de sa tête et elle portait des lunettes qui lui donnaient un air grave mais ne diminuaient en rien sa séduction aux yeux de Chatrian.

— Je m'en doute, dit celui-ci, votre travail... A vrai dire, une minute suffira. Je vous l'ai dit, je pars mercredi à la frontière laotienne. Ce périple n'est probablement pas sans dangers. Pas seulement à cause de la guerre. Il se trouve... Ecoutez, je ne peux pas entrer dans les détails, ce serait trop long, mais voilà... Un de mes amis a été assassiné peu de temps après notre arrivée à Saigon.

Huong retira ses lunettes et les posa devant elle, sur un dossier où figurait le nom latin d'un serpent.

— Il travaillait pour les services secrets français et était venu à Saigon pour enquêter sur un trafic d'opium. Depuis, je crois que les hommes qui l'ont tué s'imaginent que je représente un danger pour eux. Pour l'instant, ils n'ont rien tenté contre moi, mais...

Il s'interrompit, sourit et poursuivit :

— C'est trop compliqué. Je m'égare. Vous n'avez pas le temps et là n'est pas l'essentiel. Avant de partir, je voulais que vous sachiez. Je suis marié. Je n'osais pas vous l'avouer parce que je craignais que vous ne refusiez de me revoir si vous saviez. Il se trouve que je suis tombé amoureux de vous à l'instant même où j'ai vu votre photo dans le journal. C'est pour cela que je suis venu à Saigon. Le coup de foudre, comme disait Alain Leroy. Je n'y peux rien. C'est ainsi. Depuis que je vous ai rencontrée, je sais que ce coup de foudre n'était pas un feu de paille. Il y a une heure, j'ai téléphoné à ma femme. Elle a engagé une procédure de divorce. Il semble que mon départ ait été une bonne chose, pour elle comme pour moi. Il n'y a ni haine ni rancœur entre nous. Juste deux adultes qui réalisent qu'ils n'avaient rien à faire ensemble et qui prennent la seule décision sage en pareille circonstance. Même s'il est vrai que j'ai un peu brusqué les choses en partant ainsi que je l'ai fait. Bref, bientôt, je serai un homme libre.

Il se leva.

— Voilà, il me paraît important que vous le sachiez. Je suis bien conscient de prendre un risque en vous racontant ça, pourtant je me sens soulagé de vous avoir dit la vérité. Sans cela, j'aurais toujours été mal à l'aise avec vous et cela aurait faussé nos rapports.

Il poussa un soupir sonore. Huong voulut parler, mais il l'en empêcha :

— Je vous en prie, ne dites rien. Prenez le temps de réfléchir à ce que je viens de vous annoncer. Je me doute bien que cela doit vous paraître fou, déraisonnable pour le moins, mais je suis certain de n'avoir jamais été aussi en accord avec moi-même. Je vais vous laisser, Huong. A mon retour de Lai Chau, je reprendrai contact avec vous. Je répondrai alors à toutes les questions que vous jugerez utile de me poser... si tant est que vous acceptiez de me revoir.

La jeune femme se leva à son tour. Elle fit le tour de son bureau et s'approcha de Chatrian.

— Vous êtes vraiment un bien curieux personnage, Maurice, dit-elle.

Il laissa échapper un petit rire nerveux.

— Vous me l'avez déjà dit, remarqua-t-il. Je vous aime, Huong, et j'ai décidé de me donner une chance d'être heureux.

— Vous ne savez quasiment rien de moi.

— Oh ça... ! Il arrive que vous viviez des années avec des êtres. Vous croyez les connaître et puis vous vous apercevez, un beau jour, que vous ne savez rien d'eux. Le temps n'est pas un gage de connaissance, Huong. Parfois, le cœur ou l'instinct, j'ignore le mot juste, emprunte des raccourcis auxquels la raison n'a pas accès. Beaucoup de malentendus viennent du fait que nous ne voulons pas écouter cette petite voix intérieure. On s'engage alors dans des chemins qui se révèlent, en définitive, être des impasses. Mais en attendant, on s'est fait du mal et on en a fait aux autres.

On frappa à la porte du bureau. Un jeune homme passa la tête et dit :

— On a besoin de vous, mademoiselle Tran.

— J'arrive, dit la jeune femme.

— Pardonnez-moi de vous avoir dérangée pendant votre travail. J'aurais dû attendre...

— Vous avez fait ce que vous estimiez juste, Maurice. Ne vous excusez pas. Quand vous reviendrez de Lai Chau, appelez-moi. N'oubliez pas que j'ai droit à un dîner.

Ils souriaient.

— Et quand vous serez là-bas, soyez prudent, Maurice.

Quand il retrouva l'air libre, une pluie diluvienne s'abattait sur Saigon. Tien se précipita vers Chatrian avec un large parapluie, mais l'écrivain lui dit :

— Merci, Tien, mais j'ai envie de marcher un peu.

— Sous cette pluie ? fit l'autre, incrédule.

— Oui, sous cette pluie. Tout va bien, mon ami. Tout va très bien.

26

Le mercredi, Chatrian prenait le thé dans la cuisine, en compagnie de Shan. L'aube venait tout juste de se lever et il attendait Leroy, qui devait l'emmener à l'aéroport militaire. L'adolescente était inquiète. Elle redoutait l'idée de se retrouver seule, d'autant que le Français était incapable de lui préciser combien de jours il resterait absent.

— Tu n'as pas à t'inquiéter, petit oiseau, dit-il. Ngoc continuera à faire le marché pendant mon absence. Ainsi, tu n'auras pas à sortir. Si tu vas sur la terrasse, évite de t'approcher trop près du bord pour ne pas te faire remarquer. Leroy ne devrait plus tarder.

L'adolescente vida sa tasse de thé.

— Alors, je vais dans ma chambre, annonça-t-elle.

Chatrian l'accompagna pour lui donner ses dernières recommandations. Shan s'accrochait à son bras.

— Tu reviendras, dis ? s'inquiéta-t-elle.

— En tout cas, je ferai tout pour, dit-il avec un sourire qui se voulait confiant.

Elle se blottit contre lui. Elle tremblait de tout son corps. La peur que lui inspirait Naiji était telle que la sécurité qu'elle avait trouvée auprès du Français n'était jamais parvenue à la dissiper entièrement. Chaque fois que Chatrian devait sortir, elle voulait savoir combien de temps il comptait s'absenter. S'il lui arrivait de rentrer plus tard que prévu, il la retrouvait recroquevillée en chien de fusil sur son lit.

Il s'efforçait encore de la rassurer quand des coups violents furent frappés à la porte. Elle sursauta. Il sourit.

— C'est mon ami Alain, qui vient me chercher, annonça-t-il, tandis que l'adolescente s'empressait de le pousser hors de sa chambre.

Alain Leroy et Andrew Blake pénétrèrent dans l'appartement en trombe.

— Allez, vieux frère ! lança Leroy. L'heure du baptême du feu est arrivée.

— Je vous accompagne, annonça Blake. Ce salaud croyait pouvoir me doubler, mais moi aussi j'ai mes informateurs. De ce coup-là pourrait ressortir un vrai scoop.

Chatrian rejoignit ses amis.

— Juste le temps de prendre mon barda, dit-il, et je suis à vous...

Pendant que ses amis discutaient de façon animée dans le salon, il gagna sa chambre pour récupérer le sac qu'il avait préparé la veille. Il entendit Leroy affirmer :

— Le Viêt-minh a sûrement l'intention de pénétrer au Laos, mais il est encore trop tôt pour lui. Il n'est pas prêt.

— Si les troupes de Giap réussissent à s'allier aux rebelles laotiens, ça risque de faire mal, fit Blake.

— Oui, mais l'heure n'est pas encore arrivée...

Chatrian s'apprêtait à les rejoindre quand Shan l'appela d'une voix étouffée. Elle avait entrebâillé la porte de sa chambre. Elle était blême.

— Ne t'inquiète pas. Je serai vite de retour, dit-il.

Elle secoua la tête.

— Maurice, c'est l'homme qui était avec le meurtrier de ton ami.

Chatrian s'immobilisa.

— Lequel ? demanda-t-il.

Elle haussa les épaules.

— Je ne sais pas. J'ai reconnu sa voix, c'est tout. Mais je ne l'ai pas vu ce soir-là, au Sun-Wah.

— Bon sang, mais c'est important ! L'Américain ou le Français ?

— Ils parlent tous les deux français.

De fait, Blake parlait le français presque sans accent. Chatrian voulut interroger l'adolescente plus avant, mais celle-ci laissa échapper un petit cri. Son regard d'animal effarouché s'était détourné de son protecteur et se perdait au fond du couloir. Il se retourna et aperçut ses amis qui, interloqués, observaient Shan. Celle-ci referma brusquement la porte de sa chambre.

— Il n'y a pas de temps à perdre, annonça Leroy.

Chatrian hésita. L'un des deux hommes qui se tenaient devant lui était responsable de la mort de Sorel. Mais lequel ? Leroy ou Blake ? Et l'homme en question venait d'apercevoir Shan ; il avait probablement reconnu la jeune Vietnamienne qui se trouvait dans le couloir du Sun-Wah le soir du meurtre. Chatrian pouvait-il courir le risque de la laisser seule ?

De toute façon, ils m'accompagnent tous les deux. Elle n'a donc rien à craindre pendant mon absence, se dit-il.

— Vous venez ? demanda Blake.

— Je suis à vous.

Dès qu'ils se retrouvèrent sur le palier, Blake observa :

— Dites donc, elle est drôlement mignonne, votre petite congaye[1].

— Vous tuez le temps en attendant de voir comment les choses vont évoluer avec votre belle inconnue, j'imagine, observa Leroy.

— Ce n'est pas du tout ce que vous imaginez, dit Chatrian. Elle s'occupe de mon ménage et de la cuisine…

1. Terme péjoratif, dérivé de *con gay*, « femme » ; il désignait les Vietnamiennes qui vivaient maritalement avec des Français, lesquels les abandonnaient le plus souvent lorsqu'ils rentraient au pays.

— Bien sûr, mais vous n'avez pas à vous justifier, vieux frère, la chair est faible et cela ne date pas d'aujourd'hui.

Chatrian ne répondit pas. Ce que pensaient les deux hommes était le cadet de ses soucis. Arrivé dans la rue, Leroy suggéra :

— Vinh va nous conduire à l'aéroport dans ma voiture. Mettez votre sac dans le coffre, Maurice.

— Je vous rejoins dans un instant, dit celui-ci. Le temps de donner des instructions à Tien.

— Ne tardez pas ! lança Leroy en se dirigeant vers la voiture. L'avion ne nous attendra pas.

Le cyclo se précipita au-devant du « patron » dès que celui-ci lui eut fait signe.

— Ecoute, Tien, je veux que tu ailles sans perdre de temps au poste de police de Cholon. Demande à parler au commissaire Van Luc de ma part. Dis-lui que je dois m'absenter quelques jours. Je pars à la frontière laotienne. Dis-lui aussi que j'ai presque identifié l'homme que nous recherchons, le Français du Sun-Wah. Il comprendra. C'est un journaliste. Alain Leroy ou Andrew Blake. Malheureusement, j'ignore encore lequel des deux. A mon retour, j'en saurai peut-être davantage. C'est avec eux que je pars, aujourd'hui. Dis-lui encore qu'il y a une jeune fille chez moi qui est la seule personne capable de l'identifier précisément. En principe, elle ne devrait pas sortir, mais ce serait bien s'il pouvait lui assurer une protection. Tu as bien tout compris ?

— Tout compris, patron, dit le cyclo.

— Merci, Tien.

— Soyez prudent, patron.

Chatrian avait déjà rejoint ses compagnons. Tien suivit la voiture des yeux. Quand elle eut disparu à l'angle de la rue La Grandière, il leva les yeux vers la terrasse de l'appartement du Français, puis il alla s'allonger dans son cyclo, les mains derrière la nuque.

Arrivé à l'aéroport militaire, Leroy indiqua à ses compagnons un Dakota, vers lequel se dirigeaient des membres du Service de presse et d'information.

— C'est notre avion, annonça-t-il. Je vous rejoins. Le temps de régler quelques détails avec Vinh.

Ils approchaient de l'avion quand Blake adressa un signe à un homme en civil qui surveillait l'embarquement des journalistes. Il partit échanger quelques mots avec lui et Chatrian qui s'était hissé dans le Dakota songea qu'il avait été bien naïf de croire que Shan était en sécurité tant qu'il serait en compagnie de Blake et Leroy, car l'un comme l'autre venaient de se procurer l'occasion de donner l'ordre de faire disparaître l'adolescente.

Il se félicita d'avoir demandé à Tien de prévenir Van Luc. En ce moment, le commissaire devait avoir pris connaissance de son message.

27

Tandis que se posait l'hélicoptère dans lequel les journalistes avaient poursuivi leur périple après une escale à Hanoi, Chatrian découvrait une vallée sillonnée par la rivière Song Da et entourée de montagnes impressionnantes. Il y faisait une chaleur moite, oppressante. La région de Lai Chau frappa Chatrian par sa beauté, en dépit de la présence de trop nombreux crabes et alligators[1]. Des ensembles de groupes mobiles et des bataillons composés d'éléments vietnamiens occupaient le terrain. L'écrivain ne put s'empêcher de songer que la guerre l'avait définitivement rattrapé.

L'équipe du Service de presse et d'information, composée d'un cameraman, d'un photographe et d'un chauffeur, fut aussitôt prise en charge par l'officier qui commandait le camp. Après un rapide briefing, il revint vers Leroy et ses compagnons.

— Qu'est-ce que vous venez faire ici ? demanda-t-il d'un ton peu amène.

— Nos autorisations sont en règle, annonça le journaliste en remettant un document à l'officier.

— Ils en ont de bonnes, à Saigon ! rugit l'officier. On voit qu'ils ne sont pas sur le terrain. Je vous préviens que

1. Les crabes sont des engins de faible blindage adaptés aux terrains marécageux ; les alligators, des chars blindés de gros tonnage.

ça risque de chauffer dans pas longtemps. Alors que ce soit clair entre nous, je décline toute responsabilité si...

— Rassurez-vous, le coupa Leroy, on est des grands garçons.

— Ouais, ben en attendant, ne traînez pas dans nos pattes. Suivez l'équipe du SPI et ne vous éloignez pas de la colonne.

— Quel est l'objectif ? demanda Blake.

— Un petit village isolé dans la rizière. L'aviation de chasse a préparé le terrain, mais avec ces cocos il faut s'attendre à tout.

— Quel accueil chaleureux ! observa Blake tandis que l'officier s'éloignait.

Chatrian se demandait ce qui avait bien pu lui passer par la tête quand il avait demandé à son ami de l'emmener sur le terrain.

— Suivez la colonne, si vous voulez ! lança Leroy. Moi, je vais faire un tour dans les environs, histoire de prendre quelques clichés.

— Vous croyez que c'est judicieux, Alain ? observa Chatrian.

— Chacun son boulot, Maurice, répondit le journaliste, qui s'éloignait déjà en adressant un clin d'œil à ses compagnons.

Blake le regarda s'enfoncer dans un fourré.

— Vous ne l'accompagnez pas ? demanda Chatrian.

— Je préfère respecter les consignes et voir ce qui va se passer.

Chatrian, qui ne pouvait chasser de son esprit l'idée que l'un de ses deux compagnons était associé au meurtre de son ami Sorel, se demanda pourquoi Leroy s'était esquivé aussi rapidement.

— A votre avis, pourquoi Leroy ne nous accompagne-t-il pas ?

L'Américain haussa les épaules.

— Il a plus que moi l'habitude de ces situations, répondit-il. Je crois que c'est Vinh qui lui dégote ce genre de virée. Ce gars-là vous ferait rencontrer Giap en personne si vous le lui demandiez. A vrai dire, c'est la première fois que je viens sur le terrain dans de telles conditions. Habituellement, nous sommes accompagnés par des huiles du QG qui nous montrent ce qu'elles veulent qu'on commente dans nos journaux. Je ne sais pas comment Leroy s'est débrouillé, ni pourquoi il tenait tant à venir ici, mais pour moi c'était l'occasion d'avoir un peu plus de liberté de mouvement. Et vous, Chatrian ? Pourquoi êtes-vous ici ?

Avant d'avoir pris le temps de réfléchir, le Français répondit :

— Pour l'opium.

L'autre fronça les sourcils.

La colonne, composée pour l'essentiel de tirailleurs marocains assistés d'un bataillon vietnamien, s'était mise en marche et les deux hommes lui avaient emboîté le pas. Les premières sections franchissaient l'abri précaire d'une diguette séparant des étendues de rizières. Elles se dirigeaient vers le village qui constituait leur objectif et qui n'était plus guère qu'un amas de ruines fumantes.

Ainsi que l'avait dit le capitaine en charge de l'opération, l'aviation avait préparé le terrain.

— Alors, vous avez choisi le bon endroit, déclara Blake en réponse à la provocation évidente du Français. Regardez tous ces champs qui couvrent les flancs des collines… là-bas.

— Du pavot, observa Chatrian.

— Tout juste. Les montagnards qui habitent la région…

— Les Moi ? demanda Chatrian.

— « Moi » est un terme impropre, précisa Blake. Il signifie « sauvages » et dénote le peu de considération des Vietnamiens à l'égard de ces minorités. Non, ceux qui vivent ici sont les Hmong. Ils sont venus de Chine au XIXe siècle. C'est l'une des communautés ethniques les plus importantes, mais aussi les plus misérables. Ils cultivent le riz pluvial, des légumes, des fruits et des plantes médicinales, notamment le pavot. Mais dites-moi, Maurice, en quoi l'opium vous intéresse-t-il ?

Sans ralentir sa marche, le Français planta son regard dans celui de l'Américain et répondit, avec une pointe de défi dans la voix :

— Vous savez bien que je ne suis pas ici pour commenter l'aspect guerrier du conflit indochinois, Andrew. Je vous laisse ça à vous, les correspondants de guerre. Ce qui m'intéresse, c'est la manière dont les populations indigène et française vivent au bord du gouffre.

— J'ai lu vos articles, mais je ne vois pas...

Chatrian lui fit signe de le laisser finir.

— J'ai pensé qu'il pourrait également être intéressant, pour ma chronique épisodique, de parler des à-côtés de la guerre. Notamment de la manière dont certains salauds en profitent pour s'enrichir en pratiquant toutes sortes de trafics plus ou moins dégueulasses. Vous voyez, maintenant, pourquoi j'en suis venu à m'intéresser à cette région de culture intensive du pavot ?

L'air grave, l'Américain le dévisagea avant de déclarer :

— Surveillez votre cul, Maurice ! Vous avez trouvé votre belle inconnue, cessez donc de jouer avec le feu. Laissez faire ceux qui sont payés pour ça. Elle est mignonne, votre petite chercheuse de l'institut Pasteur, il serait vraiment dommage de la perdre après avoir fait tout ce chemin pour parvenir jusqu'à elle.

Chatrian sentit un frisson lui parcourir le dos. Devait-il considérer la remarque de Blake comme une menace ? Et si c'était le cas, qui visait-elle ? lui ou Huong ?

— Quand vous parlez de ceux qui sont payés pour ça, vous songez, je suppose, à la police, enchaîna-t-il. Malheureusement, voyez-vous, je connais un commissaire qui enquête depuis longtemps sur ce trafic, mais il n'a jamais réussi à obtenir l'autorisation de venir enquêter sur le terrain.

— Ainsi, vous êtes venu risquer votre peau afin d'enquêter à sa place, c'est ça ?

— Enquêter ? C'est un bien grand mot. Disons que je suis venu ici pour observer, Andrew. Ce n'est déjà pas mal.

— C'est même trop, Maurice. Beaucoup trop. Vous en avez déjà trop vu, trop entendu, trop dit, vous...

L'Américain n'eut pas l'occasion de poursuivre. Une fusillade infernale éclata brusquement. Les Viets avaient essuyé le feu du ciel en s'enfonçant dans des trous pratiqués sous les huttes en torchis. Ils avaient, ensuite, laissé les colonnes s'enfoncer dans le labyrinthe des haies de bambou qui entouraient le village. Et maintenant, ils s'employaient à décimer leur ennemi presque à bout portant.

Les éclairs des crépitements de mitraillettes zébraient l'air de tous côtés. Les deux hommes se précipitèrent à l'abri d'une hutte effondrée. Un officier hurlait des ordres à leur intention, mais sa voix ne portait pas jusqu'à eux. Ses gestes étaient clairs, en revanche, il leur ordonnait de se coucher et de ne plus bouger.

— Bon Dieu ! Alain ! s'écria Chatrian.

Le journaliste lui fit signe qu'il l'avait entendu et, plié en deux, il se mit à courir dans la direction où Leroy avait disparu, peu après leur arrivée. Chatrian voulut lui filer le train, mais une grenade explosa entre l'Américain et lui. Quand le geyser de boue se fut dissipé, Blake avait disparu.

Le photographe du SPI courait, l'œil collé à son appareil. Le reporter hurlait aux soldats :

— En avant, les gars ! Pas de quartier ! En avant, bon Dieu !

Chatrian fut choqué par ce comportement qu'il jugeait incompatible avec l'éthique du journalisme.

Les blindés français, qui s'étaient déployés autour du village, ouvraient le feu à leur tour, mais leur intervention n'était d'aucune efficacité, car les combats se déroulaient au corps à corps.

Je n'ai rien à faire ici, songea Chatrian, en cherchant le moyen de sortir du village et de regagner le campement. Les balles sifflaient autour du photographe du SPI, que ses amis appelaient Vendée, en référence sans doute à son lieu d'origine. Chatrian lui cria de faire attention, mais l'autre multipliait les clichés tout en continuant à encourager de la voix les artilleurs marocains.

En définitive, Vendée décrocha en direction des rizières et Chatrian, plié en deux, s'élança derrière lui. Les Français commençaient à se replier, eux aussi. Ils s'efforçaient de protéger leur départ en balançant des grenades derrière eux.

Soudain, un Viet surgit de derrière un talus. Chatrian le vit mettre en joue le photographe du SPI, qui se tenait debout au sommet d'une diguette, l'œil toujours collé à son appareil. Parfaitement inconscient du danger, il encourageait toujours les artilleurs à ne pas faire de quartier. Chatrian n'eut pas le temps de le mettre en garde. Le Viet venait de presser la détente.

Le reporter s'écroula d'un bloc et disparut derrière un monticule qui séparait deux rizières. Le Viet se tourna promptement vers Chatrian, un petit sourire aux lèvres, mais avant d'avoir pu ajuster son tir il fut coupé en deux par une rafale de mitraillette.

Chatrian se laissa tomber dans l'eau et, aussi rapidement que le permettait une progression en milieu aquatique, il rampa vers la diguette derrière laquelle s'était effondré celui que ses amis appelaient Vendée. Il la franchit d'un bond, des projectiles sifflant à ses oreilles. Il éprouvait cette sensation étrange qu'il avait si souvent connue pendant ses activités de résistance, mélange de calme et de tension qui n'était qu'une forme de maîtrise de soi poussée à l'extrême.

Vendée reposait dans l'eau de la rizière, son appareil serré contre son visage. Il avait un étrange sourire aux lèvres. La balle avait pénétré l'objectif de son Rolleyflex et était ressortie par l'arrière du crâne. Chatrian bascula le corps sans vie sur ses épaules, décidé à ramener au camp cet homme dont le comportement l'avait révolté, un instant plus tôt.

Derrière eux, la fusillade commençait à se calmer. Maintenant que les artilleurs se retiraient, l'intervention des blindés retrouvait de son efficacité et les Viets s'évaporaient dans la nature, fidèles à la ligne de conduite que lui avait exposée Sorel alors qu'ils survolaient les tours de défense des environs de Saigon : « Eviter l'ennemi quand il est fort, livrer des combats d'usure ou d'anéantissement suivant les cas ; attaquer l'ennemi partout afin que, partout, il se trouve submergé par une mer d'hommes armés hostiles, afin de miner son moral et d'user ses forces. »

La progression de Chatrian était lente et pénible. Il savait qu'après de tels accrochages des tireurs planqués restaient aux aguets, dans l'attente du soldat trop confiant qui prendrait le risque de se redresser en se croyant à l'abri. Il approchait du campement quand deux artilleurs vinrent à sa rencontre et le soulagèrent de son fardeau.

— Il n'y a plus rien à faire pour lui, annonça le médecin dès le retour du petit groupe.

Chatrian parcourut le camp à la recherche de Blake et Leroy.

— Avez-vous vu mes compagnons ? demanda-t-il au capitaine.

L'officier haussa les épaules.

— Vous ne croyez pas que j'ai d'autres soucis que de jouer les nounous pour des journalistes qui, de toute façon, n'ont rien à faire ici ?

Chatrian n'insista pas. Il s'assit au pied d'un crabe et but la tasse de café que lui tendait un jeune lieutenant français.

— Merci, dit-il. Quelle est la suite du programme ?

L'autre s'assit à côté de lui.

— La suite habituelle, répondit-il, amer. On va attendre que les niaqués[1] rentrent au village pour s'occuper d'eux...

— Que voulez-vous dire ?

Le lieutenant alluma une cigarette, lui tendit son paquet. Chatrian en saisit une et la glissa entre ses lèvres. Il n'était pas fumeur, mais en la circonstance il apprécia la saveur âcre du tabac.

— On va les zigouiller, martela le lieutenant sans fioriture. Bon Dieu, je suis quand même pas venu ici pour massacrer de pauvres paysans sans défense ! J'ai fait la guerre contre les Chleuhs. Là, je savais que je me battais contre la barbarie des fascistes allemands. Aujourd'hui, les barbares, c'est nous !

Il marqua un temps pour tirer une bouffée.

— Vous comprenez, pour ces types, nous sommes un peu ce qu'étaient les Allemands pour nous. Nous n'avons rien à faire ici.

— Pourquoi allez-vous... « zigouiller » les villageois ? demanda Chatrian.

— Paraît qu'ils sont coupables d'avoir abrité des Viets. Seulement, s'ils ne l'avaient pas fait, ce sont les hommes de l'oncle Ho qui les auraient zigouillés...

Le lieutenant jeta sa cigarette.

— Le plus dégueulasse, c'est pas encore ça. C'est la manière dont nous opérons. Il y a des types, parmi nous, qui semblent prendre leur pied à ce petit jeu de massacre. Je ne vous conseille pas de nous accompagner. Ce sera une vraie boucherie. Je ne croyais pas que je devrais, un jour, fermer les yeux sur des actes de torture – les corvées de bois, comme ils disent –, sur des viols pratiqués par des types qui portent l'uniforme français...

— Mais c'est impossible ! Ces pratiques sont contraires aux accords de Genève ! se récria Chatrian.

1. Paysans.

L'autre éclata de rire.

— Ce genre d'accords, c'est bon pour le monde civilisé. Pas dans un pays de sauvages !

Il écrasa son mégot du bout du pied.

— J'ai plusieurs fois demandé à être renvoyé au pays, reprit le lieutenant, mais paraît qu'on a besoin de nous ici. Si ça continue, moi aussi, je vais filer.

— « Vous aussi » ? Vous voulez dire que d'autres ont déjà...

— Eh, c'est pas dans vos journaux, ça, pas vrai ? fit le jeune officier avec un rire sardonique.

— De quoi voulez-vous parler ?

— Ecoutez, mon vieux, citez-moi si ça vous chante, je m'en fous. Je n'ai vraiment plus rien à perdre... Il y a des gars de chez nous qui ont déserté et qui sont passés à l'ennemi.

Devant l'expression incrédule de Chatrian, le lieutenant éclata de rire.

— Moi, je les comprends et je vais vous dire, je vais pas tarder à...

Il ne trouva pas le courage d'achever sa phrase. Baissant la tête, il ajouta :

— De toute façon, on m'a déjà dépouillé de ma dignité. Alors...

— Je comprends, murmura Chatrian.

— C'est vrai que les gars du Viêt-minh ne sont pas plus délicats que nous, reprit le lieutenant, mais ils se battent pour leur pays, comme nous on a versé notre sang pour que notre patrie retrouve son indépendance. Ces gars sont chez eux, ici, comme nous étions chez nous en France. Je les respecte au même titre que je respectais les résistants avec qui je me battais dans le Vercors. Qu'est-ce qu'ils diraient, mes vieux potes, s'ils savaient ce que je fais ici ? Les Viets veulent introduire le communisme en Indochine ? La belle affaire ! C'est le problème de la population locale. Pas le nôtre. J'en ai rien à foutre, moi, de leur théorie des dominos, vous comprenez ?

Sans lever la tête, il tourna son regard vers son compagnon et ajouta :

— J'y croyais, bordel de merde ! J'imaginais que nous étions des libérateurs, mais aujourd'hui j'ai perdu la foi. Tout ce qu'on fait ici, c'est imposer notre politique à des gens qui n'en veulent pas. Vous croyez que l'Occident se portera plus mal si la région passe aux communistes ?

— La terreur rouge gagne du terrain dans la région, observa Chatrian.

— La terreur rouge ? Vous me faites marrer. Je pourrais me battre pour les valeurs de la France : liberté, égalité, fraternité. Mais pas pour torture, viol et massacre. Non, mon vieux, il y a quelque de pourri dans cette putain de République française. Je sais plus qui a dit : « Un peuple qui en opprime un autre n'est pas libre lui-même »...

Il marqua un temps puis, secouant la tête, il reprit :

— Tiens, je vais vous dire autre chose, que vous pourrez aussi imprimer dans vos colonnes si vous en avez les couilles ou si on vous laisse faire. Vous savez ce qu'il trafiquait, pendant la guerre... la nôtre, le capitaine qui vous a accueillis ? Ben, il traquait les patriotes dans l'Ain. Et c'est pas tout, avant d'arriver ici j'ai servi sous les ordres d'un ancien milicien de Toulon qui avait participé à des opérations menées contre les maquis du Var et des Alpes-Maritimes et j'avais sous mes ordres un ancien collaborateur de la Gestapo, condamné chez nous par contumace !

Le lieutenant se leva.

— Je pourrais encore vous en citer d'autres. Bon Dieu, vous pouvez me dire, vous, ce que je suis venu faire ici ?

Il s'éloigna en allumant une autre cigarette. Chatrian ne parvenait pas à détourner le regard de ses épaules voûtées sous le poids de la culpabilité.

Il s'arracha à sa contemplation. Les tirs avaient cessé. Il s'avança vers le fourré où avait disparu Leroy et où Blake avait tenté de le rejoindre. Les deux hommes étaient-ils encore en vie ? Il marchait en songeant aux paroles du lieutenant et en scrutant les environs dans l'espoir d'apercevoir ses compagnons. Un ronflement de rotor attira son attention. Il obliqua dans la direction du bruit.

Un hélicoptère était posé au milieu d'une rizière et des hommes en uniformes de marsouins[1] y chargeaient des caisses, tandis que d'autres surveillaient les environs, mitraillette au poing. Le chargement arrivait à son terme. Dès que la dernière caisse fut hissée à bord, les soldats grimpèrent dans l'appareil, qui s'éleva dans le ciel et s'éloigna dans la direction des montagnes.

Chatrian allait rebrousser chemin quand il vit Andrew Blake. L'Américain l'avait également aperçu. Il revenait de l'endroit où était posé l'hélicoptère.

— Qu'est-ce que vous foutez ici ? demanda Blake quand il eut rejoint Chatrian.

— Je vous cherchais.

— Eh bien, vous m'avez trouvé.

Chatrian fut décontenancé par la réaction hostile du journaliste.

— Et Leroy ? demanda-t-il.

— Je crois que nous le retrouverons au camp, fit Blake sur le même ton.

— Il n'y était pas quand je l'ai quitté.

— Il y sera à notre retour, déclara Blake, comme s'il était sûr de ce qu'il avançait.

— Qu'est-ce que ces types chargeaient dans l'hélico ? demanda encore le Français.

— De l'opium, je suppose.

L'Américain s'arrêta et saisit le bras de Chatrian.

1. Soldats de l'ancienne infanterie de marine.

— Excusez-moi, dit-il en retrouvant un ton moins agressif. Le boucan des combats a toujours pour effet de me mettre les nerfs en pelote.

— Vous devriez pourtant y être habitué, remarqua Chatrian, avec froideur. Vous êtes correspondant de guerre, oui ou non ?

L'autre haussa les épaules.

— Est-ce qu'on s'habitue jamais à ces tueries ? En tant que correspondant de guerre, je dois rapporter les événements à mes lecteurs, et les commenter. Personne n'a jamais prétendu que je devais y prendre du plaisir.

Il se retourna et regarda l'hélicoptère disparaître derrière une montagne. Revenant à son compagnon, il reprit :

— Je déconnais en parlant d'opium. Je suppose que les types que vous avez vus, là-bas, chargeaient du matériel de guerre pour l'emmener ailleurs.

— Ne serait-il pas plus logique de fournir du matériel aux gars d'ici, plutôt que d'emporter celui dont ils disposent ?

— Leur mission dans la région est sans doute terminée. Ils doivent s'apprêter à vider les lieux.

Chatrian n'insista pas et ils regagnèrent le camp sans plus échanger un mot. Comme Blake l'avait affirmé, Alain Leroy les y avait précédés. Blake se dirigea vers l'hélicoptère qui devait les ramener à Hanoi, où un avion les attendait pour regagner Saigon.

— Où aviez-vous disparu ? demanda Chatrian au journaliste français.

Celui-ci suivait l'Américain des yeux.

— Drôle de bonhomme, ce Blake, observa-t-il.

— Je l'ai surpris là-bas, dit Chatrian en désignant les rizières. Un hélicoptère chargeait des caisses à son bord. Il prétend que les gars rembarquent leur matériel.

— Ça m'étonnerait. D'après le capitaine, ils ne sont pas près de quitter la région.

— Alors que pouvaient renfermer ces caisses ? demanda Chatrian. De l'opium ?

Leroy l'observa, intrigué.

— Pourquoi croyez-vous que je vous ai amené ici, vieux frère ? Nous sommes à la frontière laotienne. Vous voulez toujours savoir pourquoi votre ami Sorel s'est fait assassiner ?

— Je crois que je le sais.

Leroy rit.

— Vous avez beau être un romantique, vous n'avez jamais tout à fait abandonné la dépouille de Vallès, pas vrai ? C'est Van Luc qui vous a parlé du trafic d'opium dans la région ?

Chatrian approuva de la tête.

— D'après mes informations, Sorel était venu pour enquêter à ce sujet, remarqua Leroy.

— Je confirme, dit Chatrian.

— Toujours d'après mes informations, des types profitent des combats pour embarquer des caisses d'opium et les ramener à Saigon. Avec l'animation qui règne dans la région, un hélicoptère passe facilement inaperçu.

— J'ai l'impression que Blake était avec ces types…

— J'ai été surpris quand il a proposé de nous accompagner. Maintenant, je crois comprendre. Nous lui avons servi de couverture.

— Vous croyez qu'il est mêlé à ce trafic ?

L'autre fit la moue.

— Je ne voudrais pas l'affirmer, faute de preuves. Mais disons qu'il existe désormais de fortes présomptions.

— C'est pour ça que vous nous avez quittés, dès notre arrivée ?

— J'espérais assister à un tel chargement. J'aurais aimé prendre des clichés des types en train de charger leur appareil. Vous avez eu plus de chance que moi.

Chatrian resta un long moment silencieux. Se pouvait-il qu'il eût identifié l'homme qui accompagnait le meurtrier de Sorel au Sun-Wah ? L'attitude de Blake avant l'offensive, puis son agressivité quand Chatrian l'avait surpris revenant du lieu de chargement de l'opium semblaient le suggérer.

— Je crois que j'ai un moyen de le démasquer, dit-il.

— Lequel ? demanda Leroy.

Chatrian secoua la tête.

— Je vous le dirai si ça marche.

Leroy éclata de rire.

— Vous ne me faites pas confiance ? demanda-t-il.

Chatrian se tourna vers le journaliste.

— Si je savais précisément où vous êtes passé pendant l'opération, il me serait plus facile de me confier à vous, Alain.

L'autre soutint son regard et dit :

— Je vous comprends, vieux frère. A votre place, je me comporterais de la même façon. On n'est jamais trop prudent. Allons, venez, je ne tiens pas à ce que l'hélico parte sans nous. Nous n'avons plus rien à faire ici.

28

Chatrian avait espéré regagner Saigon sans plus tarder, mais l'hélicoptère déposa l'équipe des journalistes à Hanoi à la tombée du jour. Là, on leur annonça que l'avion qui devait les ramener dans le Sud ne partirait pas avant le lendemain en milieu de journée. Des voitures les attendaient à la sortie de l'aéroport pour les conduire au Métropole, où des chambres avaient été réservées à leur intention.

L'hôtel était un vaste complexe luxueux, à la façade partiellement masquée par des sacs de sable destinés à la protéger d'éventuels attentats du Viêt-minh. Son animation n'avait rien à envier à celle du Continental. Beaucoup d'officiers et de correspondants de presse se retrouvaient à son bar ou à son restaurant. Parmi eux, Chatrian reconnut la longue silhouette de Lucien Bodard, qui tirait sur un énorme cigare en commentant les nouvelles du jour.

Après avoir dîné en compagnie de Leroy et Blake, Chatrian annonça qu'il voulait profiter de cette étape inopinée pour se balader du côté du lac à l'Epée-Restituée, mais le directeur des services français d'information en Indochine, qui s'était joint à eux pour le café, le lui déconseilla.

— Les rues de Hanoi ne sont pas sûres après la tombée de la nuit, monsieur Chatrian. La situation dans le Nord est très différente de celle que vous connaissez à Saigon. Vous n'imaginez pas les problèmes de ravitaillement que nous avons à résoudre, ici. Si quelques paysans ne continuaient pas à nous fournir des légumes et des volailles, nous n'aurions plus qu'à nous serrer la ceinture. Les attentats sont également plus fréquents ici qu'à Saigon. Il faut dire qu'une bonne partie de la population a déserté les lieux et, si vous sortiez maintenant, vous ne trouveriez que des rues vides. Un jeteur de bombe aurait toutes les chances de filer sans même avoir été aperçu.

— Cela ne semble pas déranger grand monde, observa le Français en désignant le bar où l'ambiance était pour le moins joyeuse.

— Il n'y a rien de tel que le rire pour chasser les démons de la peur, non ?

— Vous voulez suggérer que tous ces hommes ont peur ?

Le directeur plongea son regard dans celui du Français.

— La peur est une réaction beaucoup plus humaine que l'héroïsme, croyez-moi. Le jour où les lieux publics de Saigon retentiront de rires aussi bruyants que cet hôtel, c'est que la ville n'en aura plus pour très longtemps.

— Les lignes téléphoniques fonctionnent-elles ? intervint Blake.

— Ça arrive, répondit le directeur en souriant, mais en l'occurrence vous n'avez pas de chance. Toutes les communications sont interrompues depuis près de vingt-quatre heures. Seules les autorités militaires sont encore reliées au monde extérieur.

— Dommage, fit l'Américain, j'aurais aimé transmettre mon papier.

Ses yeux croisèrent ceux de Chatrian et il se détourna, visiblement irrité du regard inquisiteur du Français.

— Bien, puisque nous sommes condamnés à prendre notre mal en patience, je crois que je vais me retirer, annonça celui-ci en se levant. Bonne nuit, messieurs.

Chatrian savait que le sommeil ne viendrait pas de sitôt. Il s'installa donc à la petite table, devant le grand miroir qui faisait face au lit. La décoration des chambres avait un cachet si authentiquement français qu'il aurait facilement pu s'imaginer à Paris, n'eût été le contexte.

Il sortit son carnet Moleskine et son stylo de son sac de voyage.

Une heure passa, la page demeurait désespérément vierge. Son esprit était trop préoccupé par sa conversation avec le lieutenant français, mais surtout par les soupçons que lui avait inspirés le comportement d'Andrew Blake.

Il leva les yeux et aperçut devant lui le reflet d'un homme qu'il avait bien de la peine à reconnaître. Il se remémora l'état d'excitation qui avait été le sien le jour de son arrivée à Saigon. En ce temps qui lui paraissait si lointain, il n'avait d'autre préoccupation que de retrouver sa belle inconnue. Combien il avait dû paraître naïf à celui qu'il prenait alors pour un homme d'affaires plus excentrique qu'énigmatique, somme toute !

Il était, alors, persuadé que rien ne pourrait le détourner de ce que Sorel appelait son « impossible rêve ». Or, il avait trouvé la jeune femme de la photo et celle-ci lui inspirait des sentiments plus puissants encore qu'il n'aurait pu l'imaginer dans ses délires insensés. Seulement voilà, sans en être tout à fait conscient, il avait suivi deux chemins en parallèle. Celui de l'amour et celui de la guerre. Et le second prenait, pour l'heure, le pas sur le premier, en l'entraînant au bord d'un précipice du fond duquel la mort gardait un œil sur lui.

Bien que personne ne lui eût rien demandé, il s'était senti investi d'une mission. Peut-être était-il vrai que Sorel avait vu en lui la chèvre idéale sur laquelle détourner les soupçons de ses adversaires, ainsi que l'avait suggéré Armand. Pourtant, Chatrian ne réussissait pas à en vouloir à son ami. N'était-ce pas grâce à ses conseils qu'il avait emprunté le chemin qui l'avait conduit jusqu'à son inconnue ?

Il ne parvenait pas à oublier le visage aux orbites creuses de cet homme qui l'avait initié aux charmes de l'Asie. Ce visage plus tout à fait humain venait souvent le hanter en des moments improbables depuis qu'il avait découvert le cadavre de Sorel allongé sur la table métallique d'une pièce glaciale, dans les sous-sols du poste de police de Cholon.

Quoi qu'il en soit, il était trop tard pour renoncer, d'autant qu'il était convaincu de toucher au but.

« Je dois protéger Huong, écrivit-il enfin. Elle est mon talon d'Achille. Mes adversaires le savent. Il ne faut pas qu'ils s'en prennent à elle. Je ne me le pardonnerais pas. Il faut en finir avec cette... »

Une explosion déchira le silence de la nuit. Quelque part dans le lointain. Il se leva et alla ouvrir la fenêtre de sa chambre. Des rafales de mitraillettes crépitaient du côté de la vieille ville, avec ses rues aux noms évocateurs des corporations du temps jadis : rue de la Soie, rue du Papier, rue des Chapeaux-Coniques ou encore rue du Rotin.

Des camions filaient à vive allure sous ses fenêtres.

Je n'ai rien à voir avec cette guerre, songea-t-il en refermant la fenêtre.

Il retourna à la table et reprit son stylo.

« Sorel avait raison. Ce pays me manquera lorsqu'il me faudra le quitter. Car il faut bien se rendre à l'évidence. Il n'y a pas d'avenir pour nous ici. Il n'y en a pas pour nous autres, Français. Mais il n'y en a pas non plus pour les Vietnamiens qui, comme Huong, ont mis leurs compétences au service d'une vocation qui ne connaît pas de camp. Mais où aller ? »

Il reposa sa plume. Il ne doutait plus de la nécessité de quitter l'Indochine et se refusait à s'interroger sur la décision que prendrait Huong lorsqu'il lui proposerait de partir avec lui. Il ne connaissait que trop bien sa propre tendance à bâtir toutes sortes de scénarios quand une question le torturait, or il ne voulait pas évoquer quelque dénouement malheureux.

Il alla s'allonger sur le lit après s'être déchaussé, mais sans prendre la peine de se déshabiller. Contrairement à ce qu'il craignait, il ne tarda pas à s'endormir.

Depuis combien de temps dormait-il ? Il aurait été bien en peine de le dire. Un bruit éveilla son attention. Des pas d'hommes étouffés. Il se redressa. Devant lui se dressait un Viet au sourire mauvais qui le mettait en joue lentement. Chatrian voyait son index se crisper. Dans moins d'une seconde, le Viet presserait la détente.

Il hurla... et se réveilla, trempé de sueur.

Il lui fallut quelques minutes pour réaliser qu'il avait fait un cauchemar. Il se leva et alluma pour s'assurer que sa chambre était vide. Il ne fut tout à fait rassuré qu'après être allé regarder dans la salle de bains. Avant de se recoucher, il s'assura que le verrou était tiré.

Il eut toutes les peines du monde à se rendormir. Le sourire du Viet l'obsédait. Une idée lui traversa subitement l'esprit. Cet homme dans la rizière avait tué Vendée, mais c'était en fait Chatrian qu'il voulait descendre. Le journaliste du SPI n'avait pas été victime des communistes. Il était mort parce que quelqu'un avait donné l'ordre de supprimer Chatrian !

L'homme au sourire carnassier n'était pas un Viet, mais un sbire des trafiquants d'opium.

Chatrian s'efforça de se convaincre qu'il divaguait. L'insomnie n'est-elle pas source de toutes sortes d'élucubrations ?

Dans la salle du restaurant, l'écrivain achevait son petit déjeuner quand il fut rejoint par Alain Leroy.

— Vous vouliez voir le Petit Lac, lança le journaliste en s'asseyant en face de lui. Si cela vous tente toujours, je vous servirai volontiers de guide.

— Avec plaisir, Alain, dit-il.

Cette distraction lui permettrait peut-être de chasser l'idée qui l'obsédait depuis qu'il s'était réveillé en proie à un cauchemar.

Les deux hommes traversèrent le hall de l'hôtel Métropole et marchèrent sans prononcer un mot jusqu'aux abords du lac, que bordaient des arbres centenaires.

A tous les carrefours étaient établis des postes de police protégés par des sacs de sable. La plupart des boutiques avaient baissé leurs volets. De petits véhicules blindés patrouillaient à allure réduite.

— Quel endroit idyllique ! observa Chatrian en s'efforçant de concentrer son regard sur la vaste étendue d'eau.

— Vous auriez dû le voir avant que les choses tournent mal ici, observa son compagnon en l'entraînant vers un petit pont de bois laqué rouge. Le pont du Soleil-Levant. Regardez !

Leroy désignait la petite structure qui s'élevait devant eux.

— Le temple de la Montagne de Jade, annonça-t-il. Il a été construit au XVIIIe siècle et voyez, lui non plus n'a pas été épargné par les combats. En restera-t-il autre chose qu'un amas de pierres au lendemain de ce conflit ? Ce temple est dédié, entre autres, au général Tran Hung Dao, qui a chassé les envahisseurs mongols au XIIIe siècle. Cet homme est un véritable symbole pour les Vietnamiens. Il y a quelques années, Giap a d'ailleurs donné son nom à une opération d'envergure par laquelle il voulait signifier à ses concitoyens que l'heure de l'union sacrée avait sonné.

Le journaliste s'arrêta pour contempler l'îlot au milieu du lac, où se dressait la tour de la Tortue.

— Combien de temps les catholiques et les minorités ethniques continueront-ils à se battre à nos côtés ? Quant aux caodaïstes et aux Hoa-hao[1], ils se servent de

1. Deux sectes s'inspirant assez librement du bouddhisme. Leur apparition est assez récente : au début des années 1920 pour les caodaïstes et vers 1939 pour les Hoa-hao.

notre présence pour tenter de se dégager de l'étau du Viêt-minh, mais ils nous détestent...

— La fameuse troisième force ! dit Chatrian, en songeant aux déclarations de l'écrivain britannique.

— Le cheval de bataille de Graham Greene ? observa Leroy. Peut-être a-t-il raison. Avec les Américains, il faut toujours s'attendre à tout. A propos, vieux frère, j'ai cru comprendre que le torchon brûlait entre Blake et vous. On ne peut pas dire que le dîner ait été particulièrement détendu, hier soir.

Chatrian ne répondit pas.

— Au cas où cela vous intéresserait, Maurice, enchaîna le journaliste, j'ai pris des renseignements sur notre ami. Figurez-vous que personne n'a jamais entendu parler de lui au *Chicago Tribune*.

— Qu'est-ce qui vous a incité à enquêter sur lui ? s'enquit Chatrian.

Leroy s'assit sur un vestige du petit muret de pierre qui courait tout au long du temple avant d'avoir subi les atteintes de la guerre.

— Appelons ça l'instinct professionnel, suggéra-t-il, en souriant.

Il regarda son compagnon, qui demeurait imperturbable, et ajouta :

— Ainsi que je vous l'ai dit, Vinh est un collaborateur très précieux. Notre cher ami Blake peut essayer de lui tirer les vers du nez autant qu'il le voudra, il ne réussira jamais qu'à se faire balader. Mon fidèle assistant me rapporte le moindre de ses propos. Parfois, ils sont pour le moins troublants. Assez, en tout cas, pour que l'envie m'ait pris de me renseigner sur son compte.

— Merci pour l'info, Alain, murmura Chatrian, qui contemplait les flamboyants en fleurs bordant le lac.

— Soyez prudent, Maurice. Votre inconnue, enfin, mademoiselle Tran, a l'air d'une personne... intéressante en plus d'être charmante. Ne risquez pas de la perdre, maintenant que vous l'avez trouvée. Les hommes que vous avez défiés ne reculeront devant rien pour vous écarter de leur route.

— C'est amusant, remarqua Chatrian, notre ami Blake, comme vous dites, a employé quasiment les mêmes mots que vous, hier à Lai Chau.

Leroy sourit et, posant une main sur l'épaule de son ami, dit :

— Alors, Maurice, il y a gros à parier que l'un de nous deux vous a donné un conseil et l'autre... un avertissement. Ne négligez ni l'un ni l'autre. Je n'aimerais pas avoir à identifier votre cadavre et... je crois qu'il me serait plus pénible encore d'apprendre que vous avez à nouveau été convoqué par le commissaire Van Luc pour identifier, cette fois, le corps de votre inconnue.

Le journaliste s'éloigna.

— Alain ! le rappela Chatrian. Que feriez-vous, à ma place ?

Leroy se retourna. Il se trouvait au milieu du pont laqué rouge. Il examina longuement son ami avant de répondre, sans se départir de son sourire :

— Par chance, je ne suis pas à votre place, vieux frère.

Il reprit sa marche et Chatrian pressa le pas pour le rejoindre. Ils venaient de retraverser le pont du Soleil-Levant quand Leroy ajouta :

— La solution la plus sage pour vous serait de prendre le premier vol pour n'importe où. Mais je crains que vous ne soyez pas du genre raisonnable, sans quoi vous ne seriez jamais venu ici pour commencer.

— Vous avez raison, ponctua Chatrian en souriant lui aussi.

— Croyez bien que j'en suis désolé pour vous, Maurice.

29

Un Morane avait ramené les trois hommes à Saigon, en milieu d'après-midi. Vinh les attendait avec la voiture de Leroy. Il commença par déposer Chatrian rue Paul-Blanchy, avant de ramener Blake au Continental. Le retour n'avait été qu'un long silence entrecoupé de quelques échanges insignifiants.

Tien était fidèle au poste. Il se précipita vers le Français, dès que la voiture de Leroy se fut éloignée.

— Alors, patron, tout s'est bien passé ?

— Ça s'est passé, annonça le « patron », laconique. Et ici ? Notre petit oiseau n'est pas sorti ?

— Il n'a pas quitté le nid, confirma le cyclo.

— Tu as prévenu Van Luc ?

— Il n'était pas au commissariat, mais j'ai laissé un message à son attention.

Chatrian fronça les sourcils. Il songeait que le commissaire lui-même avait reconnu qu'un vent de corruption soufflait dans les rangs de la police et il se demandait si la commission du cyclo était parvenue à son destinataire.

— Je n'ai pas bien fait, patron ? s'inquiéta Tien.

— Tu as fait ce qu'il fallait, le rassura le Français. A-t-il envoyé des agents pour veiller sur Shan ?

L'autre haussa les épaules.

— Je n'ai rien vu, dit-il, mais j'imagine que s'il a envoyé des hommes à lui, ceux-ci ont dû faire en sorte de passer inaperçus.

Cela paraissait sensé. Chatrian grimpa toutefois les escaliers quatre à quatre, en proie à un mauvais pressentiment.

L'appartement était vide. Il eut beau visiter toutes les pièces et crier le nom de l'adolescente, seul le silence répondit à ses appels.

— Bon Dieu ! s'exclama-t-il. J'ai eu tort d'envoyer Tien chez Van Luc. Qu'a-t-il bien pu se passer pendant son absence ?

Il se précipita dans la cuisine et s'assura que la mallette et son contenu se trouvaient toujours derrière le linge de table. Rassuré, il gagna le balcon. Il appela le cyclo et lui demanda de monter au plus vite.

— Shan a disparu, annonça-t-il quand l'autre l'eut rejoint.

— Je vous jure que je n'ai pas bougé d'ici, patron. La nuit, j'ai rangé mon cyclo dans l'entrée et je me suis allongé devant la porte de l'appartement. Je vous le jure.

— Je te crois, Tien. Descends chez Ngoc, à l'étage en dessous, et demande-lui de venir me voir. Tu nous serviras d'interprète.

Un instant plus tard, la femme entre deux âges qui faisait le marché pour éviter à Shan de s'aventurer à l'extérieur pénétrait avec Tien dans l'appartement où Chatrian fulminait.

— Demande-lui si elle a vu Shan.

Le cyclo traduisit la question du patron, puis la réponse de la Vietnamienne :

— Elle est montée ce matin, comme tous les jours, et elle a déposé les achats dans la cuisine. Elle croit que la jeune fille n'était pas là. Elle l'a appelée, mais Shan n'a pas répondu. Elle n'a pas osé aller voir dans sa chambre.

La dame paraissait mal à l'aise. Elle indiqua au Français que les victuailles étaient toujours sur la table de la cuisine, là où elle les avait déposées.

— Demande-lui si elle n'a rien entendu de suspect, hier, juste après mon départ... pendant que tu te rendais au commissariat.

Tien traduisit à nouveau la réponse de la dame.

— Rien du tout.

Chatrian tendit un billet à Ngoc pour ses achats, mais celle-ci refusa de prendre l'argent.

— Il paraît que Shan la paie une fois par semaine, expliqua Tien. Elle a encore de quoi faire le marché pendant deux jours.

— Dis-lui que c'est un petit supplément et demande-lui de me prévenir si Shan venait à se manifester.

Quand la dame et le cyclo furent repartis, Chatrian s'interrogea sur ce qu'il avait bien pu advenir de Shan. Leroy et Blake avaient entr'aperçu Shan, juste avant leur départ. Leroy s'était entretenu avec Vinh avant d'embarquer pour Lai Chau, et Blake avec un homme de la maintenance : chacun d'eux avait eu tout loisir de donner l'ordre de la faire disparaître.

Outre qu'il s'inquiétait du sort de l'adolescente, la disparition de Shan le plaçait dans une situation pour le moins déplaisante. La seule personne capable de confirmer l'identité de l'homme qui se trouvait au Sun-Wah en compagnie du meurtrier de Sorel s'était évanouie dans la nature.

Chatrian fit à nouveau le tour de toutes les pièces. A l'occasion de cette seconde inspection, un détail retint son attention : il n'y avait pas la moindre trace de lutte. Pas plus dans la chambre de Shan que dans le reste de l'appartement. Tout était parfaitement rangé. Telle qu'il la connaissait, Shan avait dû tirer le verrou dès son départ et il était peu probable qu'elle ait ouvert la porte à qui que ce soit. Si quelqu'un s'était présenté à l'appartement, il n'aurait eu d'autre choix que d'enfoncer la porte pour enlever l'adolescente. Or, il n'y avait aucune trace d'effraction.

Se pouvait-il que, prise de panique après sa confrontation avec l'homme du Sun-Wah, Shan ait choisi de s'enfuir ? Après tout, elle s'en était fort bien sortie toute seule entre le moment où elle avait quitté le Sun-Wah et celui où elle l'avait surpris dans la cage d'escalier.

Je dois avoir un entretien avec le commissaire Van Luc, décida Chatrian.

Il rédigea un petit message à l'attention de Shan, au cas où celle-ci reviendrait à l'appartement pendant son absence. Il lui demandait de s'enfermer à double tour et de ne pas bouger de sa chambre avant son retour. Il plaça le papier bien en évidence sur le petit guéridon du salon. Ensuite, il dévala les escaliers et retrouva Tien qui se morfondait dans son cyclo.

— Je suis désolé, patron...

— Ce n'est pas ta faute, Tien. Je n'aurais jamais dû t'envoyer chez Van Luc. Elle a probablement profité de ton absence pour filer. Cela dit, il n'est pas impossible qu'elle réapparaisse d'ici peu, si elle apprend mon retour.

Il se demandait toutefois comment elle pourrait l'apprendre, mais n'avait-elle pas déjà réussi à se procurer son adresse après son départ du Sun-Wah ?

— Au commissariat de Cholon, patron ? demanda le cyclo.

— Bien vu, Tien.

Le commissaire Van Luc écouta attentivement le récit du Français.

— Avez-vous placé des hommes en faction devant chez moi ? demanda Chatrian.

Van Luc laissa passer un temps avant de répondre :

— Le meilleur de mes agents, Maurice. Un homme digne de toute ma confiance.

Chatrian haussa les épaules.

— De toute façon, elle avait sûrement déjà disparu quand il est arrivé sur place.

— Ainsi, enchaîna le commissaire, l'homme que nous recherchons serait Leroy ou Blake ?

— Disons que Blake possède une longueur d'avance dans la course aux suspects, remarqua Chatrian. Encore que je me méfie des évidences.

Le commissaire sourit.

— Souvenez-vous de la nouvelle de monsieur Poe. *La Lettre volée*, je crois. On la cherchait partout et elle se trouvait bien en évidence, au vu et au su de tous.

— Vous avez raison, mais je suis bien placé pour savoir qu'il existe une différence fondamentale entre la réalité et la fiction. Aujourd'hui plus que jamais. Que comptez-vous faire, commissaire ?

Van Luc enfonça une américaine dans son fume-cigarette et, après l'avoir allumée, déclara :

— Je pourrais les convoquer ici, l'un et l'autre, et leur appliquer les procédés que vos soldats utilisent sur les prisonniers du Viêt-minh quand ils veulent obtenir d'eux des informations. Vous savez, je commencerais par...

— Je vous en prie, le coupa Chatrian avec irritation. Ne vous y mettez pas, vous aussi. Il y a déjà eu ce lieutenant à Lai Chau... Je crois avoir bien enregistré que la France se déshonorait dans cette guerre. Merci ! Evitons d'en faire autant, voulez-vous ?

— Vous savez, Maurice, ce n'est pas parce que Blake ne fait paraître aucun papier dans le *Chicago Tribune* qu'il est un trafiquant. Je ne peux donc pas me concentrer sur lui. Un innocent risque forcément...

Chatrian le coupa à nouveau :

— Ecoutez, commissaire, depuis le début de cette affaire, tout semble tourner autour de ma personne. Je propose que nous nous accordions encore un petit délai avant de prendre la décision d'interpeller qui que ce soit. Blake et Leroy savent que mes soupçons se portent sur l'un d'eux. Or, le Français a bien résumé la situation :

l'un m'a donné un conseil, l'autre un avertissement. Puisque Sorel semble m'avoir pris pour chèvre dès le début de cette affaire, ne modifions pas les règles du jeu. J'ai quand même réalisé quelques progrès depuis qu'il m'a confié sa mallette. J'ai identifié deux loups possibles. Attendons que le bon sorte du bois. M'est avis que cela ne saurait tarder.

De l'index, Van Luc tapota le bout de son fume-cigarette de manière à faire tomber la cendre dans sa poubelle. Il dit :

— Vous possédez un autre avantage, Maurice, mon meilleur agent veille sur votre maison.

— Je ne suis pas toujours chez moi, remarqua Chatrian.

— Il le sait et je suis sûr qu'il sait aussi que la jeune Shan, dont il était chargé d'assurer la protection, a disparu. Votre proposition me tente assez, car je crains que nous n'ayons guère d'autre choix. Et puis, je suis persuadé que vous avez raison. Le loup ne va pas tarder à sortir du bois, pour la bonne raison que vous avez assisté à un spectacle que vous n'étiez pas censé voir : l'embarquement des caisses d'opium !

— A moins, intervint Chatrian, que ce ne soit justement le spectacle auquel on voulait me faire assister.

— C'est une autre éventualité...

— Auquel cas, le suspect numéro un deviendrait Leroy. C'est lui qui a organisé cette petite virée.

— Une chose est sûre, en tout cas : nous ne disposons plus de beaucoup de temps.

— Que voulez-vous dire ? s'enquit le Français.

— Je vous ai dit que la corruption était un mal endémique au sein de la police, ici à Cholon. Elle ne frappe pas que les agents subalternes.

— Vous avez subi des pressions ?

Le commissaire leva les yeux au ciel.

— C'est mon lot quotidien, mais en l'occurrence elles se font insistantes. Autant que vous le sachiez, je ne serais guère surpris qu'on me demande, prochainement, d'aller soigner mes bonzaïs ailleurs. Et une fois qu'on m'aura mis sur la touche, le suspect numéro un, ce sera vous !

— Moi ? s'exclama Chatrian, incrédule.

— Soyons clairs, Maurice. Vous détenez des documents confidentiels. Ces documents appartenaient à un homme dont vous prétendez qu'il est mort dans vos bras en vous les confiant. Seulement, vous prétendez aussi que son corps a mystérieusement disparu. Vous vous faites passer pour… ou plus exactement, vous vous arrangez pour que tout le monde en vienne à croire que vous appartenez à un service de police français. Qui plus est, à ceux à qui vous ne servez pas cette chanson-là, vous déclarez être venu à Saigon pour des raisons qui paraîtront fallacieuses à tout le monde. Tomber amoureux d'une photographie ! Vous auriez pu trouver mieux. Enfin, s'il subsistait encore quelque doute dans l'esprit d'un sceptique chronique, vous vous êtes rendu, sans raison objective, sur le site d'un chargement d'opium…

Le commissaire marqua un temps pour s'assurer que sa démonstration pénétrait clairement l'esprit du Français.

— Imaginons, maintenant, reprit-il, que je procède à votre arrestation. Ici et maintenant ! Je vous jette en prison en vous mettant sur le dos le meurtre de Raymond Sorel, fonctionnaire français en mission à Saigon. Je vous accuse également d'être le point de chute en France de livraisons d'opium qui partent de la frontière laotienne. Je…

— Il me serait facile de prouver que je n'ai rien à voir avec ce trafic.

— J'en doute, mon ami. Ou plus exactement, si vous étiez jugé en France, cela vous serait sans doute plus aisé. Mais vous serez jugé ici. A Cholon, et si nos magistrats devaient subir des pressions officielles, ils n'accepteront de vous livrer aux autorités françaises qu'à la seule condition que vous soyez jugé sur place. Vous pensez bien que j'aurai fait en sorte de vous confier à un juge qui en croque lui aussi. Dès lors, nous concentrerons notre argumentation sur le meurtre de Sorel et croyez-moi, si vous n'avez réussi à trouver aucun témoin le soir des faits, moi je ferai défiler à la barre tous les occupants de l'étage où vous logiez alors. Tous jureront qu'ils vous ont vu tuer Sorel et qu'ils ont gardé le silence parce que vous vous étiez recommandé de Bay Vien et qu'il étaient morts de peur. Avec un peu de chance, je réussirai même à faire témoigner le maître de Cholon, en personne.

— Et que déclarera-t-il ? demanda Chatrian, la gorge sèche.

— Il déclarera que vous lui aviez fait part de votre intention de vous débarrasser de Sorel et qu'il avait tout tenté pour vous en dissuader. On n'assassine pas un représentant de l'ordre français. Il témoignera, la main sur le cœur, des trémolos dans la voix et des larmes dans les yeux, qu'il regrette de n'avoir pas réussi à vous détourner de votre projet.

Le Français se leva brusquement.

— C'est absurde ! clama-t-il. Admettons que vous réussissiez à faire gober cela à un tribunal quelconque. Mais bon sang, Van Luc, lorsque j'aurai été condamné, le trafic continuera comme avant.

Le commissaire se renversa dans son fauteuil avec un large sourire.

— Tout juste. A cette différence près que je ferai arrêter en même temps que vous une série de sous-fifres qui reconnaîtront être impliqués dans le trafic d'opium mais nieront toute participation à un assassinat quelconque. Eux aussi vous désigneront comme le cerveau de cette opération et le meurtrier de Sorel.

— Mais quels avantages tireront-ils d'un pareil témoignage ? Ils seront condamnés eux aussi.

— Tout à fait, mais leur peine sera beaucoup plus légère que la vôtre et tandis qu'ils seront en prison, le vrai cerveau du trafic versera à leurs familles une certaine somme, ridicule au vu de ses bénéfices mais qui constituera un petit pactole pour ces miséreux. Vous serez tous en prison et l'affaire sera considérée comme classée. Plus personne n'aura de raison de poursuivre l'enquête de Sorel et le trafic pourra redémarrer tranquillement en attendant que la fin de la guerre l'amène à son terme naturel. Quant à moi, je bénéficierai d'une promotion et mon avenir financier sera largement assuré. Le jour où le Viêt-minh entrera dans les rues de Saigon, j'aurai pris un avion pour la Suisse où je coulerai des jours dorés en profitant des trente deniers de Judas. Or, trente deniers au cours actuel du franc suisse, je vous assure que c'est un vrai pactole, et pas seulement pour un Vietnamien.

— Et pourquoi ne m'arrêtez-vous pas ? demanda Chatrian, d'une voix sourde.

— Ne me tentez pas ! lança Van Luc en riant. Allons, Maurice, je sais que vous ne posez pas cette question sérieusement. Vous connaissez la réponse. Nous sommes d'indécrottables idéalistes, vous et moi. Et le jour où le Viêt-minh entrera dans les rues de Saigon... Eh bien, je connaîtrai le sort de mes concitoyens, parce que j'aurai été trop bête pour sauter dans le dernier avion et j'appellerai cela faire mon devoir jusqu'au bout. Envers et contre tous.

— Je crois que j'ai intérêt à ce que nos amis se manifestent rapidement...

— Je le crois aussi, conclut Van Luc.

Chatrian sortit du commissariat dans un état second.

— Où va-t-on, maintenant, patron ? demanda Tien.

Sans trop savoir ce qu'il disait, Chatrian répondit :

— A l'institut Pasteur.

30

Tandis que le cyclo remontait la large avenue bordée de tamariniers de la rue Pellerin, Maurice Chatrian sentait la colère sourdre en lui. Le raisonnement du commissaire Van Luc était imparable. Ainsi, il ne se trouvait plus seulement dans la ligne de mire de tueurs, il devenait la proie potentielle d'un système corrompu. Non seulement la guerre l'avait rattrapé, mais elle l'avait rattrapé à travers ce qu'elle avait de plus abject, de plus méprisable.

Loin d'en être abattu, l'écrivain se sentait prêt à riposter. Ainsi qu'il l'avait autrefois affirmé à Sorel, il ne se laisserait pas entraîner à prendre parti dans un conflit auquel il n'existait plus, désormais, d'issue idéale. Il n'y aurait que des perdants dans cette « sale guerre ». Il ne voulait pas être de ceux-là.

En revanche, il était prêt à payer de sa personne pour mettre en échec les hyènes qui se repaissaient de la détresse et de la misère des gens et créaient de nouveaux germes de malheur en d'autres régions du monde.

Entre 1940 et 1945, il avait risqué sa vie par culpabilité, une culpabilité liée à la mort de certains de ses étudiants à la suite de ses articles parus dans *La Relève* ; aujourd'hui, il allait la risquer par dégoût. Des raisons pas très glorieuses, sans doute, mais il les acceptait comme siennes.

Quand le cyclo s'arrêta devant l'institut Pasteur, Chatrian en contempla la façade, étonné de se trouver là, et demanda à Tien :

— Qu'est-ce qu'on vient faire ici ?

Le Vietnamien le regarda sans paraître comprendre le sens de la question. Il finit par répondre :

— On est venus ici parce que vous l'avez demandé, patron. Vous voulez que je vous conduise ailleurs ?

Chatrian hésita. Il devrait peut-être éviter Huong tant que cette affaire ne serait pas réglée.

— C'est idiot, murmura-t-il pour lui-même, s'ils veulent s'en prendre à elle pour m'atteindre, ils le feront que je la voie ou non. Et puis, faire passer l'amour au second plan reviendrait à entrer dans leur jeu.

Il n'en demeurait pas moins qu'il était tard et que la chercheuse avait peut-être déjà quitté l'Institut. La jeune fille de la réception le reconnut et lui dit sans un sourire :

— Vous connaissez le chemin.

Elle ne prit pas la peine de prévenir Huong. Chatrian eut l'impression que la réceptionniste était mal à l'aise et il se demanda si cela tenait au fait que, pour la deuxième fois, il rendait visite à mademoiselle Tran sans avoir pris de rendez-vous au préalable.

Quand il poussa la porte du bureau, il trouva Huong debout devant la fenêtre ; elle paraissait perdue dans la contemplation de la cour intérieure de l'Institut.

— J'avais peur que vous ne soyez déjà partie, dit-il.

— En principe, je ne reste jamais aussi tard, répondit-elle, mais aujourd'hui est un jour particulier.

Elle se retourna et le gratifia d'un faible sourire. Ses yeux étaient rougis par les pleurs.

— Mon Dieu, Huong, que vous est-il arrivé ? s'enquit Chatrian, subitement inquiet.

La jeune femme alla s'asseoir derrière son bureau et le Français s'aperçut que celui-ci était couvert de boîtes en carton dans lesquelles elle avait commencé à ranger les affaires qui encombraient la pièce à sa première visite. Elle surprit son regard.

— Huit années de ma vie, murmura-t-elle en faisant un effort pour maîtriser sa voix. Comment faire le tri entre l'indispensable et le superflu ?

— Ils ne vous ont pas...

— Remerciée ? Si. Pour bons et loyaux services, je suppose.

Chatrian se demanda si c'était là une manœuvre de ses adversaires, mais il se reprit bien vite. Il était stupide de tout ramener à sa petite guerre personnelle. Les propos du commissaire de la République lui revinrent en mémoire et trouvèrent là leur explication : « Cette jeune femme est cochinchinoise. Combien de temps pourrons-nous encore bénéficier de ses compétences ?... Certains estiment que les indigènes ne sont pas des gens fiables, monsieur Chatrian. »

Il laissa son regard courir autour de la pièce puis à l'intérieur des boîtes en carton.

— Tous ces instruments sont indispensables à mon travail, soupira la jeune chercheuse. Comment choisir ceux que je veux emmener ?

— Tous ces instruments, vous les retrouverez dans le prochain laboratoire où vous serez amenée à travailler, non ?

Huong éclata de rire.

— Le prochain laboratoire où je serai amenée à travailler...

Il était inutile qu'elle achève sa phrase. Chatrian n'avait aucun mal à deviner ses pensées. Elle songeait qu'il lui serait, désormais, impossible de trouver du travail dans son pays. Les Français ne voulaient plus d'elle et lorsque les communistes prendraient leur relève, elle serait parmi les premières victimes de la chasse aux sorcières que ne manquerait pas d'organiser le nouveau régime.

— Il y a des laboratoires dans le monde entier, dit-il. Et tous ont besoin de chercheurs de qualité.

— Quitter mon pays ? s'exclama-t-elle comme si cette idée ne lui avait jamais traversé l'esprit.

Chatrian s'assit face à Huong, repoussa les cartons et posa les mains à plat sur le bureau.

— Votre pays ? dit-il, en essayant d'accrocher le regard de la jeune femme. Combien de temps demeurera-t-il votre pays ? Il me semble que tout le monde a déjà accepté comme un fait inéluctable que dans un an, dans deux ans, les communistes auront chassé les Français et se seront emparés du pouvoir au sud comme au nord. Certes, le Vietnam ne sera plus une colonie régentée par des étrangers, mais sera-t-il plus qu'un satellite de la Chine ou de l'URSS ? Ce sont les Russes et les Chinois qui fournissent son armement au Viêt-minh. Ce sont eux également qui fournissent la nouvelle idéologie à laquelle s'accrochent Ho et ses fidèles. Et croyez-moi, le communisme bouleversera vos traditions plus profondément encore que ne l'ont jamais fait les religieux français.

La jeune femme l'écoutait avec beaucoup d'attention. Elle sourit.

— Vous venez de prononcer les mots précis que je ne voulais pas entendre.

Il tenta de se défendre, mais elle poursuivit :

— Je ne voulais pas les entendre parce qu'ils traduisent à la perfection le fond de ma pensée. Je ne voulais pas les entendre parce qu'ils me placent devant un choix impossible.

— Refuser de faire un choix, c'est accepter de subir, Huong, murmura Chatrian. En vous poussant vers la sortie, ces gens vous donnent l'opportunité de prendre votre destin en main. Est-il vrai qu'en chinois il existe un idéogramme qui se traduit à la fois par « crise » et par « opportunité » ?

Elle lui prit les mains en secouant doucement la tête de bas en haut.

— Merci de me parler ainsi, Maurice, dit-elle. Vous ne pouviez le savoir, mais vous avez su trouver les mots qu'il fallait pour m'aider à réagir. Voyez-vous, mon père était officier dans l'armée de Bao Daï[1]. Je l'entends encore, le jour où il a décidé de se placer au service de la France : « J'ai le choix entre Bao Daï, un viveur et un pantin, ou Ho Chi Minh, un homme intelligent mais cynique. L'un est au service de ses seuls plaisirs ; l'autre, d'une idéologie lamentablement dévoyée. Seulement, si je ne veux pas subir mon destin mais en demeurer acteur, je dois choisir, même si le choix qui m'est offert est un choix impossible. »

Elle serra les mains du Français et déclara :

— Je veux demeurer actrice de mon destin, Maurice ! Comprenez-vous ?

En ce moment, Chatrian retrouvait dans le regard de Huong l'expression même qui l'avait tant fasciné sur le cliché pris par Leroy. Plus rien n'existait en dehors de ce regard, ni Leroy ni Blake ni l'opium. Il sourit.

— Quand j'ai vu votre photo dans le journal, dit-il, j'ai été véritablement bouleversé par votre regard. Ma...

Il hésita mais poursuivit :

— Ma femme le trouvait vide, mon ami Sorel désespéré, Leroy y discernait de la colère. C'était comme si le regard capturé par l'objectif du photographe tendait un miroir où chacun pouvait percevoir le reflet sans fard de son âme propre.

— Et vous ? demanda Huong. Qu'y avez-vous vu ?

— Moi ? dit-il en souriant. J'y ai vu de l'espoir. En réalité, il m'apparaît aujourd'hui qu'il exprimait ni plus ni moins que votre volonté de vivre envers et contre tout.

Il se redressa et, embrassant la pièce d'un large geste de la main, il demanda :

1. Empereur d'Annam, Bao Daï n'était guère qu'une marionnette aux mains des Français.

— Quel est l'objet dont vous ne réussiriez à vous passer en aucun cas ?

Huong se leva et fit le tour de son bureau.

— Ces instruments se trouvent dans tous les laboratoires dignes de ce nom, n'est-ce pas ?

— Et il est entendu que vous ne travaillerez que dans un de ceux-là, déclara Chatrian d'un ton sans réplique.

Elle rit.

— Cela va sans dire, en effet, ironisa-t-elle.

— Alors ?

— A vrai dire, je me suis toujours gardée d'apporter ici des objets personnels. Une forme de pudeur, je suppose.

— Donc vous pouvez partir les mains vides et la tête haute.

La jeune chercheuse posait maintenant un regard chargé de mélancolie sur la pièce qui avait abrité les huit dernières années de sa vie.

— Si je suis restée aussi tard, aujourd'hui, c'est parce que je ne voulais croiser personne en partant. Tout le monde, ici, a été tellement gentil avec moi. Le directeur de l'Institut... le moindre assistant, la réceptionniste... Si j'avais dû les croiser sur le chemin de la sortie, je sais que j'aurais craqué et... je ne veux pas offrir ce plaisir à ceux qui me chassent.

— Donc, pas de regret ? demanda Chatrian en montrant les boîtes en carton sur le bureau.

— En tout cas, je ne regrette pas que vous soyez passé ce soir, Maurice.

Le Français tendit son bras à la jeune femme dans un geste volontairement ostentatoire. Elle rit.

Avant de la suivre hors du bureau, Chatrian se dirigea vers une armoire sur laquelle était posée la décoration remise à la jeune chercheuse par le commissaire de la République.

— Vous pourriez peut-être...

Elle le coupa :

— Qu'ils la gardent ! Je n'ai pas besoin de leur lot de consolation.

— Vous savez, Huong, dit Chatrian, le commissaire de la République était sincère en vous remettant cette distinction. Aujourd'hui, je comprends ce qu'il n'osait, alors, me dire qu'à mots couverts. Il avait déjà connaissance du sort qui vous était réservé et il en était profondément révolté. Cette distinction, vous l'avez méritée.

— Alors, emportez-la, si vous le désirez, mais surtout... gardez-la. Vous me la redonnerez quand j'aurai réussi à digérer ce qui vient de m'arriver. Dans... disons dans vingt ans, peut-être.

Chatrian mit la décoration dans sa poche et dit :

— Je n'oublierai pas de vous la rendre alors, mademoiselle Tran.

Dans le couloir, la jeune femme saisit d'elle-même le bras de Chatrian.

— Où voulez-vous dîner, ce soir ? demanda celui-ci tandis qu'ils se dirigeaient vers la sortie.

— Emmenez-moi donc chez Brodard, répondit-elle sans hésitation. Je sais que certains de ces messieurs y dînent régulièrement et j'aimerais leur offrir le spectacle de mon bonheur et de mon mépris.

Le café Brodard était situé à l'angle de la rue Catinat et de la rue des Frères-Denis, soit à quelques minutes à pied de la rue Paul-Blanchy. Le repas fin, que Chatrian tint à accompagner de champagne, fut l'occasion pour Huong et lui d'apprendre à mieux se connaître ainsi que l'avait suggéré la jeune femme en acceptant l'invitation de Chatrian, deux jours plus tôt.

Le Français ne lui cacha rien de ce qui le concernait. Sa vie à Paris, ses démêlés avec les trafiquants d'opium à Saigon. De son côté, il apprit que la jeune femme avait perdu son père à la bataille de Langson. Son fiancé, lui aussi chercheur à l'institut Pasteur, était mort quelque sept ans plus tôt, dans le bombardement de Haiphong qui, en 1946, avait fait près de six mille morts parmi la population de l'avant-port de Hanoi – une décision inconsidérée du général Valluy, en représailles à des incidents mineurs. Décision qui allait entraîner la France dans une voie sans issue.

Quand ils quittèrent le restaurant, Chatrian proposa à la jeune femme de la raccompagner chez elle, puis il se risqua à ajouter :

— En fait, j'habite tout près d'ici. Et je me disais que si vous le souhaitiez... enfin, je pensais que peut-être vous n'aviez pas envie de vous retrouver seule après une épreuve comme celle que vous venez de subir...

Huong sourit.

— Vous êtes toujours aussi timide, Maurice ? demanda-t-elle en souriant.

— C'est la première fois que je suis amoureux, Huong, et j'avoue que j'ai peur de tout gâcher en faisant montre de trop d'empressement.

Elle lui saisit le bras et murmura à son oreille :

— C'est sans conteste la chose la plus tendre et la plus adorable qu'on m'ait jamais dite. Vous aviez raison de prétendre que le cœur emprunte parfois des raccourcis que la raison ignore, Maurice.

Il se tourna vers elle et, la prenant dans ses bras, approcha lentement son visage de celui de la jeune femme pour qui il avait parcouru plus de dix mille kilomètres. Elle ne recula pas quand leurs lèvres se touchèrent et répondit à son baiser avec une fougue égale à la sienne.

Cette nuit-là, Chatrian sut qu'une nouvelle vie s'ouvrait devant lui.

31

Quand ils se réveillèrent, aux premières lueurs de l'aube, Huong vint se blottir dans les bras de son amant.

— Qu'allons-nous devenir, Maurice ? demanda-t-elle.

Le Français percevait l'angoisse que la jeune femme n'osait formuler ouvertement. Il la serra contre lui et couvrit son visage de baisers légers.

— Nous n'allons pas laisser passer la chance qui nous est offerte, Huong, déclara-t-il comme s'il énonçait une évidence.

— Je ne veux pas aller vivre en France, déclara-t-elle fermement.

Chatrian comprenait la réaction épidermique de la jeune femme.

— Le monde est vaste, Huong. Il n'y a pas que la France et le Vietnam.

Elle se dégagea de ses bras et, secouant la tête, murmura :

— Je me sens subitement toute perdue.

Il la ramena vers lui.

— C'est normal, après ce que tu viens de subir. Tu sais, je n'ai pas encore de solution à te proposer, dit-il en lui lissant les cheveux. Tout ce que je sais, c'est que je ne veux te perdre à aucun prix. Je t'aime, Huong.

Elle posa la main sur le visage de son amant et, d'une voix à peine audible, dit :

— Moi aussi, je t'aime, Maurice, et cela me paraît incroyable.

— Essayons de vivre l'instant présent, suggéra-t-il. Je suis certain que la vie ne nous a pas fait un tel cadeau pour nous le reprendre aussitôt. Pour l'instant, il nous est impossible de voir quelle est la voie à suivre, mais je ne doute pas que d'ici quelques jours, celle-ci nous apparaîtra à la manière d'une évidence.

— J'aimerais tellement te croire.

Il l'embrassa pour imposer silence aux doutes de la jeune femme. Contre sa peau, il sentit frémir le corps de Huong et son désir s'éveilla aussitôt. Elle ne chercha pas à se dégager de son étreinte, bien au contraire, elle rejeta les draps derrière elle et s'allongea sur le corps de son amant. Leurs sexes allaient à la rencontre l'un de l'autre. Quand il la pénétra, elle ferma les yeux avec un petit gémissement de plaisir.

Elle se redressa subitement en ouvrant les yeux. Il tendit les mains vers elle et elle saisit ses doigts entre les siens avec une force telle qu'il crut entendre leurs articulations craquer. Les mouvements du bassin de Huong s'accélérèrent. Il y avait une telle intensité dans le regard de la jeune femme que Chatrian eut l'impression qu'elle lui faisait l'amour avec les yeux autant qu'avec le corps. Ils jouirent bientôt à l'unisson et se sentirent simultanément libérés de toutes leurs peurs.

Ils retombèrent l'un sur l'autre, haletant et heureux. Après quelques minutes de silence, elle murmura :

— Quand j'aurai à nouveau le cafard, Maurice, rappelle-moi de te demander de faire l'amour avec moi.

Il rit.

Après avoir pris une douche, qui fut pour eux une nouvelle occasion de maintenir à distance le cafard, Chatrian se rendit dans la cuisine pour préparer du thé.

Quand il rejoignit Huong dans le salon, celle-ci tenait à la main le billet qu'il avait laissé en évidence sur le guéridon au cas où Shan reviendrait à l'appartement pendant son absence. La jeune femme ne posa pas de question, mais il s'exclama :

— Bon Dieu, j'avais complètement oublié Shan !

Il expliqua qui était Shan et les circonstances de sa disparition. Huong allait parler quand on tambourina à la porte.

— Maurice, c'est Alain. Est-ce que vous êtes là ?

Chatrian baissa la voix :

— Attends-moi dans la chambre, veux-tu ? Alain Leroy est un de nos deux suspects.

— Je comprends, dit la jeune femme dans un souffle.

Elle prit sa tasse et se dirigea vers la chambre sur la pointe des pieds. Quand elle eut refermé la porte, Chatrian ouvrit au journaliste.

— Je venais justement de me préparer du thé, dit-il. Vous en voulez une tasse, Alain ?

Leroy secoua la tête.

— Merci, mais je ne fais que passer. Ecoutez, Maurice, je vais être occupé pendant une bonne partie de la journée, seulement j'ai appris une nouvelle qui devrait vous intéresser et j'ai voulu vous la communiquer au plus tôt. Il y a un petit aéroport sauvage à la sortie de Saigon, sur la route de Mytho. Quelques hangars et un terrain suffisamment grand et dégagé pour permettre à un avion d'atterrir... et a fortiori à un hélico. Au cours de la nuit que nous avons passée à Hanoi, un engin s'y est posé. Des hommes en uniformes du Viêt-minh ont déchargé de l'appareil des caisses en tous points semblables à celles que vous m'avez décrites. Ils les ont stockées dans les entrepôts et puis ils ont disparu.

— Comment le savez-vous ? demanda Chatrian, sans réussir à dissimuler complètement sa suspicion.

— Je vous ai dit que Vinh est une vraie mine de renseignements, répondit Leroy sans en prendre ombrage. Il a des informateurs un peu partout dans le pays. C'est ce qui me vaut pas mal d'informations inédites. Les paysans qui travaillent dans les champs, aux abords de ces entrepôts, parlent de mouvements suspects. Bien sûr, ils s'imaginent que le Viêt-minh prépare une opération contre les troupes françaises et ils n'osent pas s'approcher des bâtiments.

— Mais les hommes que j'ai surpris en train de charger l'hélico à Lai Chau portaient des uniformes de marsouins, observa Chatrian.

— J'y ai pensé, répliqua Leroy. Seulement, il leur était facile de se changer pendant le trajet. A Lai Chau, un uniforme français leur permettait de ne pas attirer l'attention des nôtres, alors que dans la campagne environnante, un uniforme du Viêt-minh a plus de chance de maintenir les paysans à distance des entrepôts.

— Pourquoi n'avez-vous pas transmis l'information aux forces de police ? demanda encore Chatrian.

Leroy marqua un temps avant de répondre :

— Ecoutez, Maurice, j'ai l'impression que vous vous méfiez de moi depuis deux jours. J'avoue que je ne le comprends pas très bien. Mais je ne vous en veux pas. Je me dis que dans votre situation il est normal d'en arriver à soupçonner tout le monde, y compris ses amis. Si je suis venu vous trouver, c'est que vous me semblez être en mesure de savoir mieux que quiconque ce qu'il convient de faire d'une telle information. Peut-être s'agit-il vraiment d'une base Viêt-minh. Peut-être est-ce le lieu où les trafiquants stockent leur camelote. Peut-être n'est-ce ni l'un ni l'autre. Mais si ces bâtiments renferment effectivement de l'opium, il est probable que celui-ci n'y restera pas très longtemps. Selon les observations des informateurs de Vinh, personne n'assure la garde des entrepôts. Ainsi, personne ne risque de se faire prendre en cas de descente de la police ; quant aux paysans, comme je vous l'ai dit, ils s'imaginent que le Viêt-minh prépare un coup.

Leroy prit la tasse de thé que son hôte avait reposée sur la table basse du salon et la vida d'un trait avant de reprendre :

— Vous êtes en contact étroit avec le commissaire Van Luc, d'après ce que j'ai cru comprendre. Je ne voudrais pas le court-circuiter en allant trouver la police française. D'ailleurs, que leur dirais-je ? C'est vous qui détenez les clés de cette affaire.

Leroy sortit un papier de la poche de poitrine de son gilet.

— Tenez, c'est un plan du coin. J'ai dessiné une croix à l'endroit où se trouvent les entrepôts.

Chatrian prit le papier et posa une main sur l'épaule de son ami.

— Pardonnez-moi, Alain. Vous avez raison, je ne sais plus très bien à qui me fier, mais j'imagine que si vous étiez lié aux trafiquants, vous ne viendriez pas me dire où ils planquent leur opium.

— Sauf si je voulais vous attirer dans un piège, Maurice. Pensez-y !

Chatrian plongea son regard dans les yeux clairs du journaliste, qui ne chercha pas à se soustraire à son examen. Il finit par sourire.

— Si vous vouliez m'attirer dans un piège, vous ne me conseilleriez pas d'aller trouver Van Luc.

Leroy sourit à son tour.

— Je préférais que vous arriviez par vous-même à cette conclusion, vieux frère. Maintenant, excusez-moi, mais je dois filer. Une réunion au QG sur les mouvements de troupes au nord du Tonkin.

Chatrian reconduisit Leroy jusqu'à la porte.

— Au fait, une dernière nouvelle, Maurice. J'ai appris que mademoiselle Tran Thi Huong vient d'être licenciée de l'institut Pasteur. Je suis certain qu'elle apprécierait le soutien d'un ami en ce moment.

— Merci, Alain. Je vous tiendrai informé de la suite des opérations.

— Hé, je compte bien avoir la primeur du scoop ! lança Leroy en dévalant les escaliers.

Dès que la porte se fut refermée sur le journaliste, Huong sortit de la chambre et vint rejoindre Chatrian.

— Tu as entendu ? lui demanda-t-il.

— J'ai entendu. Que comptes-tu faire ?

— J'ai bien envie d'aller jeter un coup d'œil sur place avant de mettre Van Luc dans le coup.

— C'est risqué, Maurice.

— Je sais, dit-il.

La jeune femme n'insista pas. Elle tenait toujours à la main le mot rédigé par son amant à l'intention de la jeune Shan. Elle l'agita et dit :

— J'ai pensé à quelque chose. Si cette jeune Shan était aussi bouleversée que tu le dis, il est peu probable qu'elle se sera enfuie immédiatement après ton départ. Il lui aura fallu du temps avant de réussir à surmonter son angoisse. Elle aura commencé par mettre de l'ordre dans ses idées. Elle aura soigneusement pesé le pour et le contre des diverses options qui s'offraient à elle. Si elle n'est pas sotte, sa conclusion aura été évidente : « Il me suffit de sortir d'ici pour redevenir vulnérable. » Est-ce qu'elle n'a pas d'amis dans l'immeuble ?

— Bon sang ! s'exclama Chatrian. Tu as raison. Ngoc ! C'est la dame qui va faire le marché pour lui éviter d'avoir à se montrer dans la rue. Je reviens !

Le Français sortit de l'appartement en trombe. Il descendit un étage et frappa à la porte du dessous. Quand Ngoc lui ouvrit, il la repoussa vivement en appelant :

— Shan ! C'est moi, Maurice…

La dame entre deux âges se mit à déverser sur lui des flots d'invectives auxquelles, fort heureusement, il ne comprenait rien.

— Pardonnez-moi, dit-il, mais je dois trouver Shan. Il y va de sa vie.

Mais Ngoc ne voulait rien entendre. Elle le repoussait vers le palier. Il aurait été facile à Chatrian de se débarrasser d'elle, mais il répugnait à utiliser la force contre une personne sûrement animée des meilleures intentions. Elle avait presque réussi à le ramener sur le palier quand une petite voix se fit entendre du fond de l'appartement.

Il ne comprit pas ce qu'elle disait, mais il reconnut d'emblée la voix de l'adolescente.

— Shan !

— Je suis là, Maurice.

— Seigneur ! Tu m'as fait peur. Je craignais qu'il ne te soit arrivé quelque chose.

— Je crois que je ne suis plus en sécurité chez toi, déclara l'adolescente en s'approchant de lui.

— Ne t'inquiète pas, tout sera bientôt fini, je te l'assure.

Ngoc s'était retirée dans sa cuisine en maugréant.

— Si tu préfères rester ici, je le comprendrai, mais si tu veux revenir, je crois que tu ne cours aucun risque.

L'adolescente hésita et finit par déclarer :

— Je reviens avec toi.

Quand elle pénétra dans l'appartement de son protecteur, Shan se figea en découvrant Huong. Elle se tourna vers Chatrian et observa :

— Ainsi, tu l'as trouvée.

— Oui, dit-il, curieux de la réaction de l'adolescente.

Il eut l'impression que celle-ci faisait des efforts pour ne pas pleurer. Mais, après avoir ravalé ses larmes, elle murmura :

— Je suis contente pour toi.

Puis, s'adressant à la nouvelle venue :

— Vous avez de la chance, mademoiselle.

Huong sourit.

— Merci, Shan. Maurice se faisait beaucoup de souci pour vous.

— Maurice est très gentil, dit-elle.

— Huong, je préférerais que tu restes ici pendant mon absence, intervint Chatrian. On ne sait jamais. Je vais demander à Tien de veiller sur vous deux. D'accord ?

— Reviens vite, mon amour, dit-elle en guise de réponse.

Chatrian observa Shan, qui secoua la tête en se forçant à sourire.

— Tu sais, je suis sincèrement heureuse pour toi, Maurice. Nous allons devenir de bonnes amies, Huong et moi.

Il sourit à son tour.

— J'en suis sûr.

Il vérifia que le Browning de Sorel était bien dans la poche de sa veste et, après avoir embrassé Huong, il sortit. Il se dirigea vers Tien et lui dit :

— Shan est retrouvée. Elle n'avait pas quitté l'immeuble. Elle s'était réfugiée chez la dame qui fait notre marché.

Le cyclo parut rassuré.

— J'aurais dû y penser, murmura-t-il.

Chatrian parcourut la rue du regard.

— Si seulement je savais où trouver l'agent de Van Luc… Il m'a assuré avoir confié la surveillance de l'immeuble à son meilleur collaborateur.

Tien sourit.

— Il est trop gentil.

Chatrian reposa son regard sur le cyclo.

— Que veux-tu dire ?

Le Vietnamien sortit une carte de sa poche.

— Inspecteur Tien-tin, annonça-t-il. En fait, le commissaire m'avait demandé de veiller sur vous alors que vous logiez encore au Sun-Wah.

— Je n'en reviens pas ! s'exclama le Français. Mais pourquoi ne m'avoir rien dit ?

— Tant que vous l'ignoriez, votre comportement était plus naturel, patron.

— Ah, tu peux dire que tu m'as bien baladé, Tien ! Dans tous les sens du terme.

— Et qu'est-ce qu'on fait, maintenant, patron ?

Chatrian songea que s'il avouait au policier où il se rendait, celui-ci ne voudrait pas le laisser partir seul, or il tenait à ce que Tien veille sur Huong et Shan.

— Ecoute, dit-il, je voudrais que tu montes à l'appartement et que tu ne quittes pas Huong et Shan pendant mon absence. Si elles veulent sortir, fais-leur comprendre qu'il n'en est pas question.

— Et vous ? Vous allez où, patron ?

— Je ne serai pas absent très longtemps, répondit Chatrian. Je peux compter sur toi ?

Le Vietnamien sourit sans répondre, mais il se dirigea aussitôt d'un pas ferme vers l'entrée de l'immeuble. Chatrian le regarda s'engager dans la cage d'escalier, puis se dirigea vers le Continental, où il était sûr de trouver un taxi.

— Emmenez-moi sur la route de Mytho, dit-il en tendant au chauffeur le plan que lui avait remis Leroy. Précisément à cet endroit.

— C'est comme si vous y étiez, affirma l'autre en démarrant.

32

Le taxi venait à peine de s'ébranler qu'une terrible explosion fit trembler ses vitres. Le chauffeur, un Vietnamien d'une trentaine d'années, grimaça en maugréant :

— Elle n'est pas tombée bien loin, celle-là.

La voiture avait obliqué dans la rue Gia Long et Chatrian ne tarda pas à apercevoir de l'agitation devant un café qui faisait l'angle avec la rue du Maréchal-de-Lattre. Une fumée enveloppait la terrasse où des hommes chancelaient, tels des ivrognes. Une femme assise à une table, la tête posée sur son livre, paraissait s'être endormie dessus. En arrivant à sa hauteur, le Français remarqua un filet de sang qui s'écoulait de son oreille gauche.

Le taxi avait ralenti et Chatrian put observer la scène tout à loisir. Un vieillard était agenouillé sur le sol et se tenait le ventre comme s'il était prêt à vomir un trop-plein d'alcool. Des passants accouraient de toutes les directions pour venir en aide aux blessés. Les garçons de café s'employaient déjà à retirer les nappes rougies par le sang. Le patron lui-même sortit de la salle, un seau et un balai à la main. Il entreprit de frotter avec une application méticuleuse le pavé souillé.

La vie ne tarderait pas à reprendre ses droits. A Saigon, comme à Hanoi, les attentats se faisaient de plus en plus fréquents.

A force de côtoyer le danger, il semble qu'on finisse par s'y habituer, songea le Français.

— Encore un coup de ces salauds de Viêt-minh, gronda le chauffeur.

Chatrian songea que c'était à un drame semblable qu'il devait d'avoir rencontré la femme de sa vie. Un frisson lui parcourut le dos et il lança :

— Roulez !

Il se faisait l'effet d'un voyeur et l'idée de devoir son bonheur à un acte de haine le troublait soudain.

Le chauffeur haussa les épaules et enfonça l'accélérateur. Chatrian se rencogna dans son siège et s'efforça de ramener ses pensées vers les entrepôts où était peut-être entreposé l'opium en provenance du Laos.

La voiture ne tarda pas à traverser des champs qui occupaient les vides laissés par l'urbanisation. Des cabanes de branchages et de paille donnaient une idée précise de l'état de misère de la population locale. Bientôt, les champs disparurent, cédant la place à l'animation du quartier chinois, qu'il fallait traverser pour gagner la route de Mytho.

Chatrian se demanda s'il ne serait pas plus sage de demander au taxi de le déposer au poste de police de Cholon et de laisser le commissaire Van Luc prendre à son compte la suite des opérations. Il se posait encore la question quand le paysage se modifia une fois de plus, le quartier chinois se trouvant remplacé par une succession de rizières bordées de petits cours d'eau.

Plus tard, il écrirait dans son carnet :

« Pourquoi m'être ainsi obstiné ? Il m'aurait suffi d'effectuer un léger détour pour me trouver délivré du fardeau d'une affaire qui, somme toute, ne m'avait jamais concerné. Combien j'ai pu ressasser cette question ! Il n'existe probablement aucune explication logique à mon comportement. Si j'avais accepté de passer la main à Van Luc, je n'aurais pas été amené à faire usage du Browning de Sorel contre un homme que je considérais alors comme un ami.

Je n'éprouve, aujourd'hui, aucun remords. Pas de regret non plus. Juste une forme d'amertume.

Je crois que je me sentais une sorte de dette morale envers Raymond Sorel. En me confiant la mallette qui lui était si précieuse, c'était un peu comme s'il me passait le flambeau de son honneur. S'attendait-il à ce que je poursuive moi-même son enquête ? Sans doute pas. Mais je ne lui avais pas donné le temps d'achever sa dernière phrase. Parce que j'avais refusé de me laisser impliquer dans une affaire dont j'ignorais les tenants et les aboutissants, il était probablement mort avec un sentiment d'échec.

Tout compte fait, je crois que c'est une fois de plus la culpabilité qui m'a poussé à m'engager. »

Avant d'atteindre l'endroit indiqué par une croix à l'encre rouge sur la carte que lui avait confiée Alain Leroy, la voiture fut arrêtée à trois reprises par des barrages. Chaque fois, un militaire scruta avec une attention minutieuse le permis de circulation que le Bureau de l'information et de la propagande avait délivré à Chatrian peu de temps après son arrivée à Saigon. Deux autres soldats vérifiaient, quant à eux, le contenu du coffre et le dessous du véhicule pour s'assurer qu'ils ne dissimulaient pas d'explosif.

Le taxi atteignit finalement sans encombre la route de Mytho.

— Où dois-je m'arrêter, monsieur ?

La voix du chauffeur tira Chatrian de ses réflexions. Il regarda autour de lui et constata qu'ils se trouvaient au milieu d'une étendue de champs aquatiques. Des hommes s'activaient dans les rizières et les cultures de cresson, enfoncés dans l'eau jusqu'à la taille.

— Arrêtez-vous ici, dit-il.

Il sortit de voiture, scruta les environs. Les paysans continuaient à travailler sans paraître se soucier de la présence incongrue de cet étranger. Il lui fallut s'aventurer sur une diguette pour apercevoir en définitive, masqués par un massif de feuillus, un ensemble de bâtiments longs et bas, faits de tôle ondulée, qui pouvaient correspondre aux fameux entrepôts évoqués par Leroy.

Il remonta en voiture.

— Continuez sur une centaine de mètres, dit-il. Roulez lentement.

Le chauffeur s'exécuta sans poser de questions et, bientôt, Chatrian aperçut un petit sentier qui s'éloignait de la route principale. Il allait ordonner au taxi de s'y engager quand il remarqua l'avant d'une Citroën stationnée à proximité des bâtiments.

— Continuez, lança-t-il.

Cinquante mètres plus loin, il posa une main sur l'épaule du chauffeur.

— Arrêtez-vous là.

— Vous voulez que je vous attende, monsieur ?

— Suivez la route pendant cinq minutes, puis faites demi-tour et revenez me chercher. Si vous ne me voyez pas ici, continuez et allez m'attendre là où nous nous sommes arrêtés tout à l'heure. Si vous faites ce que je vous demande, je double le prix de la course.

Le visage de l'autre s'éclaira d'un large sourire.

— Comptez sur moi, dit-il.

Chatrian sortit et la voiture redémarra aussitôt.

Le Français examina les environs et s'avança sous le couvert des arbres. Une nuée de cigales faisaient entendre leurs cris métalliques dans l'air moite. Le sol était spongieux et les pataugas s'enfonçaient dans la terre détrempée. La progression s'avéra plus pénible que Chatrian ne l'avait supposé.

Il n'était plus qu'à une dizaine de mètres de la voiture quand il s'immobilisa brusquement. Des voix parvenaient jusqu'à lui. Il y avait au moins deux hommes.

Ceux-ci étaient trop loin pour qu'il puisse saisir le sens de leurs propos. Il continua d'avancer en prenant soin de rester à l'abri des arbres.

— ... hier soir. Demain... à la tombée de la nuit... revenir... emporter autres caisses... Toi content ?

L'homme qui parlait ainsi venait de sortir du bâtiment le plus proche. Avant d'apercevoir son visage, Chatrian avait sursauté en reconnaissant sa voix éraillée et son épouvantable pidgin.

— Naiji ! lâcha-t-il dans un souffle.

Andrew Blake sortit à son tour de l'entrepôt.

— C'est du beau boulot. Tu es sûr que personne ne se doute de rien ?

— Rien... rien du tout ! Pas danger ! affirma la fouine. Ici, bonne planque !

— Et les paysans ? demanda Blake en embrassant du regard les champs environnants.

— Pas de problème. Eux peur ! Croire Viêt-minh cacher armes ici. Très peur... toi pas t'en faire. Pouvoir continuer comme ça longtemps... Les Français pas venir ici, non plus. Région pas sûre...

— Parfait ! déclara l'Américain. Allons, viens, il est préférable de ne pas s'attarder ici plus longtemps.

Dissimulé derrière un tronc d'arbre, Chatrian regarda disparaître les deux hommes. Quand il entendit le bruit caractéristique du moteur de la Citroën, il compta jusqu'à cent avant de s'avancer à découvert.

Leroy n'avait pas menti. Une longue bande de terre courait au milieu des rizières. Le terrain était assez droit et régulier pour permettre à de petits avions de se poser sans trop de difficultés. Les entrepôts étaient au nombre de trois. Il s'approcha du premier, celui que Naiji et Blake venaient de quitter. La porte était fermée par une chaîne et un cadenas. Il fit le tour du bâtiment, aperçut une fenêtre dont un carreau était brisé. Il glissa la main à travers l'ouverture en prenant soin de ne pas se couper et réussit à faire jouer le loquet.

Après s'être assuré que personne ne pouvait le voir, Chatrian se hissa jusqu'à l'ouverture. Elle n'était pas très large et il dut faire des efforts pour réussir à se glisser à l'intérieur du bâtiment.

L'entrepôt était presque vide. Seule une demi-douzaine de caisses se trouvaient empilées dans un coin. Les propos sibyllins de la fouine prenaient soudain tout leur sens.

— Ils ont dû embarquer le plus gros hier soir, et ils reviendront s'occuper du dernier chargement demain, à la tombée de la nuit, murmura Chatrian.

Il examina les caisses, constata que l'une d'elles avait été ouverte. Il souleva son couvercle et découvrit qu'elle était pleine de boulettes auxquelles adhéraient par endroits des bouts de pétale de pavot.

— Bingo ! s'exclama-t-il.

Il en préleva une et s'efforça de disposer les autres de manière telle que sa disparition passe inaperçue. Puis, sans plus perdre de temps, il se dirigea vers la fenêtre, jeta la boulette à l'extérieur avant de suivre le même chemin. Il la récupéra et s'éloigna en direction des arbres. Il n'avait pas fait trois pas qu'il s'arrêtait net.

— Merde, gronda-t-il.

Il fit demi-tour pour aller refermer la fenêtre. Il ne devait laisser derrière lui aucune trace susceptible de trahir sa visite.

Puis, après s'être assuré que la voie était toujours libre, il s'empressa de regagner le couvert des arbres.

Quand il eut atteint la route, il aperçut le taxi arrêté une centaine de mètres plus loin. Le chauffeur fumait une cigarette en surveillant les environs. Chatrian courut jusqu'au véhicule.

— Une voiture est passée, annonça le conducteur. Une Citroën. Elle sortait du petit chemin, là-bas. Ils avaient l'air bien pressés. J'ai fait semblant de pisser pour ne pas attirer leur attention.

Chatrian sourit en prenant place à l'avant.

— Dépose-moi maintenant au commissariat de Cholon, dit-il. Tu as bien mérité ta prime.

Le doute n'était plus permis. A Lai Chau, il avait surpris Blake à proximité de l'hélicoptère qui embarquait l'opium et voilà qu'il le retrouvait quittant les entrepôts des trafiquants en compagnie d'un homme qu'il savait être impliqué dans le meurtre de Raymond Sorel.

Maintenant, je peux passer la main, songea-t-il.

33

Quand Chatrian eut achevé son récit, le commissaire Van Luc secoua la tête en examinant la boule d'opium posée sur son bureau.

— Et mon agent vous a laissé filer ?

— N'en veuillez pas à Tien, intervint le Français. Je ne lui ai pas dit où je me rendais. En revanche, je lui ai demandé de veiller sur Huong et Shan...

— Ainsi, votre petite protégée est rentrée au nid... Comment Tien a-t-il pu la laisser filer, voilà ce qui me laisse pantois, car maintenant que vous savez qu'il est à mon service, vous avez dû deviner qu'à aucun moment il n'a interrompu la surveillance de votre immeuble.

— En vérité, Shan n'était pas sortie de l'immeuble.

Chatrian raconta au policier comment s'était produite la réapparition de l'adolescente, ainsi que les circonstances dans lesquelles Tien lui avait avoué qu'il était l'homme à qui Van Luc avait confié sa protection. Le policier soupira.

— N'empêche, vous n'auriez pas dû vous risquer là-bas tout seul, Maurice. Vous n'êtes pas flic, nom de Dieu, et puis sans parler des trafiquants, vous vous êtes aventuré dans une région qui n'est pas sécurisée...

— Vous avez raison... Au fait, c'est quoi votre prénom, commissaire ?

Le policier ne put réprimer un sourire.

— François.

— François ?

— Eh oui, que voulez-vous, mon père n'entendait pas cacher ses sympathies, je suppose. Un charmant héritage, en tout cas. A moi de me débrouiller avec ça, maintenant. Même si j'avais souhaité rejoindre leurs rangs, avec un prénom comme le mien, j'aurais fait tache parmi les affidés de l'oncle Ho.

— Eh bien, François, reprit Chatrian, vous avez parfaitement raison : j'ai joué avec le feu. Mais il se trouve que je suis revenu de « là-bas » sans encombre et avec la confirmation d'une information précieuse. Nous savons maintenant d'où part l'opium, où il transite et qui organise le trafic.

— Et nous savons également que demain, à la tombée de la nuit, ils vont récupérer le reste de la came, conclut le commissaire.

— Il ne vous restera qu'à les suivre pour découvrir leur point d'embarquement.

Van Luc éclata de rire.

— J'aimerais beaucoup lire vos romans policiers, Maurice. Vous devez être très fort dans votre genre.

— Oh, vous savez, dit le Français sans sourire, je crois que ces dernières semaines m'ont définitivement fait passer le goût de cette littérature. C'est mon éditeur de beau-père qui va se mordre les doigts de m'avoir si mal traité dans sa dernière lettre.

Le policier reprit :

— Le point d'embarquement ne représente pas un problème pour nous. Nous avions déjà réussi à le localiser. En France, votre ami Raymond Sorel avait, lui aussi, remonté la filière occidentale. Il ne nous manquait, en fait, qu'un seul détail : l'identité du cerveau de toute cette opération. Tout ce que nous connaissions de lui, c'était son nom de code dans les milieux interlopes de Cholon : Roland. Ce type est très fort. Il n'intervient jamais directement. Tous les contacts, tous les échanges et toutes les tractations étaient pris en charge par une succession d'intermédiaires. Quand on réussissait à en coincer un et à le faire parler, il nous conduisait à un autre, et celui-là à un autre encore... quand ce n'était pas à un cadavre. Dans un cas comme dans l'autre, il arrivait toujours un moment où la piste s'interrompait et nous ne sommes jamais parvenus à recouper deux circuits. Oui, vraiment très fort !

— Que contenaient les documents que m'a remis Sorel ? demanda Chatrian.

— Pas uniquement l'exposé de sa mission, en tout cas.

— Je ne suis pas assez naïf pour avoir avalé cette explication, rétorqua le Français. Qu'y avait-il d'autre ?

Le commissaire prit son fume-cigarette, l'examina, y glissa une de ses habituelles américaines et le reposa sans l'allumer.

— J'avais juré d'arrêter de fumer le jour où j'aurais réussi à coincer ces salauds.

— Pour l'instant, ils sont encore en liberté, observa Chatrian.

— Plus pour longtemps, Maurice, croyez-moi.

Sans transition, il enchaîna :

— Les documents que vous a confiés Sorel ont trait à la filière européenne. S'ils étaient tombés entre les mains de nos adversaires, tout le travail de votre ami aurait été à recommencer. Il était très soupçonneux et je crois qu'il voulait s'assurer de pouvoir me faire confiance avant de m'en confier une copie.

— Mais, pourquoi son meurtrier ne les a-t-il pas emportés ? Ils se trouvaient à portée de sa main, non ?

Van Luc fit la moue.

— Même quand on a résolu une enquête, il subsiste souvent des zones d'ombre. Il est possible que Sorel ait surpris deux hommes en train de fouiller sa chambre et que ceux-ci l'aient tué dans un accès de panique. Ensuite, ils ont entendu des pas dans l'escalier, comme vous l'a dit Shan, et ils se sont promis de revenir dès que la voie serait libre. Entre-temps, vous aviez planqué la mallette dans un endroit si évident qu'ils n'ont même pas pensé à aller regarder sous votre lit lorsqu'ils ont fait disparaître le cadavre. Vous vous souvenez : *La Lettre volée*, d'Edgar Alan Poe ? Quoi qu'il en soit, vous avez bien fait de ne pas la porter aux services du commissaire de la République. Vous auriez plus que probablement eu affaire à Jacques Lefort, or le major Armand vient tout juste de m'informer qu'il l'a identifié comme étant la brebis galeuse.

— Il l'a... interrogé ?

— Il n'en a pas eu le temps. Quand il a compris qu'il était démasqué, Lefort s'est tiré une balle dans la tête. La peur du scandale, je suppose. Certaines personnes ont un bien curieux sens de l'honneur...

— Que comptez-vous faire, maintenant ? s'enquit Chatrian.

— Vous emmener retrouver votre belle inconnue et déclencher l'opération de ratissage en collaboration avec les hommes du major Armand. Je compte laisser à mon collègue français le soin d'assurer les arrestations ici, à Cholon, ainsi nous ne risquerons pas de fuite intempestive. Lorsque j'organise une descente dans une salle de jeu clandestin, il n'est pas rare que je ne trouve qu'un lieu vide là où, la veille, l'argent et la gnôle circulaient à flots. Je me retrouve gros Jean comme devant tandis qu'un de mes agents voit son bas de laine s'arrondir.

— Vous ne plaisantiez donc pas, la corruption n'est pas qu'une rumeur ? fit Chatrian.

— Elle est sans doute moins répandue qu'on ne le prétend, mais plus qu'on ne voudrait l'admettre. Allons ! Juste un coup de fil à passer et je vous ramène chez vous. J'en profiterai pour récupérer Tien-tin au passage. Ensuite, lui et moi irons rendre une petite visite à ce cher Andrew Blake, citoyen américain. Pendant ce temps-là, vous pourrez vous occuper de mademoiselle Tran.

Le commissaire décrocha son combiné. Il appuya l'écouteur contre son menton, le doigt en suspension au-dessus du clavier, et regarda son interlocuteur avec une gravité non dénuée de sympathie.

— Je ne devrais pas vous dire ça, Maurice, mais... vous avez été une sorte de joker dans mon jeu. Armand voulait vous obliger à rentrer dans le rang et je lui ai conseillé de vous laisser faire. Après tout, personne ne vous avait rien demandé, et j'avais appris par votre ami Masson que vous vous en étiez bien sorti pendant la guerre, or en ce temps-là vous vous mesuriez à tout un Reich...

— Masson ? intervint Chatrian, intrigué.

— C'est le vrai nom de Sorel, expliqua Van Luc. Il s'était renseigné sur vous avant votre départ. Un type qui veut se rendre à Saigon pour trouver une femme... bref, votre histoire lui paraissait suspecte. Après s'être procuré votre dossier, il était à moitié rassuré. Il l'a été entièrement une fois qu'il a appris à vous connaître. De mon côté, j'avais acquis la certitude que vous sauriez à quel moment vous retirer du jeu de vous-même. Et puis, je vous avais donné un garde du corps. Nos adversaires, de leur côté, ne savaient comment vous appréhender. En définitive, c'est sans doute ce qui les a poussés à la faute. Vous nous avez fait gagner un temps précieux.

— Ainsi, Sorel m'a bel et bien utilisé comme une sorte de paratonnerre, pour reprendre l'expression du major Armand.

— Il n'imaginait pas nous quitter si tôt.

— En tout cas, dit Chatrian, je vous passe bien volontiers le témoin. Maintenant, je vais essayer de résoudre mes problèmes avec le même bonheur... ce qui n'est pas gagné d'avance.

Van Luc composa un numéro de téléphone et attendit un long moment que son correspondant décroche.

— Allô, Armand ?... Commissaire Van Luc. Que diriez-vous d'une partie de pêche, aujourd'hui ? Le temps me paraît tout indiqué... Bien sûr, je quitte mon bureau dans trois minutes... Très bien, disons dans une heure trente ?... Parfait. N'oubliez pas d'apporter votre matériel pour le gros.

Il raccrocha et considéra son visiteur avec un petit sourire amusé.

— Que voulez-vous ? Si quelqu'un avait l'idée de surveiller mes communications... il vaut mieux que je reste prudent. Vous me direz que c'est un peu cousu de fil blanc, cette histoire de pêche, mais j'ai horreur de me casser la tête pour inventer des codes qui deviennent encore plus transparents, à force d'être alambiqués.

— Décidément, observa Chatrian, vous nourrissez une vraie passion pour *La Lettre volée*, François.

Le commissaire se leva et fit signe à son visiteur de le suivre.

— J'aime la littérature en général, Maurice. Rappelez-moi de vous demander de m'offrir un de vos romans, quand j'aurai bouclé cette affaire. Allons, je vous ramène chez vous.

34

— Ça veut dire que je ne suis plus en danger ? demanda Shan lorsque le commissaire et Tien-tin eurent quitté l'appartement de Chatrian.

— Ça veut dire que dans quelques minutes tu n'auras plus rien à craindre, Shan, c'est bien cela, répondit le Français avec un large sourire. Van Luc va procéder à l'arrestation d'Andrew Blake pendant que les hommes d'Armand procéderont à celle de ses complices, à Cholon. D'après ce que m'a appris François dans la voiture, tout est prêt depuis quelques jours. Ils n'attendaient plus que le nom de celui qui tirait les ficelles pour boucler leur petit monde. Du menu fretin passera, sûrement, à travers les mailles du filet, mais ceux-là ne savent rien et deviendront parfaitement inoffensifs dès lors que les gros poissons seront sous les verrous.

Tout en ramenant Chatrian chez lui, le commissaire Van Luc lui avait fourni les derniers éléments du puzzle. C'est ainsi que le Français avait appris que des membres des services secrets français surveillaient en permanence une série de notables de Cholon, parmi lesquels deux juges, ainsi que des fonctionnaires français grâce à qui l'opium quittait le pays dans des cercueils censés ramener à leurs familles des soldats tués au front.

« Il est probable que si vous n'aviez pas eu un tempérament de loup solitaire, conclut le policier, nous en serions toujours à nous creuser la cervelle en vain. Et vous, Maurice, que comptez-vous faire, maintenant ? »

Le Français avait poussé un profond soupir.

« Huong a été licenciée de l'institut Pasteur. Son avenir n'est plus ici et après l'humiliation qu'elle vient de subir, elle n'a aucune envie d'aller s'installer en France. Je ne peux que la comprendre. Quant à moi... je n'ai pas envie de revenir en arrière. J'espérais pouvoir m'installer ici, mais...

— Ici, l'avenir est aussi bouché pour vous que pour elle, l'avait coupé Van Luc.

— Maintenant que j'ai l'esprit dégagé, je vais enfin pouvoir réfléchir posément à cette question. Nous devrions être en mesure de trouver un endroit sur cette planète où il sera possible de vivre heureux ensemble. La Belgique, peut-être... ou la Suisse, elle a toujours été neutre. Mais, j'ai peur que le climat de ces pays ne soit difficilement supportable pour Huong. Entre la pluie et la neige...

— Si je puis vous aider, Maurice, n'hésitez pas à faire appel à moi. Je vous dois bien ça. »

Le Français sourit. Il lui avait fallu évoquer le climat de pays comme la Suisse et la Belgique pour réaliser que la température toujours aussi étouffante de Saigon ne lui était plus aussi insupportable qu'aux premiers jours. Les odeurs fortes des marchés ne l'incommodaient plus. Les restaurants improvisés sur les trottoirs lui paraissaient accueillants, leur nourriture savoureuse. A vrai dire, il aurait du mal, désormais, à imaginer une rue sans ses marchandes de soupe et un marché sans ses durians, ses fruits du dragon et même sans ces blocs de sang séché sur lesquels aimaient butiner les mouches.

Oui, Sorel, songea-t-il, l'Asie va me manquer.

Au moment de pousser la porte de son appartement, Maurice Chatrian avait ressenti un petit pincement au cœur. Il avait quitté Huong après une première nuit d'amour et il se demandait si la jeune femme n'avait pas eu le temps, pendant son absence, de réaliser qu'elle était restée avec lui uniquement parce qu'elle se sentait déprimée après l'effondrement de ses perspectives d'avenir. En retrouvant ses esprits, n'avait-elle pas réalisé que tout était allé trop vite entre eux ? Qu'il ne pouvait exister d'avenir commun pour elle, la Vietnamienne, et lui, le Français ? Qu'il...

A peine eut-il aperçu son regard, en pénétrant dans le grand salon, qu'il comprit que ses inquiétudes étaient non fondées. Elle avait toutefois attendu le départ des policiers pour se jeter dans ses bras.

— Promets-moi de ne plus risquer ta vie comme ça à l'avenir, Maurice. Je n'aurais pas aimé te perdre après une seule nuit, lui glissa-t-elle à l'oreille.

— Cette histoire ne me concerne plus. Nous allons pouvoir penser à nous, désormais.

Shan les laissa profiter de leurs retrouvailles avant de les interrompre :

— Je crois que je n'ai plus ma place ici, annonça-t-elle enfin. Il vaudrait mieux que je m'en aille.

Huong chercha à lui faire comprendre qu'elle ne voulait pas la pousser dehors. Pourquoi ne resterait-elle pas au service de Chatrian ? Elle pourrait continuer à s'occuper du ménage et de la cuisine... elle pourrait même faire le marché elle-même, maintenant qu'elle n'avait plus à se cacher.

L'adolescente lui expliqua que c'était impossible. Elle lui raconta les circonstances de sa rencontre avec Chatrian, au Sun-Wah. La façon si respectueuse qu'avait eue le Français de la traiter, elle, « la petite suceuse de bites ». L'argent qu'il lui avait offert pour s'acheter une robe. Comment il lui avait sauvé la vie...

Après avoir quitté Maurice, ses billets glissés sous l'élastique de sa petite culotte, elle avait longuement réfléchi. Elle savait qu'elle n'avait rien à craindre de Naiji tant qu'elle resterait au Sun-Wah. Cependant, aussi longtemps qu'elle serait soumise aux caprices de ce petit maquereau, elle ne retrouverait pas sa dignité. Sa vie ne lui appartiendrait pas. Chatrian avait fait plus que lui sauver la vie, il lui avait donné l'opportunité de la vivre.

Elle ne dit pas qu'elle l'aimait. C'était parfaitement inutile. Il y avait ses regards, ses silences, ses larmes qu'elle refoulait de plus en plus difficilement. Huong s'approcha de l'adolescente. Elle la prit dans ses bras et la serra longuement contre son cœur, sans rompre le silence qui avait suivi la confession de Shan.

Il y avait une infinie tendresse dans les yeux de la jeune femme quand elle se tourna vers Chatrian.

— Où comptes-tu aller ? demanda le Français.

L'adolescente ne leva pas les yeux. Elle murmura :

— Quand j'ai quitté le Sun-Wah, je suis allée demander l'hospitalité aux sœurs de l'institut religieux où j'ai fait mes études avant le... le départ de mon père. Elles ne m'avaient pas oubliée. Elles ont été très gentilles et m'ont assurée que je pourrais revenir quand je le voudrais.

— Ce n'est pas une solution à long terme, déclara Chatrian, en songeant au moment où le Viêt-minh entrerait à Saigon. Dans un premier temps, peut-être, mais je ne veux pas t'abandonner ici, Shan.

L'adolescente s'arracha à l'étreinte de Huong et s'enfuit vers sa chambre où elle donna, enfin, libre cours à ses pleurs.

Le Français serra les dents.

— Je vais trouver une solution pour elle, dit-il.

— Tu es généreux, Maurice, observa la chercheuse en caressant le visage de son amant. Et nous, qu'allons-nous devenir ?

Il la prit dans ses bras et déclara :

— Maintenant que j'ai l'esprit libre, je vais m'occuper de notre avenir. Accorde-moi un peu de temps. Je trouverai une solution pour nous également. Mais une chose est sûre, je ne veux pas te perdre, Huong.

La jeune femme sourit :

— Je te fais confiance, Maurice, dit-elle.

Puis, après une pause, elle murmura :

— Il serait bon que je rentre chez moi.

— N'es-tu pas bien ici ? s'inquiéta-t-il.

Elle rit.

— Très bien, Maurice, mais toutes mes affaires sont chez moi. Et puis... il faut que je mette un peu d'ordre dans ma vie. Je n'ai pas encore bien réalisé ce qui m'est arrivé hier, et ce que cela implique.

— Tu pourrais amener quelques vêtements ici, suggéra-t-il.

— Et des affaires de toilette, compléta-t-elle en souriant. Oui, c'est une bonne idée.

Il se sentit rassuré.

— Bien, je crois que je viens de trouver une solution pour l'avenir de Shan. Elle n'est sans doute pas allergique à la France, elle. Mais avant de lui en parler, je dois passer à la poste. Juste un coup de fil à donner. Veux-tu que nous nous retrouvions ici ce soir ?

— Accorde-moi une nuit, répondit Huong. Tout est allé si vite... J'ai besoin de me retrouver avec moi-même. Je reviendrai ici demain, dans la matinée. Je te le promets.

— D'accord, Huong, je ne veux pas te bousculer.

Ils s'embrassèrent et la jeune femme partit. Chatrian alla rejoindre Shan dans sa chambre.

— Que dirais-tu d'aller vivre à Paris ? lui demanda-t-il.

— Paris ? s'exclama l'adolescente. J'ai vu des photos de Paris dans des livres... chez les sœurs. C'est très beau.

— Alors, qu'en dis-tu ?

— Mais qu'irais-je faire à Paris ? Comment pourrais-je y vivre ? Je n'ai pas d'argent...

— Rassure-toi, si tu acceptes, je m'occuperai de tout.

Elle hésita et murmura :

— Je sais que tu feras pour le mieux, Maurice. Je te fais confiance.

— Alors, attends-moi ici. Promets-moi de ne pas partir avant mon retour.

L'adolescente promit et Chatrian se rendit à la poste. Là, il appela Solange, qui se dit heureuse de l'entendre et lui assura que le divorce était en bonne voie.

— Père s'est calmé, dit-elle. Grâce à ses relations, les démarches ne devraient pas être trop longues. Surtout avec les papiers que tu as pris la peine de signer avant ton départ. Ton notaire m'a contactée.

Elle lui expliqua également qu'elle avait décidé de prendre des cours de chant.

— Un vieux rêve. Tu vois, je ne suis pas à plaindre.

Elle lui posa mille questions sur la vie dans les colonies et Maurice lui parla de la jeune Shan, sans lui préciser les circonstances de leur rencontre.

— Si tu acceptais, elle pourrait s'occuper du ménage pour toi. En outre, c'est une excellente cuisinière. Il lui faudra un peu de temps pour se familiariser avec la cuisine française, mais je suis sûr que tu n'auras qu'à te louer de ses services.

Solange ne souleva aucune objection à l'idée d'accueillir l'adolescente. Elle promit de s'occuper de Shan comme d'une amie, puis elle demanda à Maurice s'il avait retrouvé son inconnue.

— Oui, dit-il, laconique.

— Es-tu heureux, Maurice ? demanda-t-elle encore.

— Je le suis, Solange.

— Alors, tout est bien. Tu crois que nous pourrons rester amis ?

Il n'hésita pas pour répondre :

— Bien sûr, Solange. Je te tiendrai au courant de ce que je déciderai quant à mon avenir.

Avant de raccrocher, Chatrian dit encore :

— Tu sais, j'ai commencé un nouveau roman.

— J'en suis très heureuse, dit-elle. Je suis impatiente de le lire, Maurice. Prends bien soin de toi.

Chatrian rentrait chez lui quand son chemin croisa celui d'Alain Leroy. Les deux hommes s'installèrent à la terrasse du café de la Musique, en face du théâtre.

— Vos informations se sont révélées exactes, Alain, annonça-t-il. La police est en train de procéder à l'arrestation de la bande, à Cholon. Quant à Van Luc, il a dû mettre la main sur Blake. Voilà une affaire qui se termine pour le mieux. Pardonnez-moi de m'être montré soupçonneux envers vous.

Le journaliste éclata de rire.

— Dans votre situation, je suppose que j'aurais été encore plus méfiant.

Puis Leroy informa son ami de la teneur de la dernière réunion organisée par le haut commandement français. Le général Navarre, nouveau commandant en chef français en Indochine, parlait de faire évacuer le camp retranché de Na San et de rassembler l'essentiel des forces françaises dans la cuvette de Diên Biên Phu, en pays thaï.

— Son idée est de contraindre les forces de Giap à se concentrer en un point où il sera plus facile à nos troupes de les décimer. Des opérations de maquis seront également organisées dans la région.

— Et si Giap ne tombe pas dans le piège ? demanda Chatrian.

— C'est peu probable, vieux frère, la région est un centre agricole prospère. En l'occupant, nos troupes couperont le Viêt-minh d'une source d'approvisionnement majeure. Il ne pourra rester sans réaction. En outre, Blake et ses petits amis ne sont pas les seuls à tirer profit de l'opium. Le pays thaï en est la première zone de production. Le Viêt-minh a pris en charge la vente clandestine de l'opium dans toute l'Indochine afin de financer les fournitures d'armes et de munitions de la Chine communiste. Cette fois, je crois que la France s'apprête à franchir un pas important vers la victoire. Le plan du général Navarre devrait sonner le glas pour Ho et les siens. Diên Biên Phu résonnera, un jour, de façon glorieuse pour la France. N'en doutez pas, Maurice. Ah, ça, je n'y croyais plus depuis la mort du roi Jean.

Chatrian n'était pas aussi optimiste que son ami. Il se souvenait que l'hélicoptère qui les avait conduits à Lai Chau avait survolé la région en question, et l'idée de masser le gros des troupes françaises au fond d'une cuvette naturelle lui paraissait plus relever du suicide que de l'idée de génie, mais il n'était pas un fin tacticien militaire et il conclut qu'un général de la trempe d'Henri Navarre saurait mieux que lui comment remporter une guerre.

Leroy orienta, ensuite, la conversation vers des sujets plus légers. Il voulut savoir si son ami avait eu l'occasion de revoir sa belle inconnue et Maurice l'informa de son nouveau bonheur.

— En définitive, tout s'annonce pour le mieux, conclut-il. La mission de Sorel a été menée à bien. Je vais, enfin, pouvoir remettre au major Armand les documents qu'il m'avait confiés. J'ai retrouvé Huong, ma femme organise notre divorce et accepte de prendre Shan à son service...

— Shan ? s'exclama le journaliste.

— C'est vrai que je ne vous ai pas encore parlé d'elle. Vous souvenez-vous de la jeune fille que vous avez entr'aperçue chez moi, le matin où nous nous sommes rendus à Lai Chau, avec Blake ?

Et Chatrian raconta à son ami l'histoire de l'adolescente, depuis les circonstances de leur rencontre au Sun-Wah, en passant par son arrivée impromptue rue Paul-Blanchy et sa fuite à la suite de la visite des deux journalistes.

— Elle était présente le soir du meurtre de Sorel ; elle a vu son meurtrier et entendu la voix d'un deuxième homme qui paraissait donner les ordres.

— Elle ne l'a pas vu ? s'enquit Leroy.

— Non, elle avait trop peur qu'il la fasse supprimer et elle s'est caché le visage derrière ses cheveux.

— Dommage, elle aurait pu identifier Blake et là, son compte aurait été bon. En l'absence de témoin, il plongera pour trafic de drogue, c'est sûr, mais faute d'aveux, il risque de s'en tirer pour le meurtre de Sorel.

Chatrian sourit.

— Ne vous en faites pas pour ça. Elle sera parfaitement capable de l'identifier. Le matin où vous étiez chez moi, Blake et vous, elle a reconnu sa voix. Elle témoignera et son compte sera bon une fois pour toutes.

Leroy sourit.

— Ces Américains se croient toujours si malins et c'est une petite va-nu-pieds de Vietnamienne qui va faire tomber celui-là ! Ironie du sort !

Le journaliste regarda sa montre et annonça qu'il devait rentrer pour boucler son papier.

— Pour une fois que j'ai l'occasion d'annoncer que le ciel se dégage, je ne tiens pas à laisser mes collègues embrouiller les esprits en prétendant que Navarre se fourvoie. Décidément, voici une bien belle journée !

Les deux amis se séparèrent et Chatrian se résolut, en définitive, à retrouver l'appartement où le parfum de Huong devait flotter aussi douloureusement que son absence. Il devait informer Shan des mesures qu'il venait de prendre pour assurer son avenir.

Il n'avait pas réintégré l'appartement de la rue Paul-Blanchy depuis vingt minutes qu'on frappa à sa porte. Il alla ouvrir et se trouva face à Alain Leroy. Le journaliste paraissait agité. Il fit signe à son ami de sortir et repoussa la porte derrière lui.

35

— Je ne veux pas inquiéter votre protégée, expliqua-t-il.

— Que se passe-t-il ? demanda Chatrian, intrigué.

— Ecoutez, elle n'est plus en sécurité chez vous.

— Que voulez-vous dire, Alain ?

— Je rentrais chez moi quand j'ai croisé le major Armand. A Cholon, tout s'est bien passé, mais ici... Blake a glissé entre les mains de Van Luc. Le commissaire s'est lancé à sa poursuite avec un de ses hommes, mais si j'en crois le major, Blake est un petit malin. Il n'est pas près de se laisser attraper.

— Et vous croyez... ? commença Chatrian.

— Vous l'avez dit vous-même, Maurice, la petite est la seule qui soit en mesure de l'identifier ; comme elle est la seule à pouvoir identifier le meurtrier de Sorel. Car ne l'oubliez pas, la police n'a pas encore la moindre idée de son identité. Et même si votre petite protégée réussissait à l'identifier parmi les complices de Blake appréhendés à Cholon, soyez sûr que ni Van Luc ni Armand ne réussiront à le convaincre de dénoncer son chef, et ce pour tout l'or du monde. Il restera silencieux comme une tombe. Il faut la faire partir d'ici. Si vous le voulez... ma voiture est en bas, je puis la déposer à l'institut religieux où elle a déjà trouvé refuge une première fois.

Chatrian hésita, puis déclara :

— Vous avez raison, Alain. Il faut la mettre à l'abri en attendant que j'aie organisé son départ pour la France. Il n'y a pas de temps à perdre.

— Je l'attends dans la voiture. Envoyez-la-moi.

Le journaliste redescendit les escaliers quatre à quatre et Chatrian pénétra dans l'appartement. La petite Shan était collée contre le mur de l'entrée, juste à côté de la porte.

— Tu as entendu ? demanda-t-il.

Elle secoua la tête. Elle paraissait terrorisée.

— Ne sois pas inquiète, dit-il en la prenant par les épaules. Leroy est un ami à qui on peut se fier. Il va te conduire là où tu voulais aller. De mon côté, je vais faire le nécessaire pour t'obtenir un visa et un billet d'avion le plus rapidement possible. Les autorités françaises me doivent bien ça. Et quand tu seras à Paris, tu n'auras plus rien à craindre. Tu verras...

— Maurice... le coupa l'adolescente.

— Tout ira bien, Shan. Ce n'est qu'une question de quelques jours.

— Maurice, l'interrompit à nouveau l'adolescente. C'est lui !

— Lui ? répéta Chatrian, interloqué.

— L'homme qui était dans la chambre, avec le meurtrier de ton ami... ce n'est pas l'autre qui était venu ici, avant ton départ pour Lai Chau. C'est lui !

36

La voiture roulait depuis près d'une demi-heure et les immeubles qui bordaient la route commençaient à se raréfier, cédant la place à de nouvelles étendues de rizières. Alain Leroy n'avait pas desserré les dents. Il avait paru contrarié quand Chatrian lui avait annoncé qu'il désirait accompagner Shan. En fait, l'écrivain lui avait expliqué qu'il tenait à s'entretenir avec les religieuses afin de les informer honnêtement de la situation de l'adolescente. Il se refusait à les laisser dans l'ignorance du risque qu'elles prenaient en recueillant une gamine qu'un tueur s'était promis de faire taire.

« C'est une question d'honnêteté », avait-il déclaré.

Le journaliste s'était contenté d'acquiescer de quelques onomatopées.

S'il ne se décidait pas à ouvrir la bouche depuis qu'ils avaient quitté la rue Paul-Blanchy, il n'en allait pas de même pour Chatrian, qui se montrait intarissable. Il évoquait Paris à l'intention de Shan. Paris et ses bouquinistes le long des quais de la Seine. Paris et ses bistros à tous les coins de rue – ces merveilleux bistros avec leurs petits crèmes et leurs croissants au beurre sans rivaux dans le monde entier. Paris et son opéra Garnier, où les plus grandes voix se produisaient. Paris et ses bals populaires...

Il fredonna même *La Petite Tonkinoise* de Vincent Scotto, décédé quelques mois plus tôt, mais aussi le refrain de *L'Ame des poètes*, du grand Trenet. Il alla jusqu'à commenter l'interprétation magistrale du *Knock* de Jules Romains par Louis Jouvet, qu'il avait eu la chance de rencontrer à l'occasion de la première, cela faisait déjà presque... mon Dieu, deux ans déjà !

Un barrage se dressa bientôt devant eux et Leroy dut s'arrêter en pestant.

Un sergent demanda à examiner sa carte de presse et son permis de circulation. Shan, elle, ne possédait aucun papier. Chatrian voulut se porter garant pour l'adolescente, mais cela ne suffit pas au sergent, qui se méfiait d'une éventuelle infiltration ennemie. L'écrivain lui fit observer que si des agents du Viêt-minh voulaient organiser un nouveau sabotage, ils chercheraient à pénétrer dans Saigon plutôt qu'à en sortir et qu'ils ne se feraient pas accompagner par deux représentants de la presse française, à moins de vouloir s'assurer une couverture médiatique immédiate, auquel cas ils auraient fait appel à des cameramen.

Le sergent manquait d'humour et son esprit commençait à s'échauffer. Il ordonna à l'adolescente de descendre de voiture.

— Il ne sert à rien de nous les mettre à dos, dit Chatrian. Fais ce qu'il te demande, Shan.

Quand elle fut descendue de voiture, il se tourna vers Leroy et suggéra :

— Vous devriez peut-être essayer de discuter avec un officier. Je crois que vous avez plus que moi l'habitude de ce genre de situations.

Leroy sortit quelques billets de sa poche et répondit :

— Je devrais pouvoir arranger ça.

Chatrian le gratifia d'un sourire. Il suivit des yeux le journaliste qui se dirigeait vers une cabane en torchis dans laquelle le sergent avait poussé la jeune Shan. Quand Leroy eut disparu à son tour à l'intérieur du poste de garde, Chatrian s'empressa d'ouvrir la boîte à gants. Elle ne renfermait pas d'arme. Il se pencha par-dessus le siège du conducteur et glissa la main dans le vide-poches de la portière. Comme il s'y attendait, il y trouva un automatique de fabrication russe. Il le ramena à lui et d'un coup de pouce il en éjecta le chargeur ; une à une, il fit sauter les cartouches dans sa main avant de les glisser dans la poche de son pantalon.

Il releva les yeux et, s'étant assuré que Leroy était toujours à l'intérieur du poste de garde, vérifia qu'aucune balle n'était engagée dans la chambre de l'automatique. Enfin, il remit le chargeur vide en place et l'arme dans le vide-poches de la portière.

Il était temps. Leroy émergeait de la cabane en torchis en compagnie d'un officier souriant. Shan ne tarda pas à le rejoindre et, prenant l'adolescente par les épaules, le journaliste la ramena vers la voiture. Quand il eut remis le contact et qu'il se fut éloigné du barrage de quelques dizaines de mètres, il commenta :

— On dit qu'en France tout finit par des chansons, mais c'est faux. C'est comme partout ailleurs, et comme ici : tout finit par des pots-de-vin !

Puis, se tournant vers une Shan à l'expression terrifiée, il ajouta :

— Ne vous en faites pas, petite. Bientôt, vous serez en sécurité chez vos religieuses, et Blake sera sous les verrous, hors d'état de vous nuire. Où voulez-vous qu'il aille ? Nous sommes dans un pays en guerre, non ?

Chatrian fit la grimace.

— N'oublions pas que le cerveau de cette opération est très fort, dit-il. Voilà des mois qu'il fait la nique aux autorités. Qui sait ce qu'il nous réserve encore !

Et se tournant vers Leroy, il ajouta, avec un petit sourire :

— Qui dit qu'en ce moment même nous ne sommes pas dans sa ligne de mire ?

Le journaliste ne répondit pas. Il continua à rouler quelques minutes en silence, puis il arrêta la voiture sur le bord de la route. Avec une célérité surprenante, il braqua son automatique sur Chatrian.

— Depuis quand avez-vous compris, Maurice ? demanda-t-il.

Chatrian eut un mouvement instinctif de recul, mais il se reprit bien vite et répondit :

— Si vous n'étiez pas venu vous proposer pour conduire Shan chez les religieuses, je ne me serais jamais douté de rien, répondit-il. Oh ! vous avez pris soin de ne pas entrer chez moi, puisque vous saviez que Shan était en mesure de reconnaître votre voix. Mais la petite vit tellement dans la peur depuis qu'elle a quitté le Sun-Wah... elle avait l'oreille collée à la porte. Si vous vous étiez évité ce petit faux pas, vous seriez passé à travers les gouttes.

Le journaliste secoua la tête.

— Hélas, mon cher Maurice. Je n'avais plus vraiment le choix. La police a arrêté le meurtrier de Sorel. Il ne parlera pas, mais disons que... cela les amènera inévitablement à s'intéresser à moi.

Chatrian fronça les sourcils. Quand il avait quitté Leroy, le journaliste rentrait chez lui. Il ne s'était guère écoulé plus d'un quart d'heure avant qu'il ne vienne sonner à la porte de l'appartement de la rue Paul-Blanchy.

— Le meurtrier de Sorel, risqua Chatrian, c'est Vinh, n'est-ce pas ?

Leroy ne répondit pas, mais son sourire était suffisamment éloquent.

— J'aurais dû m'en douter. Blake avait l'air tellement mal à l'aise le jour où je l'ai surpris en pleine discussion avec votre assistant...

Le journaliste éclata de rire.

— Allons, vieux frère, vous faites fausse route ! Ce brave Blake n'est pour rien dans cette histoire. C'est un pauvre pisse-copie qui cuisinait Vinh dans l'espoir de décrocher le scoop de sa carrière !

— Je croyais qu'il n'avait jamais publié le moindre papier dans le *Chicago Tribune*...

— Et pour cause ! Je n'aurais jamais couru le risque de vous mentir sur un point dont vous n'auriez eu aucune peine à vérifier l'authenticité... et puis c'était parfaitement inutile, en l'occurrence. Non, ce brave Andrew doit bosser pour la feuille de chou d'un bled paumé quelque part au fin fond d'un Etat genre Pennsylvanie... à Nanty Glo, à Punxsutawney ou bien à...

— Je n'avais encore jamais remarqué à quel point vous pouviez être méprisant envers vos confrères, Alain, l'interrompit Chatrian.

— Vous n'avez pas remarqué grand-chose, il me semble, vieux frère. Sans quoi, vous ne seriez pas ici. Allons, sortez de la voiture. Il fait étouffant ici, nous serons plus à l'aise à l'extérieur pour poursuivre cette passionnante discussion. Et... je vous en prie, Maurice, ne jouez pas les héros, je suis une fine gâchette.

Chatrian ouvrit la portière et sortit en prenant soin de ne pas faire de mouvement brusque. Il adressa un petit signe de la main à Shan pour lui enjoindre de rester dans la voiture. Un buffle était couché au creux d'une mare boueuse de la rizière vers laquelle Leroy ordonna à son compagnon d'avancer ; l'animal ne releva même pas la tête quand les deux hommes passèrent à moins d'un mètre de lui.

— Qu'espériez-vous en venant chez moi ? demanda Chatrian.

Leroy haussa les épaules.

— A vrai dire, j'espérais surtout vous épargner, Maurice. Cela va vous paraître stupide, mais je vous ai pris en amitié et j'espérais sincèrement que vous pourriez vous en tirer sans mal. Mon plan était simple. Ce sont les meilleurs, croyez-moi. J'emmenais Shan chez ses religieuses, je m'arrêtais ici... Savez-vous que nous sommes presque arrivés à destination ? Eh oui, que voulez-vous ? Des filles comme Huong fréquentaient le couvent des

Oiseaux, à Dalat, puis l'université de Saigon, mais les miséreuses, les laissées-pour-compte comme...

— Pas de mélo, Alain, le coupa Chatrian. Vous allez m'arracher des larmes.

Le journaliste sourit.

— Vous avez raison, vieux frère. Donc, je me serais arrêté ici, comme nous le faisons en ce moment, et je l'aurais liquidée proprement et sans la faire souffrir... juste par amitié pour vous. Ensuite, je me serais probablement tiré une balle dans le gras du bras ou de la jambe. J'aurais culbuté la voiture dans la rizière et j'y aurais mis le feu – certaines situations nécessitent des sacrifices conséquents. Enfin, je me serais traîné jusqu'à l'institution des bonnes sœurs. Là, encore en état de choc, j'aurais raconté comment nous nous étions fait attaquer par un commando Viêt-minh et comment, par un coup de chance incroyable, j'avais réussi à fuir. La pauvre Shan, elle, malheureusement, était morte dès le premier coup de feu. Ces pauvres femmes vivent tellement dans la crainte de...

— Malheureusement, les choses ne se sont pas déroulées ainsi que vous l'aviez prévu, le coupa Chatrian. Les plans les plus simples ne sont donc pas toujours les meilleurs.

— C'est vrai, dit Leroy avec un soupir. En partie tout au moins, car, si l'on considère bien la situation, les choses ne sont guère différentes de mes prévisions. La seule modification tient à votre présence. Et c'est regrettable, j'en conviens, puisque, comme je vous l'ai dit, je me suis pris de sympathie pour vous. Seulement, ma sympathie ne me poussera jamais à compromettre mes chances de m'en tirer.

— Allons, Alain, c'est stupide. Vinh ne vous protégera pas...

— Vinh ne craint ni la mort ni la torture, Maurice. Et puis, il lui suffira de confirmer aux policiers que le chef de la bande se nomme Blake. Le pauvre garçon aura, alors, beau faire et beau dire…

— Ecoutez, Alain, il n'est pas trop tard. Moi aussi, j'éprouve de la sympathie pour vous. En tout cas, j'en ai éprouvé. Et je me dois de vous prévenir que vous avez commis une seconde erreur.

Le front du journaliste s'assombrit. Toujours aussi calme, Chatrian poursuivit :

— Vous avez cru que Shan ne pouvait vous entendre, or elle a reconnu votre voix. C'est pourquoi j'ai tenu à l'accompagner.

— Dans ce cas, c'est vous qui avez commis une erreur, corrigea Leroy. Pas moi.

Chatrian sourit en secouant la tête de droite à gauche.

— Vous auriez dû l'attendre sur le palier et repartir avec elle, seulement vous aviez trop peur qu'elle n'identifie votre voix avant d'être dans l'impossibilité de vous échapper, alors vous êtes allé l'attendre dans votre voiture. Cela m'a donné le temps de confier un message à cette brave Ngoc. Un message destiné au commissaire Van Luc. A votre place, je surveillerais la route. Il ne devrait plus tarder à arriver.

Le journaliste éclata de rire.

— Merci, Maurice. Je vais donc abréger nos adieux.

Alain Leroy leva son arme et Chatrian lui lança :

— Alain ! Vous avez parlé d'amitié. Il n'est pas encore trop tard…

Leroy sourit en secouant la tête avec une expression désolée, laquelle se transforma en rage quand le chien de son automatique claqua dans le vide. Il pressa à nouveau la gâchette, pour un même résultat, tandis que Chatrian plongeait la main dans sa poche. Il en sortit les cartouches, les laissa tomber négligemment dans l'eau de la rizière.

— J'espérais sincèrement que nous n'aurions pas à en arriver là… « vieux frère », dit-il en pointant le Browning de Sorel sur le journaliste.

Il tourna son regard en direction de la route qui demeurait désespérément déserte. Le buffle s'ébroua faiblement et Chatrian remarqua que sa corne gauche était brisée à sa moitié. Dans la voiture, Shan avait baissé la vitre et suivait la scène, le cœur au bord des lèvres.

Le journaliste sourit et s'avança.

— Tu ne tireras pas, Maurice. Tu l'as dit toi-même : la guerre ne te concerne pas. Tu es un romantique.

Chatrian secoua la tête.

— Ceci n'a rien à voir avec la guerre, Alain, et un romantique peut se révéler impitoyable quand on s'attaque à ses valeurs. Maintenant, je te conseille de ne pas faire un pas de plus.

Le journaliste continua à avancer. Chatrian lui autorisa trois pas de plus, puis, abaissant son arme, il lui tira dans la cuisse. Une balle. Juste une.

Dans le regard du journaliste, il vit passer une brève lueur d'incompréhension. D'incrédulité. Il paraissait évident qu'Alain Leroy se demandait comment un homme aussi tranquille que Chatrian, un homme obsédé par un rêve d'amour devenu réalité, avait réussi à percer son jeu à jour. Il était tellement convaincu de détenir toutes les cartes majeures, et voilà qu'un rêveur s'était montré plus subtil que les forces de police françaises et vietnamiennes réunies.

En pressant la détente, Chatrian n'avait pas eu d'autre intention que d'immobiliser Leroy, mais le projectile avait perforé l'artère fémorale. Les deux hommes furent aussi surpris l'un que l'autre par la violence avec laquelle le sang se mit à gicler. Chatrian resta un long moment à contempler son ami qui se vidait de son sang. Il était intrigué de ne pas éprouver l'ombre d'un remords. A vrai dire, il se prenait même à regretter de n'avoir pas eu l'occasion d'accomplir ce geste plus tôt.

Combien de souffrances aurait-il pu éviter ?

Leroy sourit avec un rien de défi.

— Tu vois, dit-il, en pressant le poing contre son aine dans l'espoir d'endiguer l'hémorragie, c'est moi qui avais raison. Il a bien fallu que tu prennes parti, en définitive. Même en Suisse, la neutralité n'est qu'un mot vide de sens.

Chatrian secoua la tête avant de répondre :

— Tu te trompes, Alain, je n'ai pas pris parti. Pas au sens où tu l'entends, en tout cas.

Il avait beau sentir la mort s'insinuer en lui à travers l'orifice pratiqué par la balle de 7,65, le journaliste ne voulait pas se résigner à perdre son dernier combat.

— Il a pourtant fallu que tu te salisses les mains ! Tu n'as pas pu y couper.

Chatrian hésita. Il aurait pu s'en tenir là. Tourner les talons et s'éloigner sans répondre. Laisser mourir Leroy avec cette ultime satisfaction. Mais non ! Il se refusait à lui faire le moindre cadeau. Pas après tout ce qu'il avait découvert sur son compte.

Leroy n'aurait pas hésité à le tuer. Il aurait assassiné Shan sans plus de remords qu'il n'en avait éprouvé lorsqu'il avait armé le bras qui avait poignardé Sorel. Et puis, il y avait toutes les victimes de son trafic d'opium que Chatrian ne pouvait négliger dans ses comptes.

Il tourna les talons. En s'éloignant, il lança par-dessus son épaule :

— Je suis sûr de n'avoir jamais eu les mains aussi propres de toute ma vie !

Chatrian allait sortir de la rizière quand Leroy le rappela :

— Tu ne vas pas me laisser ici, dis ? Je pisse le sang. Tu as ce que tu voulais, alors...

Leroy n'avait pas achevé sa phrase. Il avait dû perdre conscience et glisser dans l'eau de la rizière. Chatrian perçut un râle suivi d'un choc étouffé. Il ne saurait jamais ce qui s'était passé à ce moment précis. Il ne se retourna pas.

En remontant dans la voiture, il songea que si Leroy avait un peu de chance, les policiers le trouveraient avant qu'il ne soit tout à fait exsangue.

En même temps, il avait tout lieu de penser que leur intervention ne changerait pas grand-chose pour le journaliste. Il avait appris à connaître le commissaire Van Luc au cours de ces derniers mois. C'était un être subtil et raffiné, mais il avait une conception froide de la justice. Impitoyable. Il préférerait sûrement attendre que sa proie ait rendu son dernier soupir avant de la ramener en ville. Il ne voudrait pas que les autorités françaises sauvent la mise à un homme qu'il considérait comme un chacal. Il ne voudrait sûrement pas entendre parler d'un procès régulier. Leroy n'avait pas été régulier.

Quoi qu'il en soit, ce n'était plus le problème de Chatrian. Il avait fait ce qui lui paraissait juste. En pressant la détente du Browning, il aurait pu viser le cœur, le front, l'estomac. Alors, il aurait pris parti. En se contentant de chercher à immobiliser son adversaire, il avait laissé au destin le soin d'écrire la fin de l'histoire.

Somme toute, le choix du destin lui importait peu. Pour lui, un homme venait bel et bien de mourir au milieu d'une rizière, sous le regard indifférent d'un buffle d'eau.

— Tu ne l'achèves pas ? demanda Shan, qui ne parvenait pas à détourner son regard du corps d'Alain Leroy, allongé dans la rizière, le bras levé en direction de la voiture qui avait déjà pris le chemin du retour.

— Van Luc ne devrait pas tarder, répondit Chatrian sans un regard dans le rétroviseur.

Puis il commença à parler à Shan de celle qui était encore sa femme, Solange. Il lui raconta ce que serait sa vie à Paris, lui promit qu'il garderait toujours le contact avec elle…

— Et si tu le désires, tu pourras même reprendre des études, une fois que tu auras pris tes marques à Paris. Tu ne seras plus jamais seule, Shan.

L'adolescente sourit et, se penchant vers l'avant, plaça ses bras autour du cou du Français.

— En fait, c'est un peu comme si j'avais trouvé un nouveau père.

Chatrian regarda dans le rétroviseur le visage émerveillé de l'adolescente et il murmura :

— Oui, Shan, c'est un peu ça.

« Sur le chemin du retour, j'ai reconnu la voiture de Van Luc. Nos regards se sont croisés. J'ai vu qu'il lisait dans le mien comme dans un livre ouvert. Il a pris note que Shan était près de moi et il a poursuivi sa route, comme moi j'ai poursuivi la mienne.

Quand nous sommes arrivés rue Paul-Blanchy, Tien était fidèle au poste, allongé dans son cyclo, devant la porte de mon immeuble.

— Alors, tu es redevenu chauffeur ? lui lançai-je sans ralentir le pas.

J'étais pressé de me retrouver chez moi. Je voulais prendre une douche pour me laver de toute cette boue que je sentais coller à ma peau autant qu'à mon âme.

— Patron ! me rappela Tien. Vous avez de la visite, là-haut.

Je me retournai et l'interrogeai du regard. Il souriait.

— Pas de problème, patron. Pas de problème...

Je grimpai les étages plus lentement que Shan. Je n'étais pas pressé de découvrir mon visiteur. Je savais que ce ne pouvait être Huong, donc qui que ce soit, il s'agissait nécessairement d'un importun.

Shan m'attendait sur le palier. Elle n'avait pas osé pousser la porte, sachant que nous avions de la visite. Je lui souris et me dirigeai vers le salon du pas d'un homme décidé à en finir au plus tôt avec un raseur.

Andrew Blake était assis dans le divan et sirotait un brandy.

— Van Luc m'a certifié que vous ne verriez aucun inconvénient à ce que je vous attende ici, dit-il.

— François en prend bien à son aise avec mon intimité, rétorquai-je.

Mais déjà ma curiosité était éveillée et, en dépit de mes réticences, j'étais tout prêt à écouter l'Américain.

Blake n'était pas le complice d'Alain Leroy. En réalité, c'était un agent américain qui cherchait la même chose que Sorel. Aussi méfiant que feu mon ami, il avait travaillé en solo et ses investigations sur le terrain l'avaient conduit jusqu'à Vinh. Je ne cherchai pas à connaître les méandres qui l'avaient amené à soupçonner l'assistant de Leroy.

A vrai dire, j'avais tourné la page et je le lui dis. Il me regarda avec curiosité.

— Vous êtes déjà passé à autre chose, hein, Maurice ? De fait, vous n'étiez qu'un passant dans cette histoire. Et pourtant, c'est vous qui nous avez permis de...

— Je vous l'ai dit, Andrew, pour moi la page est tournée, le coupai-je.

Je savais bien que ce n'était guère plus qu'un vœu pieux. En réalité, le fantôme de mon ami, avec son visage rongé par les poissons, viendrait encore me hanter pendant bien des nuits. Mais pour l'heure je n'avais qu'une idée en tête : trouver l'orientation que Huong et moi pourrions donner à notre vie.

Cela aussi je le lui dis. Tout en lui exposant mon problème, je me sentais stupide. Un homme tel que lui ne pourrait que rire de ce que Leroy avait appelé mon « romantisme ». Je me trompais. Blake dit :

— Pourquoi ne vous installeriez-vous pas en Amérique, tous les deux ? Navarre va entraîner les Français dans un véritable suicide programmé. La situation deviendra alors intenable, ici, pour des gens comme mademoiselle Tran et vous-même. A San Francisco, par exemple, votre amie pourrait retrouver un climat qui ne la déstabilisera pas trop et une communauté asiatique importante qui l'aidera à s'acclimater plus aisément à son nouvel environnement. Et vous... il y a d'excellents éditeurs sur la côte Ouest. Et puis, vous savez, nous sortons de la guerre de Corée et nous ne sommes pas disposés à nous laisser entraîner de sitôt dans un nouveau bourbier du même genre. L'Amérique et le Vietnam ne se feront jamais la guerre. C'est tout bonnement impensable. Je suppose que cela aussi devrait peser dans la décision de votre amie. Et si vous décidiez de poser vos bagages dans mon pays, ne vous faites aucun souci, Maurice, je m'occuperais personnellement de vous obtenir vos titres de séjour.

Andrew n'a pas menti. Il nous a facilité toutes les démarches. L'idée de s'installer dans une ville qui abritait une communauté asiatique importante ne rassura pas seulement Huong. Elle me combla d'aise. Ainsi, ce parfum d'Asie qui m'était devenu indispensable ne disparaîtrait pas tout à fait de mon existence.

Le major Armand, de son côté, m'a procuré les papiers nécessaires à l'immigration de Shan en France. Un dimanche matin, Huong et moi l'avons mise dans l'avion. Elle avait ma promesse que nous nous reverrions et des étoiles brillaient dans ses yeux : ah ! la magie de Paris...

François Van Luc m'a demandé de passer le voir une dernière fois dans son commissariat de Cholon. Les cellules étaient pleines à craquer et je n'avais pas besoin de poser de questions pour savoir dans quelle affaire avait trempé toute cette faune.

Je le priai de ne pas me dire ce qu'il était advenu d'Alain Leroy et il respecta ma demande.

En passant devant les prisonniers, je ne fus nullement surpris d'apercevoir le visage de fouine de Naiji ainsi que celui de Vinh, le fidèle assistant de Leroy. En revanche, je ne pus retenir un cri de surprise en reconnaissant la silhouette féline de Thanh, la taxi-girl. Elle me sourit, mais il y avait maintenant une dureté impitoyable dans son regard. Van Luc m'expliqua qu'elle n'avait rien à voir avec les autres.

— Elle était de mèche avec le Viêt-minh, dit-il.

Il en paraissait aussi peiné que moi. Lui qui nourrissait depuis son plus jeune âge une véritable passion pour les taxi-girls, ces grandes amatrices de littérature française…

J'aurais voulu parler avec Thanh, mais je savais ce qu'elle allait me dire : “Quand tout sera terminé, vous rentrerez chez vous, n'est-ce pas ?”

Elle n'avait pas trouvé celui qui l'emmènerait en France ou n'importe où ailleurs, pourvu que ce fût loin de son pays. Alors, elle s'était dit que le plus sûr moyen de ne pas subir les représailles du Viêt-minh consistait encore à rejoindre ses rangs.

Une semaine plus tard, Van Luc nous accompagna à l'aéroport, Huong et moi.

— Et vous, François, qu'allez-vous faire ?

Il sourit et me répondit :

— Qui sait ? Un jour, je viendrai peut-être sonner à votre porte, là-bas, à San Francisco.

Je savais qu'il n'en ferait rien. Il accomplirait son devoir jusqu'à son terme et, quand les soldats du Viêt-minh investiraient Saigon, ils le trouveraient assis derrière son bureau. Au moment de nous séparer, je posai une main sur son épaule et je lui demandai :

— Avez-vous vu *Casablanca* ?

— Ah ! Bogart ! Bergman ! *As Time Goes By* !… Quel beau film !

— Eh bien, mon cher François, je crois que voici le début d'une belle amitié, conclus-je en reprenant les dernières paroles d'Humphrey Bogart à Claude Rains.

Nous nous serrâmes la main et je rejoignis Huong, qui m'attendait au pied de la passerelle.

Dans l'avion je songeai aux paroles de Blake et j'en éprouvai un profond bien-être : "Nous sortons de la guerre de Corée et nous ne sommes pas disposés à nous laisser entraîner de sitôt dans un nouveau bourbier du même genre. L'Amérique et le Vietnam ne se feront jamais la guerre." »

Remerciements

Je tiens à exprimer mes plus vifs remerciements aux membres de l'ambassade de France à Saigon, qui ont bien voulu me consacrer de leur temps et me procurer de précieuses informations ; et en particulier à messieurs Christian Merer, attaché de coopération et d'action culturelle, Alain Millot, attaché culturel, et Bela Hegedus, attaché de presse.

Mes remerciements également à un certain Easy Rider de Dalat. Si je ne mentionne pas son nom, c'est afin de ne pas le placer dans une position « inconfortable » pour m'avoir parlé sans langue de bois de la situation économique et politique de son pays, hier et aujourd'hui. Qu'il sache que je lui suis très reconnaissant de la confiance qu'il m'a témoignée.

Merci également à toutes celles et à tous ceux qui, rencontres de hasard, m'ont aidé à mieux comprendre la mentalité d'un peuple si attachant et si généreux en dépit de sa grande pauvreté.

PRODUCTION JEANNINE BALLAND

Romans « Terres de France »

Jean Anglade
Un parrain de cendre
Le Jardin de Mercure
Y a pas d'bon Dieu
La Soupe à la fourchette
Un lit d'aubépine
La Maîtresse au piquet
Le Saintier
Le Grillon vert
La Fille aux orages
Un souper de neige
Les Puysatiers
Dans le secret des roseaux
La Rose et le Lilas
Avec le temps…
L'Ecureuil des vignes
Sylvie Anne
Mélie de Sept-Vents
Le Secret des chênes
La Couze
Ciel d'orage sur Donzenac
La Maîtresse du corroyeur
Un horloger bien tranquille
Jean-Jacques Antier
Autant en apporte la mer
Marie-Paul Armand
La Poussière des corons
Le Vent de la haine
Le Pain rouge
La Courée
tome I *La Courée*
tome II *Louise*
tome III *Benoît*
La Maîtresse d'école
La Cense aux alouettes
Nouvelles du Nord
L'Enfance perdue
Un bouquet de dentelle
Au bonheur du matin
Le Cri du héron
Victor Bastien
Retour au Letsing
Henriette Bernier
L'Enfant de l'autre
Françoise Bourdon
La Forge au Loup
La Cour aux paons
Le Bois de lune
Le Maître ardoisier
Patrick Breuzé
Le Silence des glaces
Nathalie de Broc
Le Patriarche du Bélon
Annie Bruel
La Colline des contrebandiers
Le Mas des oliviers
Les Géants de pierre
Marie-Marseille
Jean du Casteloun
Les Amants de Malpasset
Michel Caffier
Le Hameau des mirabelliers
La Péniche Saint-Nicolas
Les Enfants du Flot
La Berline du roi Stanislas
Jean-Pierre Chabrol
La Banquise
Alice Collignon
Un parfum de cuir
Didier Cornaille
Les Labours d'hiver
Les Terres abandonnées
La Croix de Fourche
Etrangers à la terre
L'Héritage de Ludovic Grollier
L'Alambic
Georges Coulonges
Les Terres gelées
La Fête des écoles
La Madelon de l'an 40
L'Enfant sous les étoiles
Les Flammes de la Liberté
Ma communale avait raison
Les blés deviennent paille

L'Eté du grand bonheur
Des amants de porcelaine
Le Pays des tomates plates
La Terre et le Moulin
Les Sabots de Paris
Les Sabots d'Angèle
Yves Courrière
Les Aubarède
Anne Courtillé
Les Dames de Clermont
Florine
Dieu le veult
Les Messieurs de Clermont
L'Arbre des dames
Le Secret du chat-huant
Paul Couturiau
En passant par la Lorraine
Annie Degroote
La Kermesse du diable
Le Cœur en Flandre
L'Oubliée de Salperwick
Les Filles du Houtland
Le Moulin de la Dérobade
Les Silences du maître drapier
Le Colporteur d'étoiles
La Splendeur des Vaneyck
Alain Dubos
Les Seigneurs de la haute lande
La Palombe noire
La Sève et la Cendre
Le Secret du docteur Lescat
Marie-Bernadette Dupuy
L'Orpheline du bois des Loups
Elise Fischer
Trois Reines pour une couronne
Les Alliances de cristal
Mystérieuse Manon
Laurence Fritsch
La Faïencière de Saint-Jean
Alain Gandy
Adieu capitaine
Un sombre été à Chaluzac
L'Enigme de Ravejouls
Les Frères Delgayroux
Les Corneilles de Toulonjac
L'Affaire Combes
Les Polonaises de Cransac
Le Nœud d'anguilles
L'Agence Combes et Cie
Gérard Georges
La Promesse d'un jour d'été
Les Bœufs de la Saint-Jean
Michel Hérubel
La Maison Gelder
La Falaise bleue
Tempête sur Ouessant
Le Démon des brumes
Denis Humbert
La Malvialle
Un si joli village
La Rouvraie
La Dent du loup
L'Arbre à poules
Les Demi-Frères
La Dernière Vague
Yves Jacob
Marie sans terre
Les Anges maudits de Tourlaville
Hervé Jaouen
Que ma terre demeure
Jean-Pierre Leclerc
Les Années de pierre
La Rouge Batelière
L'Eau et les jours
Les Sentinelles du printemps
Hélène Legrais
Le Destin des jumeaux Fabrègues
Louis-Jacques Liandier
Les Gens de Bois-sur-Lyre
Les Racines de l'espérance
Jean-Paul Malaval
Le Domaine de Rocheveyre
Les Vignerons de Chantegrêle
Jours de colère à Malpertuis
Quai des Chartrons
Les Compagnons de Maletaverne
Le Carnaval des loups
Les Césarines
Dominique Marny
A l'ombre des amandiers
La Rose des Vents

Et tout me parle de vous
Louis Muron
Le Chant des canuts
Henry Noullet
La Falourde
La Destalounade
Bonencontre
Le Destin de Bérengère Fayol
Le Mensonge d'Adeline
L'Evadé de Salvetat
Les Sortilèges d'Agnès d'Ayrac
Michel Peyramaure
Un château rose en Corrèze
Les Grandes Falaises
Frédéric Pons
Les Troupeaux du diable
Les Soleils de l'Adour
Jean Siccardi
Le Bois des Malines
Les Roses rouges de décembre
Le Bâtisseur de chapelles
Le Moulin de Siagne
Un parfum de rose
Jean-Michel Thibaux
La Bastide blanche
Le Secret de Magali
La Fille de la garrigue
La Colère du mistral
L'Homme qui habillait les mariées
La Gasparine
L'Or des collines
Le Chanteur de sérénades
Jean-Max Tixier
Le Crime des Hautes Terres
La Fiancée du santonnier
Le Maître des roseaux
Brigitte Varel
Un village pourtant si tranquille
Les Yeux de Manon
Emma
L'Enfant traqué
Le Chemin de Jean
L'Enfant du Trièves
Le Déshonneur d'un père
Colette Vlérick
La Fille du goémonier
Le Brodeur de Pont-l'Abbé
La Marée du soir
Le Blé noir

Récits « Terres de France »

Albine Novarino
George Sand ou l'amour du Berry

Collection « Sud Lointain »

Jean-Jacques Antier
Le Rendez-vous de Marie-Galante
Marie-Galante, La Liberté ou la Mort
La Dame du Grand-Mât
Erwan Bergot
Les Marches vers la gloire
Sud lointain
tome I *Le Courrier de Saïgon*
tome II *La Rivière des parfums*
tome III *Le Maître de Bao-Tan*
Rendez-vous à Vera-Cruz
Mourir au Laos
Jean Bertolino
Chaman
Fura-Tena
Anne Courtillé
Le Mosaïste de Constantinople
Paul Couturiau
Le Paravent de soie rouge
Le Paravent déchiré
Alain Dubos
Acadie, terre promise
Retour en Acadie

Hubert Huertas
L'Orque de Magellan
Hervé Jaouen
L'Adieu au Connemara
Dominique Marny
Du côté de Pondichéry
Les Nuits du Caire
Cap Malabata
Juliette Morillot
Les Orchidées rouges de Shanghai
Michel Peyramaure
Le Pays du Bel Espoir
Bernard Simonay
Les Tigres de Tasmanie
La Dame d'Australie
Jean-Michel Thibaux
La Fille de Panamá
Tempête sur Panamá

Romans

Alain Gandy
Quand la Légion écrivait sa légende
Hubert Huertas
Nous jouerons quand même ensemble
La Passagère de la « Struma »
Denis Humbert
Un été d'illusions
Michel Peyramaure
Les Tambours sauvages
Pacifique Sud
Louisiana
Le Roman de Catherine de Médicis
Jean-Michel Thibaux
Le Roman de Cléopâtre

Composé par Nord Compo
à Villeneuve-d'Ascq

Achevé d'imprimer sur les presses de

BUSSIÈRE

GROUPE CPI

à Saint-Amand-Montrond (Cher)
en octobre 2004
pour les Presses de la Cité
12, avenue d'Italie
75013 Paris

N° d'édition : 7223. — N° d'impression : 044285/1.
Dépôt légal : octobre 2004.

Imprimé en France